KB052675

알기 쉬운 한국고전문학선

구 운 몽

김만중 編著

太乙出版社

♣차 례♣

4

♣차 례♣

♣차 례♣

구운몽
九 雲 夢

—— 김만중(金萬重)

◇ **작품 해설** ◇

호는 서포(西浦). 병자호란 때 순절(殉節)한 김익겸(金益鎌)의 유복자로 태어나서 아버지의 얼굴을 못 보았음을 평생의 한으로 여기고 어머니에 대한 효성이 극진하였다.

1665년 29세에 등과(登科) 1686년 대제학(大提學)으로 환로(宦路)를 떠날 때까지 정치 생활은 풍파가 심했다. 숙종의 폐비(廢妃)를 반대하다가 남해도(南海島)로 유배 되었으며, 배소에서도 숙종을 참회시키기 위하여 소설 「사씨 남정기(謝氏南征記)」를 짓고, 노경(老境)의 모친을 위로하기 위하여 「구운몽(九雲夢)」을 짓고, 56세를 일기로 배소에서 죽었다. 유저(遺著)로는 상기 소설 외에 수필집 「서포 만필(西浦漫筆)」이 있다.

구운몽(九雲夢)

수부(水府)에 들어감

천하에 명산이 다섯이니 동에는 태산(泰山), 서에는 화산(華山), 남에는 형산(衡山), 북에는 항산(恒山)이요 그 한가운데는 숭산(崇山)이니 이를 오악(五嶽)이라 한다. 이 가운데서 형산은 중원(中原)에서 떨어져 있으되 구의산(九疑山)이 그 남쪽에 있고, 동정호(洞庭湖)가 그 북쪽을 지나고 소상강(瀟湘江)이 돌아나가는데, 마치 조상을 모시고 벌려선 자손들처럼 늘어선 칠십 이봉이 혹은 곤두서서 하늘을 떠받치고 혹은 깎아 세운 묏부리가 이상한 기치(旗幟)와도 같게 구름을 자르니, 모두가 수려하고 청상하며 기운이 뭉친 바 아님이 없도다.

가장 높은 봉우리는 축융(祝融), 자개(紫蓋), 천주(天柱), 석름(石廩), 연화(蓮花)의 다섯인데, 구름이 그 낯을 가리고 안개가 그 허리를 덮어, 날씨가 청명치 않으면 사람들이 그 참모습을 보기가 어려웠다.

옛날에 대우(大禹)가 홍수를 다스리고 이 산에 올라가 비석을 세워 공덕을 기록하니 하늘 글과 구름 전자(篆子)가 천만 년을 거쳐 아직도 남아 있느니라.

진(晋)나라 때에 선녀(仙女) 위부인(魏夫人)이 옥황상제의 분부를 받들어 선동(仙童)과 옥녀(玉女)를 거느리고 이 산에 이르러 지키니 이를 남악 위부인이라 하였고 당(唐)나라 시대에는 고승(高僧) 한 분이 천축국(天竺國)으로부터 들어와 암자를 짓고 거처하며 대승불법(大乘佛法)으로써 중생을 가르치셨으니 그를 가리켜 〈활불(活佛)〉이라 하며 모두들 공경하여 받들었다.

그래서 부자는 재물을, 가난한 사람은 부역을 맡아서, 나무 숲속에는 큰 법당을 이룩하니,

절문은 동절들로 높이 열리고
전각 기둥은 적사호 물가에 박히니
오월의 찬바람이 불골을 차게 하고
여섯 때 천악 즐기고 아침에 향 피우더라.

산세(山勢)의 빼어남과 법당의 웅대함은 세상에서 으뜸이라 일컫더라.

그 고승은 육관대사(六觀大師)라 일컬으며 제자 오륙백인 가운데 불법에 통효한 자 겨우 삼십 여 인이지만, 그 중 성진(性眞)이라는 자는 얼굴이 백설같이 하얗고 정신이 옥같이 맑아서 이십세에 삼장경문(三藏經文)을 다 익혀 모르는 것이 없고, 총명과 지혜가 여러 제자

들 가운데서 뛰어나 대사가 지극히 사랑하여 그를 후계자로 삼고자
하였다. 대사께서 불경을 설법할새 동정호의 용왕이 법석에 나와
강론을 듣는지라 제자들을 모아놓고 이르기를,

"내가 병이 들고 몸이 늙어 산문 밖에 나아가 본 지가 어언 십여
년이 넘었으니 너희들 가운데 뉘 나를 대신해서 수부(水府)에
들어가 용왕께 사례하고 돌아오지 아니하겠는고?"

그러자 성진이 대답하여 여쭙기를,

"비록 불민하오나 소자 가보겠나이다."

대사가 크게 기뻐하며 보내기로 하니 성진은 분부를 받고서 칠근가
사(七斤袈裟)를 걸치고 육환장(六環杖)을 끌면서 표연히 동정호를
향하여 떠났다.

다리 위의 팔 선녀(八仙女)

이때에 문지기인 도인이 대사께 아뢰어 말했다.

"남악(南嶽) 위부인(魏夫人)께서 보낸 여덟 명의 선녀가 문 밖에
와 있나이다."

대사가 급히 사람을 시켜 부르니, 팔 선녀들이 차례로 들어와 절하
고 꿇어앉아 부인의 말씀을 전하며 말했다.

"대사는 산 서쪽에 계시고 나는 산 동쪽에 있어 서로 떨어짐이
멀지 아니한데 일이 많아 자연 한번도 불석(佛席)에 나아가 경문
을 듣삽지 못하였으니, 사람을 대하는 지혜를 잃고 이웃을 사귀는
도리를 어긴지라, 이제 시비들을 보내어 대사의 안부를 묻잡고

아울러 천화(天花)와 선과(仙菓)와 칠보문금(七寶紋錦 ; 무늬 있는
비단)으로써 구구한 정성을 표하나이다."

팔선녀들이 각기 가지고 온 선화·보배를 눈위로 쳐들어 대사께
바치니, 대사가 몸소 이를 받아 제자들에게 주어 부처님께 공양케
하고, 다시 합장사례하면서,

"이 노승이 무슨 공덕이 있어 이렇게 주시는 보배를 받을꼬 /"
하고는 뒤이어 팔선녀를 후히 대접하여 보내니라.

팔선녀들이 대사께 하직하고 문 밖으로 나와 서로 말하기를,

"이 남악천산(南嶽天山 ; 衡山)은 언덕 하나 냇물까지도 우리들의
세계였는데 육관대사가 거처하시게 된 후로는 연화봉(蓮花峰)을
시적에 두고도 좋은 경치를 구경하지 못한 지 오래 됐거니와 이제
부인의 명을 받들어 여기 왔음은 다시 없는 기회요, 춘색 또한
아름답고 산길이 저물지 아니하였으니, 높은 봉우리에 올라가 구경
하고 돌아가 궁중에 자랑함이 어떠하뇨 /"

하고, 서로 손을 마주 잡아끌며 서서히 걸어 나아갈새, 폭포의 흐름을
보며 물줄기를 따라 가다가 돌다리 위에서 쉬는데 이때가 바로 춘삼
월이라, 백화는 만발하고 운무는 자욱한데 봄 새 소리에 춘흥이 무르
익고 물색(物色)이 발길을 멈추게 하더라. 팔 선녀들은 자연히 마음
이 들뜨는지라 돌다리에 걸터앉아 시냇물을 굽어보니 푸른 눈썹과
붉은 단장이 비치어 한 폭의 미인도인지라, 스스로 그 그림자를 사랑
하여 이내 일어나지 못하고, 은은하게 울리는 작은 소리로 봄날의
시름을 서로 풀면서 해가 저무는 줄을 깨닫지 못하더라.

여덟 개의 구슬

성진이 동정호에 이르러 물결을 헤치고 수정궁(水晶宮)에 들어가니, 용왕은 대사의 사자가 오는 것을 미리 알고, 문무백관을 거느리고서 몸소 궁문 밖에 나와 맞아들여 자리를 잡은 다음 성진이 엎드려 대사의 말씀을 상주하니, 용왕이 사례하며 잔치를 베풀어 성진을 대접할새, 성진이 자세히 살펴보니 다 인간 음식이 아니요, 선과진채(仙菓珍彩)이더라. 용왕이 친히 잔을 권하였다.

"다섯 가지 계율 가운데 술을 금함을 내 어찌 모르리요마는, 과인의 술은 인간계의 광약(狂藥)과는 크게 달라서 마음을 호탕케 아니하고 다만 사람의 기운을 돋을 따름이니 스님은 사양치 말라."

성진이 용왕의 후의에 감격하여 감히 사양치 못하고 잇따라 석잔을 기울이고서, 용왕게 하직하고 수부를 떠나 바람을 타고 연화봉을 향하여 돌아오다 산 밑에 이르니, 자못 취기가 올라 눈 앞이 어른거리고 어지러운지라 홀로 생각하되,

'스승이 만약 내 얼굴에 술기를 보시면 어찌 꾸짖지 아니 하시리요 /'

하고, 냇가로 내려가 옷을 벗어 정한 모래 위에 놓고 두 손으로 물을 움켜 취한 낯을 씻는데, 이 때 문득 신기한 향내가 바람결에 코를 찌르므로 자연 정신이 호탕하여져서 성진이 홀로 지껄이기를,

"이 시내 상류에 무슨 신기한 꽃이 있기에 이토록 고운 향기가 물을 따라오는가? 내 나아가 찾으리라."

하고, 다시 의복을 정제한 다음 시냇물을 따라 올라가니 돌다리 위에 앉아 있던 팔 선녀와 성진이 더불어 만나니라. 성진이 즉시 육환장을

14

버리고 합장하며 공손히 사례하되,

"모든 보살님은 잠깐 천승의 말씀을 들으소서. 소승은 연화봉 도승 육관대사의 제자로서 스승의 명으로 용왕궁에 다녀오는 길인데 좁은 다리에 보살님이 앉아 계시니 천승의 갈 길이 없사옵니다. 아뢰옵나니 잠시 길을 비켜주소서."

팔 선녀들이 대답하기를,

"첩들은 남악산 위부인(魏夫人)의 시녀들로서 부인의 명으로 육관 대사께 문안하고 돌아오는 길에 잠시 이곳에 쉬었사오나, 예법에 이르기를 '행로에서는 남좌여우(界左女右)'라, 이 다리가 본래협소 한데 첩들이 먼저 앉았으니 화상(和尙)은 다른 길로 가기를 바라 나이다."

성진이 다시 부탁하되,

"다른 길은 없사옵고 물은 깊은데 어디로 가라 하시나이까? 길을 잠깐만 열어 주소서."

하니 팔 선녀들이 답례하며 이르기를,

"옛날에 달마존자(達摩尊子)는 엽귀잎을 타고 물을 건넜다 하던데 화상이 진정 육관대사의 제자라면 도를 배웠을 것인데, 어찌 이 조그만 시냇물 건너기에 무슨 어려움이 있다고 아녀자와 더불어 길을 다투나이까?"

성진이 웃으며 대답하되,

"모든 낭자의 뜻이 필연코 행인한테서 길 값을 받으려 함인즉 다른 보화는 없고 마침 여덟 개 명주(明珠)가 있으니, 이것으로 길 값을 대신 드리겠나이다."

하고는, 복사꽃 가지를 꺾어 팔 선녀 앞에 던지니, 그 꽃이 여덟 개

명주로 되어 찬란히 빛나며 향내가 진동하는지라, 팔 선녀들이 각기 한 개씩 받아 가지고서 성진을 돌아보며 웃고는 몸을 솟구쳐 구름을 타고 공중을 향하여 날아가는지라 성진이 석교 위에 나아가 사방을 둘러보니 팔 선녀는 간 곳이 없고, 이윽고 고운 구름이 흩어지며 향내 또한 사라지더라.

속세 생각

성진이 밍연자실하여 마음을 진정치 못하고 돌아와 용왕의 말씀을 대사께 사뢴즉, 대사는 그가 늦게 돌아옴을 꾸짖으니, 성진이 대답하되,

"용왕이 지성으로 권유하오매 박절하게 거절할 수 없어 저물었나이다."

대사는 다시 묻지 아니하고 곧 물러가 쉬라 하매, 성진이 초막으로 돌아와 빈방 안에 홀로 앉아 있노라니, 팔 선녀들의 구슬 같은 음성은 귀에 쟁쟁하고 아름다운 모습은 앞에 앉아 있는 듯 눈에 선하매 심사가 황홀하여 진정치 못하겠는지라, 번뇌와 망상으로 잠을 이루지 못하더라. 문득 생각하되,

"세상에 나 하나로 태어나면 어려서 공명의 글을 읽고, 자라서는 성군을 섬겨 나아가면 삼군(三軍)의 장수가 되고 들어오면 백관(百官)의 어른이 되어 몸엔 금의를 입고 허리엔 금인(金印)를 차고 눈으로는 고운 빛을 보고 귀로는 신묘한 소리를 들어 미녀와의 애련과 공명(功名)의 자취를 후세에 전하는 것이 대장부의

할 일이거늘 슬프다! 우리 불가의 도는 한 그릇 밥과 한 잔의 정화
수요, 수십 권의 경문에 백팔염주를 목에 걸고 설법하는 일 뿐이
라, 그 도가 비록 높고 깊다 할지라도 적막하며, 설령 최상의 교리
를 깨달아 대사의 도를 이어받고 연화대(蓮花臺 ; 불상을 모셔놓은
대) 위에 앉을지라도, 삼혼칠백(三魂七魄)이 한번 불꽃 속에 흩어
지면 어느 누가 성진이 세상에 났던 줄을 알 수 있으리오?"

이렇듯 심란하여 잠을 이루지 못하더니 밤이 깊어 눈을 감은즉
팔 선녀들이 나타나고, 눈을 뜨면 흔적이 없는지라, 이에 이르러 몹시
뉘우치며 말했다.

"불가의 법은 마음 자리를 죄없이 맑게 함이 제일로 공부인데,
중이 된 지 십 년 동안에 일찍이 자그만 허물 하나 없었는데, 이제
이렇듯 올바르지 못하고 쓸데 없는 생각에 자심하니 내 앞날에
어찌 해롭지 아니하리오?"

매향을 피우고 꿇어앉아 목에 건 염주를 세어가며 가만히 일천불
(一千佛)을 생각하는데, 창 밖에서 동자가 부르되,

"대사께서 부르시나이다."

하니 성진이 몹시 놀라며 생각하기를,

"이렇게 깊은 밤에 부르심은 반드시 연고가 있도다."

하고, 동자와 함께 법당에 이르니라.

환생(還生)하다

육관대사가 모든 제자를 모아 놓고 법연(法筵)에 앉았는데, 몸가짐

이 엄숙하고 촛불이 휘황한지라, 이에 성진을 크게 꾸짖되,

"성진아, 네 죄를 아느냐?"

하니 성진이 몹시 놀라 섬돌 아래에 꿇어앉아 대답하였다.

"소자가 사부를 섬긴 지 십여 년에 이르나 조금도 불공불순한 일이
없삽는데, 이제 엄히 나무라시니 어찌 감추오리까마는 실로 죄를
알지 못하겠나이다."

대사 더욱 노하여 꾸짖었다.

"행실을 닦는 중이 용궁에 가서 술을 먹었으니 그 죄 첫번째이고
돌아오다가 석교 위에서 팔 선녀와 더불어 수작하며 꽃가지를 꺾어
던져 명주로 희롱하였으니 그 죄 둘째고 돌아온 후에 불법을 까맣
게 잊고 세상의 부귀를 꿈꾸어 호탕한 마음이 열반(涅槃)의 경지
를 꺼려 하니, 그 죄 세째이니 이제는 도저히 여기 더 머물지 못하
리라."

성진이 머리를 조아려 울며 하소연을 하였다.

"소자 실로 죄가 많나이다. 그러하오나 용궁에서 술을 먹었음은
주인의 강권함을 이기지 못함이요, 석교에서 선녀들과 수작한 것은
길을 빌리려 함이요, 제 방에서 망상함이 있으나 깊이 뉘우치며
자책하였사오니 이 밖에 다른 죄는 없나이다. 설사 다른 죄가 있다
한들 사부께서 종아리를 쳐 경계하심이 교훈하시는 도리거늘, 어찌
박절히 내쫓으시어 스스로 고치려는 길을 끊게 하려시나이까?
이 몸이 열두살에 부모를 버리고 사부께 들어와 중이 되었으니
친부모의 은혜와 같으며, 또한 의(義)를 말하오면 자식이 없어도
자식이 있음과 같사옵고 사제의 인연 또한 중하온데 연화도량(蓮
花道場)을 버리고 어디로 갈 수 있으리까?"

18

대사가 이르기를,

"네가 원하는 곳으로 나갈 수 있게 함인데 어찌 주저할 수 있으리요? 또 네가 '어디로 가리이까?' 하는데, 네가 가고 싶은 곳이 바로 네가 마땅히 돌아갈 곳이니라."

하고, 다시 소리를 높여 말하였다.

"황건역사(黃巾力士)야, 이 죄인을 이끌고 풍도옥(酆都獄 ; 지옥의 이름)에 가서 염라대왕께 넘겨주라."

성진이 이 말을 듣자 간담이 철렁하며 눈물이 쏟아지고, 머리를 두드려 애걸하되,

"사부, 사부는 들으소서 ! 아란존자는 창녀와 동침하였으나 석가여래(釋迦如來)께서는 죄를 주지 아니하시고 벌만 내리셨으니, 소자가 비록 조심하지 못한 죄 있사오나 아란존자에게 견주오면 그 죄가 적사온데 어찌 연화도량을 버리고 풍도지옥으로 가라시나이까?"

하니 대사가 매우 엄하게 이르기를,

"아란존자(阿難尊子 ; 석가반니의 종제)는 비록 창녀와 동침하였으나 그 마음은 변치 아니했거늘 너는 요사스런 계집을 보고 단번에 본심을 잃었으니 한번 윤회(輪廻)하는 고생을 면치 못하렷다."

성진이 눈물을 흘리면서 부처님과 대사께 하직하고 사형사제(師兄師弟)를 이별하고서 황건역사를 따라가려 할 즈음 대사가 불러 다시 위로하되,

"마음이 정결치 못하면 비록 산중에 있다 해도 도를 제대로 이루지 못할 것이요, 근본을 잊지 아니하면 비록 열길 티끌 속에 떨어지더라도 필경 돌아올 날이 있나니, 네가 이곳에 돌아오고자 할 때는

내가 몸소 데려올지니, 너는 의심치 말고 곧 떠나도록 하라."

성진이 역사를 따라 지부(地府)로 들어가 망향대(望鄕臺)를 지나 풍도성 밖에 이르니, 문지기는 귀졸(鬼卒)이 어디서 왔나를 묻는지라, 역사가 대답하기를,

"육관대사의 명을 받아 죄인을 이끌고 왔노라."

귀졸이 성문을 열고 들어가라 하자, 역사가 염라전에 이르러 성진을 잡아온 연유를 아뢰니 염라대왕이 성진을 가리켜 묻기를,

"그대의 몸이 비록 연화봉에 매었으나 이름은 지장왕(地藏王) 향안(香案)에 있었으니, 신통한 술수로써 천하의 중생을 구제할까 여겼더니, 이제 무슨 일로 여기에 이르렀느뇨?"

성진이 부끄러워 주저하다가 겨우 아뢰되,

"소승이 불민하와 스승께 죄를 얻어 이에 이르렀으니 처분대로 하옵소서."

오래지 아니하여 역사가 팔 선녀 또한 잡아오니 염라왕이 호령하여 꿇리고 묻기를,

"남악선녀야, 선도는 스스로 무궁한 경계가 있고 무한한 쾌락이 있거늘, 어찌하여 이 땅에 이르렀느뇨?"

선녀들이 부끄러움을 머금고 대답하되,

"첩들이 위부인의 명을 받아 육관대사께 문안드리옵고 돌아오는 길에, 돌다리 위에서 성진과 더불어 문답하온 일이 있삽기로, 대사가 위부인께 글발을 보내어 첩들을 잡아 대왕께 보내니, 바라건대 자비심을 내리사 좋은 땅에 태어나게 하옵소서."

염라대왕이 사자 아홉 명을 앞에 불러 분부하되,

"이 아홉 사람을 각각 영솔하고 인간계로 나아가라."

　말을 마치매 갑자기 모진 바람이 전각 앞을 스치며, 아홉 사람을 공중으로 휘몰아 올려 사면 팔방으로 흩어지게 하더라.

　성진은 사자를 따라 바람에 몰려 지향 없이 가다가, 한 곳에 다닫자 바람소리가 비로소 멎으니 두 발이 땅에 닿으므로, 성진이 놀라 혼을 수습하고 눈을 들어보니 울창한 푸른산이 사면에 둘러있고, 잔잔한 맑은 시내가 여러 갈래로 흐르며, 울타리와 초가지붕이 수목 사이로 보일락말락하는데 겨우 여남은 집이더라. 두어 사람이 마주서서 한가롭게 지껄이는 말이,

　"양처사(楊處士) 부인이 오십이 넘어 태기가 있어 참으로 희한한 일이라 했더니, 해산할 징조가 있은 지 오래 되었으나 아직 아이소리가 나지 않으니 괴이하고도 염려롭다."

하기에 성진이 가만히 생각하되,

　"내가 이제 세상에 환생(還生)하겠으나 지금은 다만 혼백뿐이요, 골육은 바로 연화봉 위에 있어 벌써 태워 버렸을 것인데, 내가 연소한 까닭으로 제자를 두지 못하였으니, 누가 나를 위하여 내 사리(舍利)를 감추어 두었으리요?"

　이렇듯 두루 생각하니 마음이 처량할 따름이더라, 이윽고 사자가 나와 손짓하여 부르되,

　"이 땅은 대당국(大唐國) 회남도(淮南道) 수주현(秀州縣)으로 양처사 집이니, 처사는 너의 부친이요, 유씨(柳氏)는 너의 모친이라. 네가 전생의 인연으로 이 집 아들이 되는 것이니, 속히 들어가 좋은 때를 놓치지 말라."

　이에 성진이 즉시 들어가보니, 처사는 갈건야복(葛巾野服)의 허름한 옷차림으로 대청에 앉아 화로에 약을 다리는 향내가 집안에 젖었

고 방 안에서는 부인의 신음소리가 들려오는지라, 사자가 재촉하며 방 안으로 들어가라 하나 성진이 의심스러워 주저하자, 사자가 거세게 등을 밀치는 바람에 성진이 땅에 엎드려지며 정신이 아득하여 천지를 분별치 못하고, 크게 부르짖되 '사람살류 ↗ 사람살류 ↗'하나, 소리가 목구멍에 걸려 제대로 말을 이루지 못하고, 다만 어린 아이의 우는 소리가 되더라.

신선(神仙)이 되다

이 때 양처사가 부인을 위하여 약을 다리다가 아이의 울음소리를 듣자, 놀라 기뻐하며 방으로 들어가니 부인이 아들을 순산한지라 기쁨을 이기지 못하며 향탕에 아들을 씻겨 눕히고는 부인을 위로하더라. 성진이 배고프면 젖먹고, 배부르면 잠을 자니 갓나서는 도리어 마음에 연화봉 일을 생각하더니, 차차 자라나 부모의 정을 알게 되면서부터는 전생의 일이 막연하여 자세히 알지 못하더라.

처사가 자기 자식의 골격이 청수함을 보고, 이마를 어루만지며 부인을 돌아보고 하는 말이,

"이 아이는 필시 하늘 사람인데 인간세계로 내려왔도다."

하면서, 이름을 소유(少游 ; 하늘에서 인간세계로 잠시 놀러온다는 뜻임)라 지으니라. 애지중지 키워 어언 소유의 나이 열 살이 되자 용모가 고운 옥같고 눈빛이 샛별 같으며, 기질이 청수하고 지혜 또한 총명하여 엄연한 대인군자(大人君子)니라.

처사가 유씨한테 이르기를,

"나는 본래 세속 사람이 아니요, 내 부인과 더불어 인연이 맺어져 오랫동안 티끌 속에 머물렀더니, 봉래산 신선 친구가 글월을 보내어 부른 지 이미 오래되나 부인의 외로움을 염려하여 가지 못했는데 이제 하늘이 도우사 영민한 아들을 얻었고 또한 총명함이 예사 아이 보다 나으니 부인이 의지할 데가 생겼고 늙어서도 반드시 영화와 부귀를 누릴 것이니, 내가 떠나서 없는 것을 꺼려하지 말라."

말을 끝맺자 공중을 향해 손짓하여 백학을 잡아타고 표연히 사라지니 부인이 미처 한 말을 묻기도 전에 이미 간 곳이 없는지라, 부인이 어린 자식과 더불어 서러워함은 이루 말할 나위도 없으며, 양처사는 간혹 공중으로 글월을 보내올 따름이요, 마침내 그 종적은 집에 이르지 아니하더라.

진채봉(秦彩鳳)을 만나다

양처사가 신선이 되어 사라진 후로는 모자가 서로 의지하여 세월을 보내니 소유의 재주와 총명이 뛰어나므로 그 고을 태수가 신동이라 일컬어 조정에 천거했으나, 양소유는 늙은 어머니가 염려스러워 사양하며 즐겨 나가지 아니하더라. 그의 나이 십 사오 세에 이르매 청수한 풍채는 반악(潘岳 ; 진나라 때 미남)이요, 문장은 이백(李白)이며 필법은 왕희지(王羲之)요, 지략은 손빈(孫臏 ; 제나라 임금의 스승) · 오기(吳起 ; 위나라의 장수와 초나라 재상의 이름)같아서, 천문 · 지리 육도 · 삼략(六韜 · 三略 ; 병법의 고전)과 창쓰고 칼쓰는 수법이 귀신

같아 모르는 것 없이 모두 통달하니, 이는 대체로 전세에 행실을 닦은 사람으로서 마음씨가 깨끗하고 생각함이 시원스러워서 이치에 통달함이 여느 사람과 속된 선비에 견줄 바 아니겠더라. 하루는 모친께 고하기를,

"부친께서 하늘로 올라가실 때 집안의 지체가 높고 귀하기를 소자에게 부탁하셨는데 가세가 빈한하여 노모께서 늙도록 고생하시니 만약에 소자가 집 지키는 개가 되고 꼬리 끄는 거북이 되어 세상에 나아가 공명을 구하지 않으면 가문을 빛내지 못할 것이고, 따라서 늙으신 어머님의 마음을 위로할 길이 없사와, 이는 부친이 바라시던 뜻을 어김이나이다. 소자가 듣자온즉 지금 나라에서는 과거를 실시하여 인재를 등용한다 하오니, 소자 잠시 모친 슬하를 떠나 과거를 보러 가려 하나이다."

유씨는 아들의 큰 뜻을 이미 알고 있었으나 소년이 먼길을 가는 것이 염려되고 한편 이별이 길어질까 걱정되었지만 아들의 활발한 기상을 막지 못하겠기로 허락하고 행장을 꾸려주면서 경계하여 일러주기를,

"네가 나이 아직은 어려 경험이 적고 먼 길은 처음이니, 부디 몸가짐을 조심하고 빨리 돌아와 이 늙은 어미의 걱정을 덜어주기 바란다."

양소유(楊少游)가 모친의 뜻을 받들고 하직한 후 삼척동자와 작은 나귀 한 필로 여러 날을 가다가 화주(華州)땅 화음현에 당도하니 장안(長安)이 가깝더라. 산천경개가 아름답고 과거 보는 날짜도 아직 멀었기 때문에 명산을 구경하고 혹은 옛 사적을 찾으니, 객지의 회포가 그다지 쓸쓸하지는 않더라. 하루는 문득 보니 수풀이 무성하

고 늘어진 수양버들은 그림자를 엉기고 연기는 비단을 깐 듯한 그 속에 조그만 다락집이 있는데, 단청(丹靑)이 화려하며, 곱고 맑은 경치가 매우 사랑스러워 천천히 더듬어 가보니, 수양버들의 긴 가지 짧은 가지가 땅에 얽혀 하늘거리는 몸은 미녀가 머리를 감고 바람을 맞으며 빗질하는 것 같으니 가히 아름답고 구경할 만하므로 버들가지를 휘어잡고 탄식하기를,

"우리 시골촌 중에도 비록 아름다운 나무가 많으나 내 일찍이 이같은 버들은 보던 중에 처음이렷다!"

하고는, 양류사(楊柳詞)를 지어 읊었으되,

수양버들이 푸르러 짜는 듯하니
늘어진 가지가 그림 다락에 떨치더라
알고 싶건대 그대 부지런히 심은 뜻은
이 나무가 가장 풍류 있음이리라.
수양버들이 어찌 이렇듯 푸르를꼬
늘어진 가지가 무늬기둥에 떨치더라.
바라건대, 그대는 휘어잡아 꺾지 말라.
이 나무가 가장 정이 많도다.

그 소리 쇠를 치고 돌을 치는 듯, 가던 구름이 머무르고 산곡간에 울려 퍼져 다락 위에 들리니, 그 속에서 마침 낮잠에 취해 있던 가인이 깜짝 놀라 깨어나 수놓은 창문을 밀어 젖히고는 아로 새긴 난간에 의지하여 소리 나는 곳을 찾다가, 양생과 더불어 두눈이 마주치니 구름같은 머리는 흩어져 옥비녀는 비스듬히 걸려 있고, 잘자던 눈은

몽롱하여 꽃다운 정신이 어린 듯하고 약한 기질은 힘이 없어, 졸음이 아직도 눈썹 끝에 맺혔으며, 뺨의 연지는 반이나 지워졌으나 본디의 자색과 예쁘장한 몸가짐은 말과 그림으로서는 도저히 형용치 못하고 나타내지도 못하겠더라. 두 사람은 서로 물끄러미 바라볼 뿐이요, 한 마디 말도 건네지 못하니, 양생이 동자를 객사로 먼저 보내어 저녁상을 차리게 하였더라. 오래지 않아 동자가 돌아와 저녁을 갖추었음을 알리자 낭자는 문을 닫고 들어가니, 오직 그윽한 향기만 떠돌 따름이더라.

양생이 동자가 되돌아옴을 도리어 원망하나 한번 구슬발을 내리매 수삼 천 리를 격한 듯하여 동자와 함께 돌아가면서도, 한 걸음에 세 번씩 돌아보았지만 가인의 창문은 닫친 채라 객사에 돌아와 한숨만 지으니 정신이 혼미하더라.

진채봉(秦彩鳳)의 글월

원래 이 여인의 성은 진씨(秦氏)요, 이름은 채봉(彩鳳)이니 진어사(御史)의 딸로서 모친을 일찍이 여의고 또 그 형제도 없으니, 나이는 바야흐로 비녀를 꽂을 때에 이르렀으나 시집가지 아니하였더라. 이무렵 어사는 서울에 올라가 있고, 소저가 홀로 이 집에 남아 있다가 뜻밖에도 용모가 비범한 사나이를 만나 양류사를 들었는지라 이에 생각에 잠기되,

"여자가 남자를 따르는 것은 평생의 큰 일이요, 한세상 영욕(榮辱)과 백 년의 고락(苦樂)이 모두 사나이에게 달린 것이니, 탁문군

(卓文君)은 과부의 몸으로 사마상여(司馬相如)를 따랐거늘 내
처자의 몸으로 스스로 알게 된 혐의는 있지만은 신하도 임금을
가린다는 옛말과 같이 저 사나이의 성명과 주소를 묻지 아니하였다
가는, 후일에 부친께 사뢰어 중매를 보내고자 한들, 동서남북 어느
곳으로 찾으리요?"
하고, 이에 한폭 시전지(詩牋紙)에 두어 귀절의 글을 써서 유모에게
주며 이르기를,
 "이 글봉을 가지고 저 객사로 가서, 아까 작은 나귀를 타고 이 누각
아래에 와서 양류사를 읊조리던 상공을 찾아가 내가 꽃다운 인연을
맺어 이 한몸을 의탁하려는 뜻을 전하되 허술함이 없도록 몸가짐
을 삼가하여라. 이 상공은 용모가 옥같아서 만인이 섞인 가운데서
도 봉이 닭무리 속에 있는 것같을 터이니 유모는 몸소 찾아 보고
이 글월을 전하라."
유모 대답하되,
 "삼가 명하시는 대로 하겠으나, 후일 어르신네께서 아시고 물으시
면 무어라 대답하며, 그 상공이 이미 장가를 들었거나 또 혼인을
정하였다면 어찌하리이까?"
소저가 이 말에 대답하기를,
 "부친이 물으시면 내 스스로 대답할 것이요, 그 상공이 이미 아내
를 맞이했다면 내가 부실(副室)되기를 꺼리지 않을 것이나 이
사람을 보니 나이 이팔청춘이라, 아내를 가진 것 같지는 아니하도
다."
유모가 객사에 가서 양류사를 읊조리던 손님을 찾아 물으니, 양생
이 반겨 만나 주며 묻기를,

"양류사를 지은 이는 곧 소생인데 무슨 일로 찾느뇨?"

유모는 양생의 수려한 얼굴을 보고는 의심치 아니하고 일러 주기를,

"여기서 말씀 드릴 것이 못 되나이다."

양생이 의아하게 여겨 노파를 객사로 인도하여 조용히 찾아온 뜻을 물으니, 유모가 되묻기를,

"상공이 양류사에 들리시었을 때에 어떠한 사람과 상면한 일이 있나이까?"

양생이 망연히 대답하되,

"소생이 과연 누상의 선녀를 만났는데, 그 고운 빛이 아직도 내 눈에 아롱지고, 신기한 향내는 지금도 내 옷에 풍기노라."

유모가 다시 말하기를,

"바로 말씀드리오면, 그 집은 곧 우리 주인 진어사댁이며, 그 소저는 우리댁 규수로 이 늙은이는 유모이옵니다. 우리 소저 어려서부터 심성이 곱고 성품이 영민하여 사람을 알아 보시더니 오늘 상공을 첫눈에 알아보시고 한평생을 의탁코자 하나 어르신네가 지금 서울에 계시고 대사를 정하려해도 그 동안에 상공은 다른 곳으로 떠나실 터이니 부평초와 같은지라, 어찌 종적을 찾을 수 있으리요? 삼생(三生)의 연분은 중하고 한때의 협의는 경한고로 잠시 권도로써 부끄러움을 무릅쓰고 늙은이를 시켜서 상공의 성함과 거주를 묻삽고 아울러 아내가 있나 없나를 늙은이에게 알아오라 하시더이다."

양생이 기쁜 낯으로 사례하기를,

"소생의 성명은 양소유요, 집은 초나라 땅이며, 나이가 어려 아직

장가들지 아니하였고 노모가 한 분 계시니, 예식은 두 집 부모께 아뢰고 하려니와, 꽃다운 언약은 이제 한 말로써 정하느니 화산(華山)이 길이 푸르고 위수(渭水)가 마르지 아니함으로 맹세하노라."

유모 또한 기꺼워하며 소매자락에서 글봉을 꺼내어 양생에게 주니 떼어본즉 그 또한 양류사(楊柳詞)라. 글에 읊었으되,

　　다락 머리에 수양버들 심었음은
　　낭군의 말 매어 머무르게 함이어늘
　　어찌하여 꺾어 채찍을 만들어
　　서울길을 새촉하여 향하는고.

양생이 한 번 읽고 그 글귀가 청신함을 칭찬하여 말하기를 왕우승(王右丞)이 아무리 학사라도 이에서 더할 수 없다 하더라. 이어서 시전지에 글 한 수를 써서 유모에게 주니, 유모 이를 품에 넣고 주막문을 나가려 하자, 양생이 다시 불러 일러주기를,

"소저는 진(秦)땅 사람이요, 나는 초(楚)땅 사람이라, 산천이 멀어 소식을 전하기 어려울 터이니 오늘의 이 약속에 확실한 중매가 없어 믿을 만한 근거가 없는지라, 오늘밤 월색을 타서 소저의 모습을 다시 바라보고자 하니, 그대는 소저께 아뢰어 물어보라. 내 글에 그 뜻을 비췄으니 즉시 회보하라."

유모가 응락하고 돌아와 소저께 아뢰기를,

"양공이 꽃다운 인연을 화산과 위수로써 맹세하고, 또한 소저의 글을 칭찬하며 글지어 회답하더이다."

하고 양공의 글을 바치자 소저가 받아보니 그 글에 읊었으되,

> 수양버들 늘어진 천만 갈래 실에
> 올마다 애틋한 심정 맺혀 있더라.
> 바라건대 달 아래 놋줄을 꼬아
> 좋은 봄소식을 맺으리라.

소저가 글을 읽고 나더니 얼굴에 기쁜 빛이 가득한지라, 유모가 다시 아뢰기를,

"양공이 오늘밤에 조용히 만나 글을 지어 서로 회답하는 것이 어떠한지 아뢰어 보라 하더이다."

소저는 이 말에 미소를 지으며 말하기를,

"남녀가 예식을 올리기 전에 사사로이 만남은 예절을 벗어난 일이나, 나는 몸을 그 사람에게 의탁하려 하니 어찌 어길 수 있으리요? 그러나 야밤에 만나면 남의 말이 무서웁고 부친께서 아시면 필연 중죄로 다스릴 터이니, 밝은 날을 기다려 대청에서 만나 언약을 맺음이 옳으니, 유모는 다시 가서 이 말을 전하라."

유모는 곧 객사로 달려가서 양생을 보고 소저의 말을 자세히 전하니, 양생이 탄복하되,

"소저의 영민하신 생각과 올바르신 말씀은 내가 따르지 못하리라."

하고, 유모에게 신신당부하여 내일 일을 정확히 하라 하니, 유모는 응락하고 되돌아가더라.

도사(道師)와의 만남

이날밤 양생은 엎치락뒤치락 잠을 이루지 못하고 닭 울기만 기다리니, 봄밤은 도리어 지루하기만 하더라. 이윽고 샛별이 비치며 북소리가 들려오는지라 동자를 불러 나귀를 먹이게 하였고 채비를 서두르는데 갑자기 천병만마(千兵萬馬)의 들끓는 소리가 문밖에서 요란하며 서쪽으로부터 달려오는지라, 양생이 대경실색하며 급히 옷을 걸치고 길가에 나가본즉, 병기 가진 군사와 피난가는 사람들이 산에 가득하고 들판에 넘쳐 소란하고 분잡하여 군사의 소리는 풍우 같고 백성의 곡성은 원근을 울리는지라, 옆의 사람한테 물어본즉 '신책장군(神筆將軍) 구사량(仇士良)이 스스로 왕이라 일컫고 군사를 일으켜 모반하매, 천자가 양주(楊州)로 나아가 순행하시는데, 관중(關中)이 요란하여 적병들이 흩어져 백성의 집을 노략질 한다'하며, 또 들은즉

'함곡관(函谷關)을 닫고 오가는 사람을 막고서 귀천을 막론하고 군대
로 집어 넣는다'하더라, 양생이 기겁을 하여 황망히 동자로 하여금
나귀를 재촉하여 남전산(藍田山)에 올라가 바위 틈에 숨으려 할 때
에, 홀연 산 위에 자그만 초가집이 보이는데 색구름이 가리고 맑은
학의 울음 소리가 들리는지라 인가가 있음을 알고, 동자를 잠시 기다
리게 한 다음 바위 틈으로 길을 더듬어 올라가니,도사 한 분이 책상을
의지해서 누워 있다가 일어나 앉으며 묻기를,

"그대는 피난하는 사람이니 필시 회남 땅 양처사의 아들이렸다."
양생이 크게 놀라며 공손히 재배하고 눈물을 흘리며 대답하되,

"소생은 과연 양처사의 아들이옵니다. 부친을 여읜 후 노모께만
의지하옵다가, 가진 재주는 없사오나 마음에 뜻하는 바 있어 외람
되이 과거를 보러가던 중, 화음 땅에 이르러 졸지에 난리를 만나
피난하려고 깊은 산을 찾아 들어왔다가 뜻밖에 신선을 뵈옵게 되
니, 이는 하늘이 도우사 선경(仙境)을 밝게 하심이외다. 부친의
소식을 오랫동안 듣지 못하와 세월이 흐를수록 사모하는 마음 간절
하옵는데, 신선께서는 부친의 소식을 아실듯 싶사오니, 부디 바라
옵건데 선군(仙君)은 한 말씀도 아끼지 마시고 소생의 마음을
위로해 주소서. 부친은 지금 어느 산에 계시며, 또한 기체는 어떠하
시나이까?"
도사가 웃으며 일러주기를,

"그대의 어른이 나와 함께 자각봉(紫閣峯) 위에서 바둑을 두고
작별한 지는 오래되지 않았지만, 어디로 가신지는 모르되 안색이
좋고, 머리도 희어지지 않았으며 풍채호걸하니, 그대는 너무 염려
치 마라."

양생이 울며 아뢰되,

"선군의 힘을 입어 부친을 한번 뵙기를 바라나이다."

도사가 다시 웃으며 이르기를,

"부자의 정이 비록 깊으나 선계와 속세가 자별하니, 그대를 위해 주선하려 하여도 할 수 없을 뿐더러 삼신산(三神山)이 멀고 십주 (十州 ; 신선이 사는 곳)가 넓어서 그대 어른의 거처를 알기도 어렵 도다. 그대는 여기에 좀더 머물러 있다가 길이 트이거든 돌아간다 해도 늦지 아니하리라."

양생이 부친의 안부는 들었으나, 도사가 주선한 뜻이 없는 것 같으 니 부친을 뵈올 길이 끊어지매 심회가 처량하여 눈물로 옷이 젖더 라, 노사가 위로하되,

"만났다 헤어지고 헤어졌다 만나는 것은 이치이니, 울어보아도 소용없는 일이니라."

양생이 눈물을 거두자 세상 생각이 말끔히 사라져서, 동자와 나귀 가 산문 밖에 있음을 잊어버리고 자리에 옮겨 앉으며 도사께 사례하 더라.

거문고와 퉁소를 배우다

도인이 벽에 걸린 거문고를 가리키며 말하기를,

"그대는 능히 이것을 탈 줄 아느뇨?"

양생이 대답하되,

"본디 몹시 즐기오나 스승을 만나지 못해 신묘한 곡조를 배우지

못하였나이다."

도인이 동자로 하여금 거문고를 양생에게 내주고 한번 타보라 하니, 양생이 이를 받아 무릎 위에 놓고는 풍잎송(風入松) 한 곡조를 타자 도사가 웃으며 말하기를,

"그대 손 놀리는 품이 가볍고 빨라서 가르쳐 볼 만하다."

하고는 몸소 거문고를 옮겨 천고에 전하지 못하던 너덧 가지 곡조를 차례로 가르치니 그 소리가 맑고 아담하여 인간세계에서 듣지 못하던 것이더라.

양생이 본디 지혜가 총명하여 음률을 한 번 배우면 그 신묘한 것을 능히 통달하는지라, 도사가 매우 기꺼워 하시더라. 다시 백옥으로 만든 퉁소를 꺼내어 몸소 한 곡조를 불어 양생을 가르치며 다시 일러 주기를,

"음률을 아는 사람끼리 서로 만나기란 옛 사람도 어렵게 여기던 바라, 이제 거문고 하나와 퉁소 하나를 그대에게 주노니 후일에 반드시 쓸 곳이 있을 터인즉 기억하여 둘지어다."

양생이 공손히 두 손으로 이를 받으면서,

"선생은 곧 가친의 친구이시라 소생이 가친이나 다름 없이 섬기고자 하오니, 바라건대 소생을 제자로 삼아주시옵소서."

도사가 웃으면서 말하기를,

"사람이 당하는 부귀에 미련을 그대가 수월히 벗어나지는 못하리라. 어찌 나를 쫓아 산속에서 세월을 보내리요? 그대가 돌아갈 곳이 또한 나와는 다르니, 나의 제자 될 사람이 아니라. 그러나 간절한 뜻을 저버릴 수 없어 팽조방서(彭祖方書) 한 권을 주노니, 이 법을 읽히면 비록 장생불사(長生不死)는 못할지라도 평생에 병이

34

없고 늙은 것을 족히 물리치리라."

양생이 다시 일어나 절하고 이를 받으면서 아뢰기를,

"선생께서 소자가 인간세상의 부귀를 누리겠다 하시니 외람되이 앞날의 일을 묻겠사옵니다. 소자는 화음현에서 진씨댁 여자와 장차 혼인할 것을 언약하옵다가 난리에 쫓겨 여기에 왔사오니, 모를 노릇이나 이 혼인이 제대로 이루어지겠나이까?"

대사가 크게 웃으며 일러주기를,

"혼인이란 밤처럼 어두운 것이라, 쉽사리 경솔하게 누설치 못할 것이나 그대의 아름다운 인연은 여러 곳에 있으니 진씨녀만을 외곬으로 생각할 것이 아니로다."

양생이 꿇어앉아 분부를 받고 객실에서 잠을 자는데 날이 채 밝기도 전에 도사가 양생을 불러 깨우며,

"거리가 이미 트이고, 과거는 내년 봄으로 연기했으니 그대의 모친이 기다리시는 고향으로 속히 돌아가 모친의 근심을 덜어 드리라."

하고는, 이어서 노비를 장만해 주니 양생이 백배사례하고, 거문고와 퉁소와 방서(方書)를 거두어 가지고 동구 밖으로 나갈새 슬픔을 이기지 못하여 돌아보니 그 집과 도사는 이미 간 곳이 없고 오직 산에 색구름이 아롱질 뿐이요, 양생이 산에 들어갈 때에는 버들꽃이 피었는데 하루밤 사이에 국화가 만발하였기에, 양생이 매우 이상스럽게 여겨 길 가는 이에게 물어본즉 '나라에서 각도 군사를 불러 올려서 겨우 다섯 달만에 역적을 모조리 잡아들이고, 천자는 서울로 돌아가시고, 과거는 내년 봄으로 연기하였다.'하더라.

어머니의 충고

양생이 다시 진어사의 집을 찾아가니 뜰 앞에 선 버들은 풍상을 겪어 옛 빛을 잃었으며, 채색한 누각은 재가 되고 타다 남은 추춧돌과 기와만이 빈 터전에 쌓였을 뿐이요, 동리는 황량하여 닭이나 개 소리가 들리지 아니하더라. 사람의 일이 쉽사리 변함을 슬퍼하며, 백년기약을 어기게 됨을 한숨지며 버들가지를 휘어잡고 석양을 등지고서 한갖 진소저의 양류사만 읊조리니, 글자와 글귀마다 솟구치는 눈물이 비점(批點)을 찍더라. 서운한 마음으로 돌아와 주막집 주인더러 묻되,

"진어사의 가족이 이제 어디 있느뇨?"

주인이 얼굴을 찡그리며 대답하기를,

"상공은 듣지 못하였나이까? 전일에 어사가 서울에 올라가 벼슬을 하고 소저 혼자서 비복을 거느리고 집을 지켰는데, 난리가 가라앉은 후에 어사께서 역적의 벼슬을 살았다하여 극형에 처하고 소저를 서울로 잡아갔는데, 그 후에 들은즉, 어떤 이는 끔찍한 화를 면치 못하였다 하며,또는 관비로 끌려갔다고도 하더이다. 오늘 아침에 관원들이 많은 죄인의 가솔들을 호송하여 이 주막 앞으로 지나가기에 그 연고를 물어본즉 이 무리가 다 영남현(英南縣)에 노비로 들어가는 사람들이라 하는데, 어떤 이가 말하기를 그 속에 진소저도 끼어 있더라 하더이다."

양생이 이 말을 듣고 눈물을 흘리며 괴이하게 여겨 탄식하기를 '남전도사가 진씨와의 혼인은 어두운 밤 같다 말씀하시더니 필시 소저는 죽었으리라'하고는, 이에 행장을 거두어 수주(秀州)로 떠나가

더라.

이 무렵 유씨부인은 서울의 난리 소문을 듣고 아들이 병화(兵禍)에 죽을까 염려되어 주야로 하늘을 우러러 정성들여 축수하니 안색이 초췌하고 온몸이 파리하여 아무래도 오래 부지하지 못할 듯하더니, 아들이 돌아오는 것을 보자 붙들고 통곡하며 죽었던 사람이 다시 살아서 돌아온 듯이 기뻐하더라.

어언 묵은 해는 지나가고 새봄이 돌아오니, 양생이 또 과거를 보러 가려고 하는지라. 유씨가 경계하여 일러주되,

"거년에 네가 서울 가서 위험한 고비를 겪었던 것이 지금까지도 두렵고 놀라운데, 네 나이가 아직은 어리니 공명을 다툼이 늦지 않으나 말리지 아니하는 것은 나도 역시 뜻하는 바 있는 연고로다. 이 수주는 심히 좁고 궁벽한 곳이어서 문벌과 재주와 용모가 너의 배필될 만한 사람이 없으매 네 나이 열 여섯이 되었으니 지금 정혼치 아니하면 때를 넘기기 쉽도다. 서울 자청관(紫淸觀)의 두연사(杜練士)는 곧 나의 외사촌 형님으로 도사가 된 지 오래되었지만 그 연세를 헤아려본즉 생존하셨을 듯하다. 그분의 기상이 비범하고 지식 또한 풍부하여 명문 거족(巨族)에 출입이 잦으니, 너를 친자식같이 여기어 극력 주선하여 어진 배필을 구하여 줄 터이니 네 이를 유의하라."

하고 편지를 써 주니 소유는 비로소 화음현 진씨의 일과 언약을 아뢰고서 처량한 빛을 보이매 유씨가 탄식하여 타이르되,

"진씨녀가 비록 아름다우나 이미 연분이 없어 그리된 것이다. 또 화패(禍敗)를 당한 집 자식이니 설혹 죽지 않았다 할지라도 만나기는 어려우니, 네 빨리 단념하고 다른 곳에 장가들어서 늙은 어미

의 마음을 위로하라."

소유는 모친께 하직하고 길을 떠나니라. 낙양(洛陽)에 이르러 갑자기 소낙비를 만나 남문밖 술집으로 들어가 비를 피하며 술을 먹을새, 주인더러,

"이 술은 상품이 아니로다."

하니, 주인이 이에 대답하기를,

"상공께서 상품을 구하실려면 천진교 다릿목에서 파는 술이 제일이니, 그 이름은 낙양춘(洛陽春)이요, 값이 천 냥이라."

하므로 양생이 속으로 생각하되,

'낙양은 예로부터 제왕이 다스리는 땅으로 번화하고 화려함이 천하의 으뜸이거늘 내 지난해에 다른 길로 갔으므로 그 좋은 경치를 못 보았으니, 이번 길에는 잠시 머물러 보고 가리라.'

술좌석에서 계랑(桂娘)을 만나다

양생이 동자를 시켜 나귀를 몰아 천진교를 향해 갈새 성 안에 연어서매 물화(物貨)가 번창하고 누각과 정자가 화려하여 낙수(洛水) 강물은 푸른 그림을 비스듬히 펴놓은 듯하며, 천진교에는 채색무지개가 양끝에 꽂히고 주루(朱樓)와 화각(畵閣)은 공중에 솟아서 햇빛을 받아 물위에 거꾸로 아롱지며 또한 주렴의 그림자는 향내나는 거리에 비꼈으니 가히 장관을 이룬 곳이더라. 화려한 누각 앞에 이르니 은안장의 백마는 길가에 매였고, 마부와 종 아이들이 바삐 드나들어 누각 위를 올려다본즉, 풍악소리는 중천에 울리고 비단옷 향기는 십 리에

퍼지더라. 양생이 동자를 시켜서 물어보니 성안 소년들과 모든 공자가 이름난 기생을 데리고 놀이 한다 하더라. 양생이 들으니 호기가 등등하고 시흥이 도도한지라 나귀에 내려 곧장 누상에 오르니, 소년 서생 십여 인이 미인을 거느리고 비단방석에 앉아 술상이 낭자한 가운데 고담준론(高談峻論)하는데 몸차림은 말쑥하고 의기양양한지라, 양생이 좌중을 향하여 인사하기를,

"생은 시골 선비로 과거 보러 가는 길에 이곳에 이르렀는데, 풍악소리에 젊은 몸이 그냥 지나칠 수 없어 염치를 무릅쓰고 불청객(不請客)이 스스로 왔사오니 바라건대 제공은 용서하시라."

여러 서생이 양소유의 용모가 수려하고 차림새가 말쑥함을 보고 일제히 일어나 절하며 맞아들여, 자리를 나누어 각기 성명을 통한 후에 좌중에 두생(杜生)이라 하는 자가 말하기를,

"양형이 정말로 꽈거 보러가는 선비이면 비록 청하지 않은 손이라도 오늘 놀이에 참여함은 무방하며, 또한 이토록 귀한 손을 우연히 만났으니 흥취가 더할 나위 없는지라, 무슨 거리낌이 있으리오?"

양생이 이 말을 받아 하는 말이,

"이 모임을 보건대 단지 술잔만은 권할 뿐 아니라, 시회(詩會)를 겸하여 글을 비교하시는 듯하니, 소제가 외람되이 제공들의 연회에 참여함은 심히 분수에 넘치는 일이외다."

여러 사람이 양생의 말씨가 공손하고 나이 어림을 업신여겨 대답하기를,

"양형은 청하여 온 손이 아니니, 글을 아니 지어도 무방하다. 우리와 함께 술을 마시고 노는 것이 좋을 듯 하도다."

하고는, 뒤이어 재촉하여 순배를 돌리고서 기생들을 시켜 풍류를

들려주더라. 양생이 잠깐 취한 눈을 들어 기생을 둘러보니 이십여
여인이 각기 재주가 있으되, 오직 한 기생만이 단정히 앉아 풍서도
아니하고 접대도 하지 않는데, 맑은 용모와 고운 태도가 실로 천하의
일색이라, 소유는 심신이 산란하여 어느새 순배를 잊고 그 미인 또한
양생을 바라보고 가만히 추파로써 정을 보내더라. 다시 양생이 자세
히 보니 여러 폭 시전(詩牋)이 쌓여 있기에 유생을 향하여 묻기를,
　"저 시편은 필시 제형들의 아름다운 글일 것이니 소생이 한 번
　　보아도 되겠소이까?"
하자 소생들이 미처 대답하기 전에 미인이 불쑥 일어나 시전을 가져
다 양생 앞에 놓더라. 소유가 낱낱이 훑어본즉 도합 십여 장의 글인
데, 그 가운데서 우열은 있으나 모두 그만그만하여 사람을 놀랠 만한
글귀가 없는지라 소유가 속으로 뇌이기를,
　"내 일찍이 낙양(洛陽)에는 인재가 많다고 들었는데, 이것으로
　　미루어 본즉 거짓말이로다."
　이에 시전을 미인 앞으로 밀어 놓고서 서생들을 향하여 허리를
굽혀 절하며 말하기를,
　"초(楚)땅 사람이 당나라의 글을 보지 못했다가, 다행히 제형들의
　　주옥 같은 글을 대하고 보니　흉금이 열리며　안목이 높아졌소이
　　다."
　이 때 여러 사람이 대취하여 정신없이 서로 지껄이기를,
　"양형이 다못 글귀의 묘한 것만을 알고 그 밖의 묘함은 알지 못하
　　렸다!"
　양생이 말하기를,
　"제형들의 보살핌을 입어 이제는 의심 없는 벗이 되었거늘, 어찌

그 밖의 묘한 것은 가르쳐 주지 않소이까?"

좌중에 왕생(王生)이라 하는 자 크게 웃으며 말하기를,

"형에게 무엇을 꺼리리오? 우리 낙양은 본디 인재가 많다고 일컬은고로 전부터 과거에 낙양 사람이 장원을 못하면 탐화랑(探花郎 ;옛날 과거 시험의 위 합격자)이 되는지라, 우리 여섯이 다 글로써 허된 이름은 얻었지만, 스스로는 그 우열과 고하(高下)를 매겨보지 못했는데, 지금 저 낭자의 성은 계씨요, 이름은 섬월이며, 자색과 가무가 동경(東京, 洛陽)에서 으뜸일 뿐 아니라 고금의 글을 모르는 것 없이 다 잘 알고 글을 보는 안목 또한 높고 신통하여 낙양의 모든 선비가 글을 지어 물으면, 평론과 조탁(彫琢)이 능란하고 털끝만큼도 빠짐이 없으매, 우리가 지은 글을 계랑(桂娘)에게 넘겨주어 그 눈에 드는 것을 가곡에 넣고 풍류에 실어 그 고하를 매기고 한편 계랑의 성명이 달 속의 계수를 따랐으니 이번 과거에 장원할 길조가 있으니, 이 어찌 묘하지 아니하뇨?"

두생(杜生)이 다시 덧붙여 말하기를,

"이 밖에도 기기묘묘한 것이 있으니, 즉 모든 글 중에서 한 수를 가려내어 계랑이 노래하면 그 글을 지은 사람이 오늘 밤에 계랑과 더불어 꽃다운 인연을 맺고 우리들은 이를 치하하는 사람이 될 것이니, 이 어찌 절묘한 일이 아니리요? 양형도 역시 사내라, 홍취가 없지는 않을 터이니 글을 지어 우리와 더불어 고하(高下)를 다툼이 좋으렷다."

하니 양생이 되묻기를,

"제형들은 글을 지은 지 이미 오래나, 나는 모르는 터라, 계랑이 벌써 어떤 사람의 글을 노래하였느뇨?"

왕생이 대답하되,

"계랑이 아직은 맑은 목청을 아껴 앵두같은 입술을 꼭 다물고 열지 아니하여 아직 맑은 노래 곡조를 우리에게 들려 주지 아니하였노 라."

양생이 말하기를,

"소제가 일찍이 초땅에 있으면서 글귀를 다소 지어 보았으나, 판 밖의 사람이니 제형들과 더불어 재주를 겨룸은 외람하외다."

왕생이 외치되,

"양생의 용모가 여자보다 아름다우니 장부(丈夫)의 뜻이 없고, 글재주도 또한 없나 보이다!"

양생이 비록 겉으로는 사양하였으나 계랑을 한 번 보매 방탕한 마음을 이기지 못하여, 그 곁에 있는 빈 시전지 한 폭을 뽑아 단숨에 글 세 수를 지으니, 순풍을 만난 배와 같고 목마른 말이 물을 마시는 것 같으매 모두들 놀라 낯빛이 달라지니라. 양생이 붓을 자리에 내던 지며 말하기를,

"마땅히 제형들에게 가르침을 청할 것이로되, 오늘의 시관(試官) 은 계랑이라 하니, 글장 바치는 시각이 늦지 않았나 염려스럽소이 다."

하고는, 곧 시전지를 계랑에게 넘겨주는데,

초나라 객이 서로 놀이 질때 진나라로 드니
주루에 와 낙양춘에 취하였더라.
달 가운데 붉은 계수나무 뉘 먼저 찍을꼬
금대문장에 사람이 스스로 있도다.

금진교 위에 버들꽃이 날리니
구슬발은 거듭거듭 저녁빛에 비치었더라
귀를 기울여 노래 한 곡조를 들으니
비단자리에 다시 비단옷 춤을 추랴.
꽃가지가 옥인의 단장 부끄럽게 하더니
가는 노래 아니 뱉아 입이 이미 향기롭더라.
시러금 대들보에 티끌이 날린 후를 기다려
동방화촉에 신랑을 하례할러라.

섬월이 샛별같은 눈을 들어 한 번 보더니, 맑은 소리로 노래하니
학이 높은 하늘에서 우짖고 봉이 대숲에서 우는 듯, 피리소리를 빼앗
기고 거문고가 곡조를 키니, 만좌한 사람들이 넋을 잃고 얼굴빛을
고치더라. 처음 서생들이 양생을 업신여기다가, 필경에는 길 세 수를
섬월이 노래 부르니 자연 흥취가 깨지자 서로 얼굴만 쳐다보면서
말이 없는데, 이는 섬월을 양생에게 내주기가 분하고 그렇다고 언약
을 저버리기 어려운 탓이리라. 양생이 그 기색을 알아차리고 일어나
며 작별 인사를 하되,
　"소제가 우연히 제형들의 두터운 대접을 받아 놀이에 취하고 또
　배 부르니, 참으로 감사하외다. 앞길이 멀고 갈 길이 바쁘니, 후일
　다시 즐거운 곡강(曲江 ; 중국 장안 근처의 강) 큰 잔치에 끼어들어
　사나이의 정분을 털어 보겠소이다."
하고는, 이어서 조용히 누각을 내려가니, 서생들도 또한 붙잡지 아니
하더라.

계랑이 규수를 천거하다

양생이 누각에서 내려와 나귀를 타고 길로 나서니, 계랑이 뒤쫓아
내려와 양생한테 말하기를,

"이 길로 가시면 길가에 회 칠한 담이 있고 앵두꽃이 만발한 곳이
첩의 집이오니, 바라건대 상공은 먼저 가셔서 첩을 기다리소서.
첩 또한 뒤쫓아 가겠나이다."

소유가 쾌히 응락하고 가자, 섬월이 누에 올라가 서생들에게 말하
기를,

"모든 상공이 첩을 더럽다 아니하시고 한 곡조 노래로서 오늘밤의
인연을 정했으니, 이제 어찌하오리까?"

서생들이 대답하되,

"양가는 객(客)이요, 우리가 약속한 사람이 아니니 거리낄 것이
없노라."

서로들 이말 저말을 늘어 놓으면서 결정을 짓지 못하니 섬월이
말하되,

"사람이 신용이 없으면 어찌 옳다고 할 수 있겠나이까? 첩이 마침
병이 있어 먼저 돌아가오니 바라건대, 상공들은 종일토록 못다한
즐거움을 풀어보소서."

하고 내려가니, 서생들이 불쾌는 하나 처음의 약속이고 보니, 그 비웃
음을 당하고도 감히 무어라 한 마디도 못하더라.

이리하여 양생은 객사로 돌아가 쉬었다가 날이 저물어 섬월의 집을
찾아가니, 벌써 뜨락을 쓸고 등불을 밝히어 어김없이 기다리기에,
소유가 나귀를 앵두나무에다 매어 놓고 문을 두드리니, 섬월이 맨발

44

로 달려나와 맞으며 하는 말이,

"상공이 먼저 떠났거늘 어찌 이제야 오시나이까?"

하자 양생이 이에 대답하되,

"일부러 뒤늦게 오려했던 것이 아니라, 말이 앞으로 나아가지 않는
다 라는 옛말이 있느니라."

하고, 서로 붙잡고 들어가 두 사람이 마주 앉으니 기쁨을 이기지 못하
더라. 섬월이 옥잔에 술을 가득히 부어 금루의(金縷衣) 한 곡조로써
권하니, 화용월태(花容月態)와 고운 노래소리가 능히 사람의 정신을
홀려 빠져들게 하는지라, 소유가 춘정을 억누르지 못하고 보드라운
손을 이끌고 금침에 누우니, 무산(巫山)의 꿈(초나라 희왕과 양왕이
산에서 낮잠을 자다가 선녀를 만나다)과 낙포(洛浦)의 인연(선녀와
의 만남)이라도 그 즐거움에 견주지 못하겠더라. 섬월이 자리 속에서
양생에게 이르기를,

"첩의 한 몸을 낭군께 의탁하고자 하와 첩의 심정을 대강 말씀
드리겠사오니 굽어 들으시고 불쌍히 여기소서. 첩은 본디 소주
(韶州) 땅 사람으로 부친이 일찍이 고을 아전이 되었으나 불행히
타향에서 죽었나이다. 살림살이가 구차하고 고향은 먼데다가 몹시
외로와 형편이 운구(運柩)할 도리 없고, 또 장사를 아니 지내지도
못하겠기에, 계모가 첩을 창기로 팔아서 백 냥 돈을 받아갔나이
다. 그로부터 첩이 욕과 설움을 참으며 몸과 마음을 굽혀 손님을
섬기었는데 하늘이 무심치 않다면 다행히 군자를 만나서 다시 일월
의 밝은 빛을 보기 바라던 바, 첩의 집 누각 앞이 곧 장안(長安;
당시 서울)으로 가는 길목이오라, 오가는 나그네들이 집 앞에서
쉬어 가지 않는 분이 없사오되, 이러구러 사오년 동안에 낭군같은

분을 만나지 못하다가, 평생 소원을 오늘 밤에야 이루었나이다. 낭군이 만일 첩을 더럽다 아니하오시면 첩은 밥짓는 종이 되기를 원하오니, 낭군의 뜻이 어떠하시나이까?"

양생이 정답게 대하며 좋은 말로 위로하기를,

"나의 깊은 정이 계랑과 같으나 나는 가난한 선비요, 또한 노모가 살아 계시니, 계랑과 함께 백년해로를 기약코자 하면 모친의 의향이 어떠하실지 모르고, 만일 처첩을 다 거느리게 되면 계랑이 달갑게 여기지는 않을 것이니, 계랑이 비록 믿지는 않는다 하더라도 천하에 그대같은 숙녀가 없을 터인즉 염려할 것은 없느니라."

섬월이 대답하기를,

"오늘날 천하에 낭군을 넘어설 사람이 없을 것이니 이번 과거에는 장원으로 급제하실 것이오며, 또한 정승의 인끈과 대장의 절월(節鉞)이 머지 않아 낭군을 돌아올 것이오니, 그리하오면 온 천하의 미녀가 다 낭군에게 따르고자 하오리니, 이몸이 무엇이 귀하다고 털끝만치라도 사랑을 독차지할 마음을 가지겠나이까? 바라옵건대 낭군께서는 명문의 규수에게 장가드사 어머님을 봉양토록 하옵시고, 천한 이몸을 버리지 마옵소서. 첩은 이후로 몸을 굳게 지키고 부르심만 기다리겠나이다."

소유가 대답하되,

"내 지난 날 화주땅을 지나다가 우연히 진씨 여자를 만났는데 그 용모와 빛나는 재주가 계랑과 더불어 견주어 볼만 하나 불행히도 이제는 만날 수 없는데, 계랑이 이제 날더러 처녀를 어디서 구하라 하는가?"

섬월이 이르기를,

"낭군이 말씀하시는 사람은 필시 진어사의 딸 채봉일 것이옵니다. 진어사 영감이 일찍이 이 고을 원님으로 계실 적에 진소저는 첩과 함께 친히 지냈사온데, 그 낭자 역시 탁문군(卓文君)의 모습이 있사오니, 낭군께서 어찌 사마장경(司馬長卿) 같은 정이 없사오리까? 그러하오나 지금 생각하옴은 무익한 일이오니, 소청하거니와 낭군께서는 다른 집에 구혼토록 하소서."

양생이 대답하되,

"예로부터 절색(絶色)이 같은 시대에 있지 않거늘, 이제 계랑과 진랑이 같은 때에 있으니 정명(精明)한 기운이 다하지 않았는가 두려울 따름이다."

섬월이 크게 웃으며 대답하기를,

"낭군 말씀을 듣자오니 우물 안 개구리란 허물을 면키 어렵겠나이다. 첩이 잠시 우리 창기들의 공론을 낭군께 말씀드리나이다. 천하의 청루(靑樓)에 삼절색(三絶色)이란 말이 있사온데, 강남땅에 만옥연(萬玉燕)이요, 하북땅에 적경홍(狄驚鴻)이요, 낙양에 계섬월이니 바로 소첩이오라. 홀로 헛된 이름만 얻었고, 옥연과 경홍은 참으로 당대의 절색이오니 어찌 천하에 절색가인이 없다 하시나이까? 옥연은 멀리 떨어져 있어 비록 한번도 만나보지 못하였으나, 남방에서 오는 사람들 중 칭찬치 않는 이가 없으니 헛말이 아님을 미루어 알 것이오며, 경홍은 첩과 형제 같으니 그 내력을 대충 말씀드리겠나이다. 적경홍은 파주땅 양갓집 딸로서 부모를 일찍 여의고 고모한테 의지하여 살다가, 십여 세부터 절묘한 재색이 하북땅에 널리 소문이 나, 근방의 사람들이 천금(千金)으로 사첩을 삼고저 하여 중매가 문턱이 닳도록 드나들었는데, 경홍은 고모에게 말하여 모두다 물리쳤다 하옵니다. 그러하오니 모든 중매장이들이 그 고모를 힐난하기를 낭자가 죄다 물리치고 허락치 아니하니, 도대체 어떤 사람을 얻어야 마음에 들겠는고? 대승상(大丞相)의 첩이 되고자 하느냐? 절도사의 부실이 되고자 하느냐? 명사(名士)에게 몸을 바치고자 하느냐? 수재(秀才)에게 보내고자 하느냐? 하고 성화같이 물으니, 경홍이 가로 막아 대답하옵기를 만일에 진나라 때 동산에서 기생을 이끌던 사안석(謝安石) 같은 자면 족히 대승상의 첩이 될 것이요, 만일에 삼국시대 사람들에게 곡조를 알게 하던 주공근(周公瑾)같을지면 족히 절도사의 부실이 될 것이요, 당현종(唐玄宗) 때 청평사(淸平詞)를 들이던 한림학자 이태백 같을지면 명사를 족히 따를 것이요, 한무제(漢武帝)때 봉황곡(鳳凰曲)을 들려 주던 사마상여(司馬相如) 같은 이 있을지면 족히 수재를 따르리라. 마음 가는 대로 할 터인데 어찌 미리 요량하리오,그러자 여러 중매장이들이 비웃고 돌아갔다 하옵니다. 그리고는 경홍이 홀로이 생각하기를 궁벽한 시골처자 이목이 밝지 못하니 장차 천하에 뛰어난 사나이를 가리어 점잖은 집안의 어진 배필을 구할 것이랴? 창녀는 영웅호걸과 잠자리를 같이 하여 수작을 피우고, 또 학문을 열어 귀공자나 왕손을 맞아들일 수 있으니 현우(賢愚)를 가려내기 쉽고 우열을 쉽사리 판단할 수 있을 것이나, 대를 초안(楚岸)에 구하고 옥을 남전산(藍田山)에서 캐내는 것과 같으니 어찌 기재(奇才)와 묘품(妙品) 얻기를 근심할 것이랴 하여 스스로 몸을 팔아 창기가 되어 뛰어난 사나이에게 몸을 맡기고자 하였은즉, 수 년이 못가서 이름을 널리 떨치게 되온지라, 상년 가을에 산동(山東) 하북(河北) 열 두 고을의 문인과 재사가 업도(業

都)에 모여 잔치를 베풀고 놀이할새, 그 좌석에서 예상곡(霓裳曲)을 부르며 한바탕 춤을 추니 편편하여 놀란 기러기같고 교교하여 나는 봉같아서, 수 없이 늘어 앉은 이름난 미녀들이 모두 다 낯빛을 잃었다 하오니 그 재주와 용모를 가히 짐작할 수 있으오리다. 잔치가 파하여 홀로 동작대(銅雀臺)에 올라 달빛을 보고 거닐면서 옛글을 더듬어 사모하다가 가슴을 찌르는 글을 읊조리며 향을 나눠 준 지난 날의 일을 회상하고, 이어서 조조(曹操)가 이교(二喬 ; 나라에서 제일 예쁜 여자)자를 누각에 감추지 못했음을 비웃으니, 보는 사람마다 그 재주를 사랑하고 그 뜻을 기히 여기지 않는 이 없다 하니, 지금 규중에 어찌 또 이런 처녀가 없사오리까? 경홍이 첩과 더불어 상국사에서 놀이할새 서로 마음에 간직한 일을 의논하다가 경홍이 나더러 말하기를 우리 두 사람이 만일 뜻에 맞는 군자를 만나거든 서로 천거하여 한 낭군을 같이 섬기면 거의 백년 신세를 그르치지 않으리라. 하기에 첩 또한 뜻을 같이 하기로 하였는데, 이에 낭군을 뵈오니 문득 경홍이 생각나오나, 경홍이 이미 산동제후(山東諸侯)의 궁중에 들어갔으니 이른바 호사다마라 하겠나이다. 제후의 후궁생활이 비록 극진하오나, 이 역시 경홍의 바라던 바 아니오니 분하오이다. 어찌 하오면 경홍을 다시 보고 이 사정을 말해 볼까 하여 아주 안타깝기만 하나이다."

양생이 이르기를,

"청루 속에 비록 재주 있는 여자가 많다 하나 어찌 사대부가 규수 대신으로 창기를 맞아들이도록 양보할 수 있을까 보냐?"

하자 섬월이 이에 대답하되,

"첩이 생각한 바로는 진낭자 같은 여자는 없사오나, 만약에 진낭자만 못하오면 첩이 어찌 낭군에게 천거하오리까? 첩이 벌써부터 듣사오니 장안에서 모두 칭찬하되 정사도(鄭司徒)의 딸이 아름다운 자색과 그윽한 덕행으로 요즘 여자 가운데 제일이라 하오니, 첩이 직접 보지는 못했으나 예로부터 헛칭찬으로 이름나는 일은 없다하오니, 낭군이 서울에 가시거든 유의하여 찾아보시기 바라나이다."

이야기 하는 사이에 동녘이 밝아온지라 두 사람이 같이 일어나 세수하고, 섬월이 말하기를,

"이곳은 낭군께서 오래 머무르실 자리가 아니오며, 더구나 어제의 모든 공자들이 심술궂은 생각이 없지 않을 터이오니, 상공께서는 일찍 길을 떠나시도록 하소서. 이후도 모실 날이 허다하온데 어찌 여자의 섭섭한 심정만을 말할 수 있사오리까?"

양생이 사례하며 이르기를,

"계랑의 말이 금석같이 굳으니, 마땅히 가슴 속에 새겨 두리라."

하고, 눈물을 흘리면서 작별하니라.

거짓 여관(女冠)의 거문고

양생이 낙양을 떠나 장안 서울에 이르러 사관을 정하고 과거 보는 날을 기다리나 아직도 멀었는지라, 사관 주인한테 자청관(紫淸觀)의 소재를 물으니 춘명문 밖이라 하더라. 곧 예물을 갖추어 가지고 두연사(杜練士)를 찾아가니, 그 연세가 육십여 세에 계행(戒行)이 아주 높아 자청관 여관(女冠) 가운데 으뜸이 되어 있더라. 소유가

절하며 뵈옵고 모친의 편지를 올리니, 연사가 안부를 묻고 눈물을 흘리면서 말하기를,

"그대의 자당과 이별한 지 이십여 년에 저렇듯 큰 아들이 있으니 세월이 빠르구나. 내 몸이 늙어 서울같은 번화하고 소란스러운 데가 싫어 장차 멀리 공동산으로 가서 선도(仙道)를 닦으며 마음을 세상 밖에 붙이려 하였는데 그대 자당의 편지 부탁이 이러하시니, 내 마땅히 그대를 위하여 더 머물러 있겠노라. 그대의 풍채가 빼어나 천상의 신선 같으니, 요즘 규수 가운데 상대가 될 만한 배필을 얻기가 어려울까 하노라. 그러나 차차 골라 볼 것이니 겨를이 있거든 다시 한 번 찾아오도록 하라."

하니 양생이 이에 대답하기를,

"소질(小姪)의 집안은 가난하고 어머님께서는 연로하신데, 나이 이십이 가깝도록 궁벽한 시골에서만 살았던 탓으로 마음대로 아내 될 사람을 가려내지 못하면서도 희구(喜懼)가 간절히 바라고 계시던 차에 도리어 의식(衣食)의 근심을 끼치고 효성을 다하지 못하여 죄송하옵더니 이제 숙모를 뵈옵고 이렇듯 걱정해 주시는 것을 뵈오니 감격하여 마지 않겠나이다."

곧 하직하고 물러나와, 이즈음 과거 일자가 차츰 박두하나, 혼처 구한다는 말을 들은 이후로는 공명을 바라는 마음이 멀어져가 수일 후 다시 자청관을 찾으니 연사가 웃으며 말하기를,

"한 곳에 처녀가 있는데, 그 재주와 용모가 실로 양생의 배필이 됨직하나, 그 문벌이 너무도 높은 육대나 내려오는 공후(公侯)요, 삼대나 내려오는 대신 집안이라, 양생이 이번 과거에 장원을 하면 혼인 가망이 있으나, 그렇지 못하면 말을 꺼내보아도 쓸데 없으니

그대는 번거롭게 나를 찾지 말고 과거 공부에 힘써 장원을 따도록
하라."

양생이 물어 보기를,

"대체 뉘집 색시오니까?"

연사가 가르쳐 주기를,

"정사도(鄭司道;벼슬)의 딸인데, 붉은 문이 한길로 트이고 문 위에
창을 걸쳐 놓은 것이 바로 그 집이니라. 그 딸이 바로 선녀요, 속세
사람이 아니니라."

소유가 문득 섬월의 말이 생각나기에 이 여자가 어떠하길래 이토록
칭찬을 듣는가 하면서, 연사에게 되묻기를,

"정씨 규수를 숙모께서 직접 보신 일이 있나이까?"

연사가 대답하되,

"내가 어찌 보지 못하였으리오? 정소저는 바로 하늘 사람이니
그 아름다움을 입으로 형용키는 어려우니라."

다시 소유가 말하기를,

"소질이 너무 자랑하는 말 같사와 송구하오나 이번 과거에 장원하
기란 주머니 속에 물건 집는 것같이 쉽사오니 이것은 염려할 거리
가 되지 않사옵니다. 평생 병통 같은 소원이 있사온 즉, 처녀를
보지 못하고는 구혼할 생각이 없사오니, 숙모님께서는 자비로운
마음을 베푸시와 소질로 하여금 그 용모를 한 번 보게 해 주소
서."

연사가 놀라며 하는 말이,

"재상집 여자를 어찌 쉽사리 볼 수 있으리오? 그대가 혹 내말을
믿지 못하는 것이 아닌고?"

양생이 대답하되,

"소질이 어찌 숙모의 말씀을 의심하오리까마는, 사람의 소견이 같지 않은 법이온데 숙모의 눈이 어찌 소질의 눈과 같사오리까?"

연사가 이르기를,

"봉황과 기린은 어린아이들이라도 다 상서(祥瑞)롭다 일컫고, 청천백일(靑天白日)은 어질고, 어리석은 이가 모두들 보나니 눈없는 사람이 아니고는 그 자태와 심덕(心德)을 알아보지 못하리오?"

양생이 불쾌한 마음으로 사관으로 돌아갔다가 기어이 연사의 허락을 듣고 싶어서 이튿날 새벽에 또 도관으로 찾아가니, 연사가 웃으며 이르기를,

"양랑(楊郞)이 필시 일이 있으렷다."

소유가 또한 웃고 대답하기를,

"소질이 정소저를 보지 못하고는 의심이 가시지 않사오니, 다시 바라옵건대 모친이 부탁하신 뜻을 돌아보시고 소질의 간절한 생각을 살피시어 신기한 계책으로써 한 번 바라보게 해 주소서."

연사 머리를 좌우로 저으면서,

"극히 어려운 노릇이로다."

하고는 깊이 생각에 잠겼다가 다시 말하기를,

"내가 보기에 그대는 총명하고 영민하니 학문을 배우는 여가에 음률을 익힌 바 있느뇨?"

소유가 대답하되,

"소질이 전일에 도사를 만나 신묘한 곡조를 배워 족히 오음육률(五音六律)을 다 알고 있나이다."

연사가 말하기를,

"대재상의 집이라 담이 높고 중문이 다섯 겹이요, 화원이 또한 깊으니 몸에 날개가 돋지 않고서는 넘어갈 길이 없느니라. 정소저가 글을 읽고 예절을 알아서 일거일동이 예절에서 벗어남이 없으며, 지난 날 우리 도관에서 분향도 한 바 없고 또 절에 가서 재를 올리는 법도 없고 정월 보름날에 등불구경도 아니하고 삼월 삼짓날 즐거운 곡강(曲江) 놀이에도 끼지 아니하니, 남이 어디로 따라가 엿볼 수 있으리요? 다른 한 가지 일로써 다 잘 되기를 바라나 양랑이 즐겨 따르지 않을 듯 하도다"

소유가 대답하되,

"만일 정소저를 보아서 승천입지(昇天入地)하고 부탕도화(趺湯蹈火)할지라도, 어찌 따르지 아니하오리까?"

연사가 이르기를,

"정사도는 근래에 와서는 몸 늙고 병들게 되어 벼슬살이를 좋아하지 아니하고 오직 흥을 산수와 음률에 두었고, 그 부인 최씨도 본디 음률을 좋아하므로 소저 총명하고 영민하여 천만 가지 일에 모르는 것이 없고, 음률에 있어서도 청탁고저(淸濁高低)를 한 번 들으면 쉽사리 이를 분석하여 비록 사광(師曠)의 총명과 종자기(鍾子期;거문고의 명수)의 신통이라도 이를 넘지 못할 것이니, 최부인이 언제나 새 곡조를 들으면 반드시 그 사람을 불러 앞에서 아뢰게 하여, 소저로 하여금 높낮음을 평론케하여 책상머리에 몸을 기대고 노래 듣는 것을 낙으로 삼으니, 내 의향으로는 양랑이 진실로 거문고를 탈 줄 알거든 미리한 곡조를 익혀두고 기다리고 있다가, 삼월 그믐날은 영부도군(靈府道君)의 생신이라, 정사도 집에서는 해마다 계집종을 보내어 향촉(香燭)을 가지고 도관으로 오나

니, 양랑이 이때에 여복으로 바꾸어 입고 거문고를 뜯어 계집종이
듣게 하면 필연 돌아가서 부인께 여쭐 것이요, 그러면 부인께서
틀림 없이 청해 갈 터이라, 정사도 집에 들어간 후에 소저를 만나
보거나 못 보거나 하는 것은 모두가 연분에 달렸으니 내가 알 바
아니고, 별로 다른 계책은 없도다. 또한 그대의 용모가 아리따운
여자의 모습과 비슷하고, 수염이 나지 아니하였으니 변장하기 어렵
지 아니하도다."

소유는 크게 기뻐하며 물러가서는 손꼽아 그믐날을 기다리더라.

원래 정사도의 슬하에는 다른 자식이 없고 오직 딸 하나 뿐인데,
그 부인이 해산하던 날 잠결에 본즉 하늘에서 선녀가 내려와 명주
(明珠) 한 개를 방 안에다 놓더니, 오래지 않아 소저를 낳게 되므로
이름을 경패(瓊貝)라 붙이니라. 점점 자라남에 따라 아름다운 자색과
기이한 재주가 실로 만고에 제일이라, 사도부처가 이를 매우 사랑하
여 그 배필될 사람을 구하고자 하나 마땅한 곳이 없어, 나이 열 여섯
살이 되도록 아직 혼처를 정하지 못하였더라.

하루는 최부인이 소저의 유모인 전구를 불러 이르기를,

"오늘은 영부도군의 생신날이니 네가 향촉을 가지고 자청관에
가서 두연사에게 전하고, 아울러 옷감과 다과로써 나의 그리워함과
잊지 못하는 정의를 아뢰라."

유모가 분부를 받고서 작은 가마를 타고 도관에 이르니 두연사는
그 향촉을 받아 삼청전(三淸殿)에 공양하고, 또한 비단과 다과를
보내 주심을 깊이 사례하며 보내려할새, 양생이 별당에서 거문고
한 곡조를 타는지라, 유모가 교자를 타려 하다가 무심코 들은즉 거문
고 소리가 별당 서편에서 나는데 그 음률이 맑고 새로와서 구름위에

떠 있는 듯 한지라, 교자를 머무르게 하고 귀를 기울여 듣다가 연사를
돌아보고 묻기를,

"이몸이 우리 부인을 좌우로 모시는 까닭에 유명한 사람들의 거문
고를 많이 들었으나, 이같은 음률은 금시초문이라 알지 못하겠소이
다만 어떠한 사람이 타는 것이오니까?"

연사가 대답하여 일러주기를,

"일전에 어린 여관(女冠)이 초 땅에서 올라와 서울 구경을 하고자
하면서 아직 이 도관에 머물러 때때로 거문고를 타는데, 이 몸은
음률을 잘 모르는고로 그 청탁(淸濁)을 아직 분간치 못했더니
이제 그대가 이렇듯이 음률소리에 칭찬하는 것을 보니 필경 명수로
다."

하니 유모 전구가 말하되,

"우리 부인께서 이 말을 들으시면 필시 부르실 터이니 좀더 그
사람을 만류하여 다른 곳으로 떠나지 못하게 하소서."

연사가 이를 승낙하고 유모를 돌려보낸 다음 들어와 유모 전구의
말을 소유에게 전하니, 소유가 기뻐하며 부인이 부르기를 고대하더
라.

지음(知音)을 만나다

이 때 유모가 정사도댁으로 돌아와 부인께 아뢰되,

"자청관에 어떤 여관이 있어 거문고를 타는데 신기한 음률을 내더
이다."

56

 부인이 이 말을 듣고서,

 "내가 한번 듣고자 하노라."

하고는, 이튿날 보고(步轎) 한 채와 시비 한 사람을 보내어 연사에게 말을 전하되,

 "젊은 여관의 거문고를 한 번 듣기를 원하니 그 사람이 오기를 꺼리더라도 아무쪼록 권하여 보내도록 하시오."

하거늘, 연사가 그 시비를 돌아보며 양생더러 일러주기를,

 "귀하신 분이 부르시니, 그대는 사양치 말도록 하라."

하니 양생이 대답하되,

 "시골 천한 몸이 귀부인 앞에 나아가 뵈옵기 어려운 노릇이오나, 연사의 발씀을 어찌 감히 거역할 수 있겠나이까?"

 이제 여도사(女道士)의 두건과 의복을 갖추어 입고 거문고를 가지고 나오니 위부인(魏夫人)의 모습에 사자연(謝自然 ; 선녀 이름)과도 같은 풍채이므로, 정씨댁의 시비가 탄복하기를 마지 않더라. 소유가 정사도댁에 이르러 시비의 안내로 들어가니, 최부인이 대청에 앉았는데 그 몸가짐이 얌전한지라, 소유가 당하에서 재배하니 부인이 답례하며,

 "시비의 말을 듣고 거문고를 한번 듣고 싶어 청했는데 도인(道人)의 맑은 거동에 접하니 세속의 어지러운 생각이 일시에 없어지는 것을 느끼겠노라."

 이어서 자리를 마련해 주나, 소유가 자리를 사양하며 다소곳이 인삿말을 하되,

 "이몸은 본디 초 땅 사람으로서 떠돌아 다니는 신세이온데, 졸렬한 재주로써 외람되이 부인 앞에 나아오니, 황송하기 그지 없소이다."

부인이 시비를 시켜 거문고를 가져다가 만지면서 칭찬하기를,

"참으로 묘한 재목이로다."

소유가 대답하되,

"이 재목은 용문산(龍門山) 위에서 백 년이나 묵은 오동나무이온 지라, 성질이 굳고 단단하여 금석(金石)같사오니, 천금을 주고도 사지 못할 것이오이다."

이렇게 대답하고 있는 사이에 섬돌에 그늘이 옮아오나 소저의 움직임이 막연하더라.

양생이 마음이 조급하고 걱정이 되기에, 부인께 사뢰기를,

"이몸이 비록 옛날 곡조를 많이 익혔으나, 요즘의 곡조를 타지 못하올 뿐 아니오라 곡조의 이름조차 모르옵는데, 자청관 여관에서 듣자온즉 댁 따님께서 음률을 알기로는 오늘의 종자기(鍾子期)라 하오니, 바라옵건대 천하에 으뜸가는 재주를 가지신 따님의 가르침을 받고자 하나이다."

부인이 이를 허락하고 시비로 하여금 소저를 부르니, 이윽고 수놓은 창문이 열리며 기이한 향내가 풍기더니, 소저 나아와 부인곁에 앉으므로 양생이 몸을 일으켜 절한 다음 눈을 얼핏 들어 바라보니, 아침해가 붉은 노을을 헤치며 솟아오르고, 연꽃이 바로 푸른 물에 비친 것 같아 정신이 오락가락하고 눈 앞이 아른거려 능히 바라볼 수 없더라. 소저의 앉은 자리가 멀어 눈길이 미치지 못함을 안타까이 여겨, 부인께 아뢰기를,

"이몸은 소저의 자상한 가르침을 받고자 하오나, 대청이 너무 넓어서 성음(聲音)이 흩어져 자세히 듣지 못하지 않을까 두렵소이다."

부인이 시비를 시켜 여관의 자리를 앞으로 옮기고 앉기를 권하니,

비록 부인의 자리에 가깝고 마침내는 소저의 오른편이 되어서, 멀리 서로 마주 볼 때만 못하나, 양생이 감히 두 번 다시 간청하지는 못하더라. 시비를 시켜 화로에 향을 피우니 양생이 자리를 고쳐 앉아 거문고를 당기며 묻는 말이,

"여섯 가지 꺼리는 것이 없소이까?"

소저가 대답하기를,

"매우 찬 것과 매우 더운 것과 크게 바람 부는 것과, 비가 많이 오는 것과, 빠른 우뢰와 눈 오는 것을 꺼리는데 지금은 이 여섯 가지가 다 없노라."

양생이 다시 묻기를,

"일곱 가지 타지 못하는 일이 없나이까?"

소저가 대답하기를,

"초상난 것을 들은 자와, 마음이 어지러운 자와, 일에 의심을 가진 자와 몸이 정결치 못한 자와, 의관을 정제치 못한 자와, 향을 피우지 않는 자와, 지음(知音)을 만나지 못한 자가 타지 못하나, 지금은 또한 이런 결점이 없노라."

양생이 진심으로 탄복하며 먼저 예상곡(霓裳曲)을 타니, 소저가 탄복하기를,

"참으로 이 곡조는 아름답도다 / 완연히 태평성대(太平盛大)의 기상이라 사람마다 다 알아 듣기는 하되, 그 신묘함이 도인의 솜씨와 같은 자 없을 터이니, 이는 이른바「어양비고 동지래 경파예상 우의곡＝漁陽鞞鼓動地來 驚罷霓裳羽衣曲」이라는 곡조가 아닌가? 음란한 곡조라 감히 듣지 못하겠으니, 다른 곡조 타기를 바라노라."

양생이 다시 한 곡조를 타니, 소저가 말하기를,

"이 곡은 즐겁되 음란하고 슬프되 너무 급한즉, 곧 진후주(陳後主 ; 남북조 시대의 왕)의 「옥수 후정화＝玉樹後庭花」라, 이른바 죽어 지하에서 만약에 진후주를 만나면 「기의중문후정화＝豈宜重問後庭 花」라 하는 것이라, 숭상할 바 못되니 다른 곡조를 아뢰라."

양생이 또 한 곡조를 타니, 소저가 말하기를,

"이 곡조는 서러운 듯, 기쁜 듯, 감격한 듯, 상념하는 듯하니, 옛날에 채문희(蔡文姬 ; 옛 중국의 재원)가 난리를 만나 오랑캐에게 잡혀 갇혀 두 아들을 낳았는데 그후에 조조(曹操)가 문희를 위하여 몸값을 치르고 돌아오게 할새, 두 아들과의 이별에 이 곡조를 지어 슬픈 뜻을 붙이니, 이는 이른바 「호인 낙루 천변초 한사단장 대 귀객＝胡人落淚川邊草, 漢使斷腸對歸客」이라는 것이 그것이로다. 그 소리는 들음직 하나 절조를 잃은 사람이라 어찌 족히 논의할 수 있으리요? 새 곡을 청하노라"

양생이 다시 한 곡조를 타니, 소저가 말하기를,

"이는 왕소군(王昭君)의 출새곡(出塞曲)으로 몸이 그곳에 있음을 슬퍼하고, 화공이 공평치 못하였음을 원망하여 불평하는 마음으로써 곡조 가운데 붙였으니 이는 곧 「수련일곡전악부능사천추상기라 ＝誰憐 一曲傳樂府 能使千秋傷綺羅」라 하는 것이라. 그러나 이는 오랑캐 땅의 곡조요, 변방의 소리라, 본디 바른 것이 아니니 다른 곡조가 없을꼬?"

양생이 또 한 곡조를 타니, 소저가 얼굴을 고치며 말하기를,

"내 이 소리를 들은 지 오래더니, 도인(道人)은 실로 범인이 아니로다. 이는 반드시 영웅이 때를 만나지 못하여 마음을 속세 밖에

붙이고 충의의 기운이 문란하여 가득하니 해숙야 (죽림칠
현의 한 사람)의 광릉산(廣陵散)이 아닌가? 급히 동시(東市)에
벨 때 해 그림자를 돌아보고 한 곡조를 타되 원통하다! 광릉산을
배우려고 하는 자 없기에 내 아껴 전하지 않았더니 슬프다, 광릉산
이 이로부터 끊어졌노라 하니 이는 곧 「독조하동남 광릉하저재＝
獨鳥下東南 廣陵何處在」라 하는 것이라, 후세에 전한 자 없다 하는
데 도인이 정녕 해숙야의 넋을 만나 보았도다.”

양생이 끓어앉아 대답하기를,

“소저의 슬기로움을 오늘날 따라갈 이 없소이다. 이몸이 지난날
스승에 듣사오니 그 말씀이 지금의 소저의 말씀과 똑 같소이다.”
하고 또 한 곡조를 타니, 소저가 칭찬하여 이르기를,

“푸른 산은 높이 솟아 있고 푸른 바다는 넓디넓은데 신선의 자취가
속세에 보이니, 이는 백아(伯牙 ; 춘추시대의 음률인)의 수선조
(水仙操)가 아니요? 이는 곧 종자기를 이미 만났으니 유수(流水)
를 아뢰매 무엇이 부끄러울꼬 하는 것이라, 도인의 지음(知音)을
백아의 넋이 안다면 종자기(種子期)의 죽음을 그다지 서러워하지
는 아니하리로다.”

양생이 또 한 곡조를 타니, 소저가 옷깃을 여미고 끓어앉아 말하기
를,

“거룩하고 극진하도다. 성인(聖人)이 어지러운 세상을 당하여
온천하를 돌아다니며 백성을 구제할 뜻이 있으니 공선부(孔宣父
; 공자)가 아닌가? 누가 능히 이 곡조를 지으리오? 필연 의란조
(猗蘭操)이니 이는 곧 구주(九州 ; 전 중국)을 떠돌아 정처가 없다
함이 아닌가?”

양생이 꿇어앉아 향을 피우고 다시 한 곡조를 타니 소저가 탄복하기를,

"아름답도다 이 곡조여! 천지만물이 부드러워 모두가 봄빛이요, 높디높고 넓디넓어서 무어라 이름지을 수 없으니, 이는 대순(大舜)의 남훈곡(南薰曲)이라. 이는 곧「남풍지훈혜 해오민지온혜＝南風之薰兮 解吾民之慍兮」로다. 진선진미(眞善眞美)함이 이에 앞설자 없으니, 비록 다른 곡조가 있을지라도 더 바라지 않겠노라."

양생이 우러러 대답하기를,

"이몸이 듣사옵기로는 음률 아홉 번에 천신이 내린다하오니, 이제 이미 여덟 구조를 타고 아직도 한 곡조가 남았으니 다시 타보고자 하나이다."

하고, 거문고 기둥을 바로잡고 줄을 골라 타니 그 소리가 흐르는 듯 또렷하여 또한 타오르는 듯하여 능히 사람으로 하여금 심신을 방탕케 하며 뜰 앞에 백 가지 꽃이 일시에 활짝 피어나고 제비는 쌍쌍이 날고 꾀꼬리가 서로 우짖는 듯 하더라. 소저가 잠깐 고운 눈길을 떨어 뜨리고 잠잠히 앉았더니 봉혜봉혜 귀고향(鳳兮鳳兮歸故鄉)하여 오유사해 구기황(傲遊四海 求其凰)이란 곡조의 대목에 이르러서는, 소저가 번득 눈길을 들어 양생을 보고 그 기상을 보더니, 붉은 빛이 두 뺨에 오르고 누른 기운이 눈썹으로 사라지며 취한 듯 갑자기 낯빛이 달라지더니 조용히 몸을 일으켜 내당으로 들어가므로, 양생이 깜짝 놀라 거문고를 밀치고 눈을 바로 뜨고 정신 없이 소저를 바라볼새 흙으로 만든 흙사람 같은지라, 부인이 앉으라 하며 묻기를,

"도인이 지금 탄 것은 무슨 곡조인고?"

양생이 잠깐 대답하되,

"이몸이 스승에게 배워 익혔으나, 이름은 알지 못하는고로 소저의 가르침을 기다리나이다."

소저가 오래도록 나오지 아니하기에, 부인이 시비를 보내어 연고를 물어본즉, 시비가 돌아와 아뢰기를,

"아가씨께서 반나절이나 바람을 쏘였기로 심기가 불편하시와 나오지 못하겠다 하옵니다."

양생이 소저가 짐작하지 않았을까 하여 마음으로 미안하게 여겨 감히 더 머무르지 못하고 부인께 하직하되,

"소저께서 불편하시다 하온즉 이몸이 지나쳤나 보옵니다. 생각컨대 부인께서 몸소 가 보실 듯 하옵기에 그만 물러가고자 하나이다."

부인은 은과 비단을 내다가 상금으로 주거늘 양생이 사양하여 받지 않으면서,

"이몸이 비록 다소의 음률을 아오나 스스로 즐길 따름이온데 어찌 광대같이 놀이채를 받으오리까?"

하고 이어서 머리를 조아려 사례하고서 섬돌로 내려가더라.

장원급제하다

부인이 소저의 병이 근심되어 곧 불러 물어보니, 괜찮더라. 이때 소저가 침방(寢房)으로 돌아와 시비더러 물어보기를,

"춘랑의 병이 오늘은 어떠하냐?"

하니 시비가 대답하되,

"오늘은 아가씨께서 거문고 소리를 들으신다는 말씀을 듣고 병이

차도가 있어 일어나 세수를 했사옵니다."

본디 춘랑의 성은 가씨(賈氏)이며, 서호(西湖) 사람으로 그 부친이 서울에 올라와 승상부(丞相府)의 아전이 되어서 정사도 집에 공로가 많이 있었는데, 불행히 병으로 죽었으니, 그때 춘랑의 나이 겨우 십 세라. 정사도의 부처 그 의지할 곳이 없음을 불쌍히 여기고 거두어 집안에 두고 소저와 더불어 놀게 하였는데, 그 나이는 소저와 한 달이 틀리나 용모가 매우 곱고 백 가지 태도를 갖추어 단정하고, 존귀한 기상은 비록 소저를 따르지 못할지언정 절세의 미인이요, 문필과 바느질 솜씨 또한 신통함이 소저와 다름없으니, 소저는 동생같이 알고 잠시도 곁을 떠나지 못하게 하며 종과 주인의 구분은 있으나 실로 친구의 정이 있는지라, 본 이름은 초운(楚雲)인데 소저는 그 태도를 사랑하여 한퇴지(韓退之) 글에서 '다태도춘공운(多態度春空 雲)'이라는 글귀를 떼어서, 그 이름을 고쳐 춘운(春雲)이라 하니 집안에서는 모두들 그렇게 부르더라.

춘랑이 소저를 보고 묻기를,

"아까 모든 시녀들이 다투어 말하기를 대청에서 거문고 타는 여관 의 용모가 신선 같고 희한한 곡조를 타므로 아가씨께서 대단히 칭찬하신다 하여 제가 불편함을 참고 한번 구경코자 했사온데, 그 여관이 어찌 그다지도 속히 돌아갔나이까?"

하니 소저가 얼굴을 붉히면서 천천히 말하되,

"내가 몸가짐을 조심하고 마음 가지기를 옥같이 하여 발자취가 중문 밖을 넘지 아니하였고, 하는 말이 친척에게도 미치지 않는 것은 너도 잘 아는 바거늘, 하루 아침에 남한테 속아 수치를 당하 니 차마 어찌 낯을 들어 사람을 대하겠느냐?"

64

하자 춘랑이 놀라며 되묻기를,

"이상하옵니다. 어찌 된 영문이옵니까?"

소저가 다시 대답하되,

"아까 왔던 그 여관의 용모가 청수하고, 거문고의 재주도 신묘하더라."

하고, 되풀이하며 말을 끝맺지 못하기에 춘랑이 이르기를,

"그 여관이 어떻게 하더이까?"

소저가 대답하되,

"그 여관이 처음에 예상곡을 타고 나중에 대순의 남훈곡을 타기에 칭찬해 주고 그치기를 부탁하였더니, 여관이 또 한 곡조 있다하여 다시 새 곡조를 탓는데, 이것이 사마상여(司馬相如)가 탁문군(卓文君)의 마음을 돋구던 봉구황곡(鳳求凰曲)이라, 내 비로소 의심나기에 자세히 보니 그 얼굴과 몸놀림이 여자와는 판이 하니, 필시 간사한 사내가 봄빛을 구경코자 변복하고 들어온 것이니, 다만 분한 것은 내가 병만 없었던들 같이 보고서 그 진위를 가려냈을 것이 아니겠느냐? 내가 규중처녀로서 알지 못하는 남자와 함께 반나절이나 마주 앉아서 이야기를 하였으니, 비록 모녀 간이라도 모친께 차마 이런 말씀을 아뢰지 못하였으니, 네가 아니고서야 뉘한테 이런 말을 밝히겠느냐?"

춘랑이 웃으며 말하기를,

"사마상여의 봉구황곡을 처자인들 듣지야 못하오리까? 아가씨께서는 술잔 속에 활그림자를 보셨나이다."

소저가 대답하되,

"그렇지 않도다. 이 사람이 곡조를 타는데 차례가 있었으니, 만일

마음에 없을진댄 하필이면 봉구황곡을 모든 곡조 끝에 탓겠느냐?
하물며 여자 가운데는 용모가 혹 가냘픈 자도 있고 혹은 억세게
생긴 자도 있으니, 기상이 씩씩하기를 이 같은 사람은 보지 못하였
으니 생각으로는 과거가 임박하여 사방 선비들이 모두 서울로 모여
들었으니, 그 중에서 내 소문을 잘못들은 자가 망령되어 꽃구경이
나 하자고 계교를 꾸민 듯하도다."

춘랑이 이르기를,

"그가 틀림 없이 남자이오면, 그 얼굴이 청수함과 기상의 호탕함이
그와 같고, 음률에 정통함 또한 그와 같으니 그 재주가 높고 많음
을 족히 알 수 있겠나이다. 어찌 미리 사마상여처럼 되지만 않으리
라 말하겠나이까?"

소저가 일러두기를,

"그자가 설혹 사마상여가 되더라도 나는 결코 탁문군이 되지는
않으리라."

춘랑이 대답하되,

"탁문군은 과부요, 아가씨는 처녀이오며, 탁문군은 유의하여 뒤를
따랐고 아가씨는 무심히 들으셨나니, 아가씨께서 어찌 탁문군을
들치시나이까?"

두 사람이 희희낙락하게 웃어가며 이야기하더라.

하루는 소저가 부인을 모시고 앉아 있노라니 정사도 새로 난 과거
방(科擧榜)을 들고 들어와 부인을 주며 일러두기를,

"딸아이의 혼사를 지금까지 정하지 못하였으므로, 이번 과거방
속에서 훌륭한 신랑을 가려내고자 하였더니, 이제 본즉 장원은
양소유(楊少遊)로 회남(淮南)사람이며, 나이는 십육 세요, 또한

과거문을 사람마다 칭찬하니 필시 일대문장(一大文章)이오. 또한 들은즉 풍채가 빼어나고 골격이 비범하여 장차 큰 그릇이 되리라 하던데, 아직까지 장가들지 아니하였다니, 이 사람으로서 사위를 삼으면 내 마음이 좋을 듯하오."

부인이 이에 대답하기를,

"귀로 듣는 것이 눈을 보는 것만 못한 법이니, 남들이 비록 칭찬하나 어찌 다 그 말을 믿으오리까? 몸소 보신 연후에 결정을 내리심이 좋을까 하옵니다."

사도가 말하기를, 그 역시 어려운 노릇은 아닐 것이라 하더라.

양한림(楊翰林)으로 사위를 정함

소저는 그 부친의 말씀을 듣고 침방으로 돌아와 춘운에게 이르기를,

"일전에 거문고 타던 여관이 초 땅 사람이라 일컫고 나아가 십육세 가량이더니, 이제 장원이 회남 사람이라 하는데, 회남은 바로 옛날의 초 땅이라, 나이도 비슷하니 의심이 없을 수 없노라. 반드시 부친께 와서 선을 보일 터이니, 네가 유심히 보아 두도록 하라."

춘운이 대답하되,

"그를 이몸은 지난번에 보지 못하였으니, 어린 소견에는 소저께 몸소 문틈으로라도 엿보시는 것만 못하리라 믿소이다."

말을 끝내자 두 처자는 서로 쳐다보며 웃음 짓더라.

이 무렵에 양소유는 계속하여 회시(會試)와 전시(殿試)에 다 장원으로 뽑히어 곧 한림(翰林) 벼슬에 올라 이름이 세상에 떨치니, 공후귀족(公侯貴族) 가운데 딸 가진 사람들이 다투어가며 청혼하나, 소유는 이를 다 물리치고 예부(禮部)로 권시랑(權侍郎)을 찾아보고 정사도 집에 통혼할 뜻을 아뢰며 소개할 것을 청하니, 권시랑이 곧 편지를 써 주더라. 소유가 이를 받아 간수하고 정사도의 집으로 나아가 명첩을 드리니 정사도 맞아들여 객실에서 만나는데 양자원이 머리에 계화(桂花)를 꽂고 양 옆으로 풍악을 거느리니 풍채의 아름다움과 예절의 공손함이 사람으로 하여금 기꺼움을 마지 않게 하더라.

사도댁의 아래 위 사람들이 소저 한 사람을 빼놓고는 모두 들락거리며 구경하는데, 춘운이 부인의 시비에게 묻기를,

"내가 지금 영감님과 마나님께서 하시는 말씀을 들은즉 일전에 거문고 타던 여관의 표종(表從) 양장원이라 하시던데 그 때 모습과 같으뇨?"

하니, 시비들이 다투어,

"내외종(內外從) 남매 간인들 어찌 용모가 그렇듯 흡사할꼬?"

하기에, 춘운이 소저께 아뢰되,

"과연 짐작하심에 일호(一毫)도 어긋남이 없소이다."

소저가 일러주기를,

"네 마땅히 다시 가서 그 사람이 말하는 바를 듣고 오렷다."

하니 춘운이 나아가더니 오랜 후에 다시 돌오와 아뢰기를,

"영감님께서 아가씨를 위하여 양장원께 통혼하시니, 양공이 사례하며 대답하옵기를 소생이 과연 소저가 얌전하고, 그윽하다함을 듣자옵고, 분수에 넘치는 생각에 오늘 아침에 외람되게 통혼할 생각으

로 권시랑을 찾아가 뵈온즉, 시랑이 편지를 써 주며 대인(大人)
께 드리라 아옵기에 소매 속에 넣고 왔나이다."
하고는 이어서 받들어 드리니, 정사도가 이를 보고 크게 기뻐하며
주안상을 재촉하러 내당으로 들어가니라.

소저가 놀라며 무슨 말을 하려고 할 즈음에, 시비가 부인의 분부로
부르기에, 소저가 나아가 보니 부인이 말하기를,

"장원 양소유는 과방(科榜)에서 첫째요, 너의 부친이 이미 정혼하
시니, 우리 두 늙은이가 비로소 의탁할 사람을 얻었으매 이제는
근심할 거리가 없도다."

소저가 여쭙기를,

"소녀가 시비들의 전하는 말을 듣자오니, 일전에 거문고를 타던
여관의 용모와 흡사하다 하온데, 과연 그러하나이까?"

부인이 대답하되,

"그 말이 옳도다. 내 그 여관의 선풍도골(仙風道骨)을 사랑하여
오래도록 잊지 못했는데 이제 양장원을 보매 그 여관을 마주 대함
과 같으니 그 아름다움을 족히 짐작하리로다."

소저는 머리를 숙이고 가냘픈 음성으로 여쭙기를,

"그가 비록 아름다울지라도 그 사람과 더불어 혐의쩍은 바 있사오
니, 정혼하심은 불가하나이다."

부인이 눈살을 찌푸리며 나무라되,

"매우 고이한 말이로다! 너로 말하면 깊은 규중에 있고, 양공은
회남 사람이거늘 무슨 혐의쩍은 일이 있단 말인고?"

하니 소저가 다시 여쭙기를,

"소녀 이 말씀을 드리기 심히 부끄럽기로 이 때까지 아뢰지 못하였

나이다. 전일의 여관이 바로 양장원으로 여복으로 변장하고 거문고
를 타면서 소녀의 자태를 보려 함이었거늘, 그 간계에 빠져 종일토
록 이야기를 주고 받았으니 어찌 혐의가 없다하겠나이까?"
하니, 비로소 부인이 놀라며 묵묵히 앉아 있는데, 정사도가 양장원을
접대하여 보내고 내당으로 들어와, 회색이 만면하여 소저에게 이르기
를,
"경패(瓊貝——정소저)야, 네가 오늘 용을 타니 매우 유쾌한 일이
로다!"
하니, 부인이 소저의 말을 사도께 전하니 사도 다시 소저에게 물어보
고서, 양생이 봉구황곡을 타던 이야기를 듣고 크게 웃으며 말하되,
"양장원은 진실로 풍류를 아는 남아로다. 옛날에 왕유학사(王維學
士)가 악공의 의복을 입고 태평공주 집에서 비파를 타고, 뒤이어
과거에 장원을 하였다고 오늘까지 전해오는 말이 있는데, 양생이
색시를 구하고자 여복으로 바꿔 입었다 하니, 진실로 재주가 비상
한 사람이거늘, 한때 희롱한 일을 어찌 혐의라할 것이랴? 하물며
너는 여도사를 보았을 뿐, 양장원을 보지는 않은 것이니 양장원과
여도사 차림한 것이 네게 무슨 관계가 있겠느뇨?"
하자, 소저가 여쭙기를,
"소저가 남에게 이렇듯 속았사오니 진실로 부끄러워 죽을 것만
같나이다."
정사도 다시 웃으면서 이르기를,
"이는 늙은 아비가 알 바 아니니, 네가 후일 양생에게 물어보도록
하라."
하고, 몸가짐을 정중이 하니, 부인이 사도께 묻기를,

"양공이 혼례를 어느 때 거행코자 하더이까?"
하니 사도가 대답하였다.
"납채(納采)는 속히 행하고, 성례(成禮)는 가을을 기다려, 저희
대부인을 모셔온 연후에 날짜를 받자고 합디다."
뒤어어 날을 잡아 한림학사의 예물을 받고, 그를 불러들여 후원
별당에 거처케 하니 양한림은 사위의 예로써 정사도 내외를 섬기고,
사도내외는 친자식같이 사랑하더라.

묘계(妙計)

하루는 소저가 우연히 춘운의 침방을 지나치는데, 춘운이 비단
옷에 수를 놓다가 춘곤을 이기지 못하여 수틀을 베고서 조는지라,
소저가 방 안으로 들어와 바느질 재주가 신묘함을 탄식하다가 수틀
밑에 글씨 쓴 종이가 있기에 펴본즉, 곧 시를 읊은 것이라, 거기에
이렇게 씌어 있었다.

으뜸가는 옥인을 얻어 사귐을 어여삐 여기니
걸음걸음이 서로 좇아 서로 놓지 못하더라.
촛불을 끄고 비단 장막 속에서 띠를 풀 때에
너로 하여금 상아 침상 아리에 던지리라.

소저가 보고 나서 스스로 말하기를,
"춘랑의 글재주가 매우 늘었구나! 수놓은 옷으로써 제몸을 비하고

옥으로써 나를 비기어, 여느때도 내 곁을 떠나지 않더니, 제가 장차 시집을 가면 나와 더불어 사이가 뜸할 것을 염려하는 것이니, 춘랑이 진실로 나를 따르고 있도다!"

이에 그 글을 다시 보다가 벙긋 웃으며 홀로 하는 말이,

"춘랑의 글 뜻이 내가 잘 침상 위에 오르고 싶어 하였으니 나와 함께 한 낭군을 섬기려 함이라. 마음이 기특하도다."

하고는, 춘랑(春娘)의 꽃다운 꿈이 깨질까 두려워, 몸놀림을 조심하여 가만히 되돌아 나와서 내당으로 들어가 부인께 뵈온즉, 부인이 바야흐로 시비를 독촉하여 양한림의 저녁상을 차리시기에 소저가 여쭙되,

"모친께서 양한림의 음식과 의복을 염려하여 몸소 주장하시니, 건강을 해치실까 걱정이옵니다. 소녀가 마땅히 그 괴로움을 당할 것이로되 사람들이 꺼리는 바오며, 또한 예법에도 없삽기로, 이제 춘랑이 나이 들어 장성하여 수종 들기를 감당하겠사오니, 별당으로 보내어 양한림의 모든 절차를 받들게 하와 늙으신 어머님의 근심을 되도록이면 덜어드릴까 하나이다."

하니 부인이 말하기를,

"춘운의 신묘한 재질이 무슨 일을 못하랴마는 다만 그의 아비가 우리 집에 공이 많았고, 또 춘운의 인물이 남보다 뛰어나니 부친께서 사랑하사 장차 어진 배필을 구하고자 하실 터이니 끝내 너를 섬기게 함은 춘운의 원하는 바 아닌 줄로 아노라."

소저가 여쭈었다.

"저애의 뜻을 알아 보오니 소녀와 더불어 서로 헤어지지 않으려 하더이다."

부인이 일러주되,

"시집 갈 때 비첩(婢妾)이 따르는 것은 예법에도 있으나, 춘운은 여기 비자에 견줄 바 아니니, 너와 한 가지로 가는 것은 장구한 생각이라고는 할 수 없노라."

하니 소저 다시 여쭙기를,

"양한림이 방년(芳年) 십육 세의 서생으로, 전날 거문고로 재상가의 규수를 희롱하였으니, 그 기상으로 어찌 한 여자만 지키고 있사오리까? 타일 승상부(丞相府)에서 만종록(萬鍾祿)을 누리면, 그집에 장차 몇 사람의 춘운이 있게 될 줄 아나이까?"

말을 다 마치지 못하여 사도 들어오니, 부인이 소저의 말을 옮겨 아뢰거늘, 사도가 고개를 끄덕이며 일리두고 말했다.

"딸아이의 행례(行禮) 전이기는 하나, 춘랑이 딸아이와 서로 헤어지기를 싫어할 것이니 필경은 매 한가지라. 먼저 보냄을 무엇이 가로막겠느뇨? 젊은 사나이가 비록 춘정(春情) 일지라도 펴 보지 못할 것이로되, 빨리 춘랑을 별당으로 보내어 양공의 적막한 회포를 위로케하오. 그러나 경패의 마음에 불평이 있을 듯하니, 어찌하면 치우치지 않게 할 수 있을꼬? 부인이 경패의 의중을 알아보고 조처함이 좋을까하오."

그리고서 정사도는 외당으로 나아가더라.

소저가 모친께 여쭙되,

"소녀에게 한 계교가 있으니, 춘랑의 몸을 빌어 소녀의 창피함을 씻고자 하나이다. 십삼랑(十三郎)을 시켜서 여사여사하오면 전일의 수치를 씻을 수 있을까 싶나이다."

정사도의 모든 족하들 중에서 대체로 십삼랑이 성품이 순량하고 재질이 명민하여 재치가 발랄하고 어느 때나 농지거리와 장난을 잘하므로 양한림과 더불어 마음과 뜻이 맞아들어 막연한 사이였다.

소저가 침소로 돌아와 춘운더러 물었다.

"내 너와 더불어 머리털이 이마를 가렸을 때부터 정의가 두터워, 서로 놀며 꽃가지를 다투어 갖고자 사로 울고 싸우기도 하였거니와 내 이미 혼폐(婚幣)를 받았으니 너도 필경은 백 년 대사를 자랑하였을 터이니 내가 알지 못하여 묻노니, 어떠한 사람에게 몸을 맡기고자 하느냐?"

춘운이 대답하되,

"이몸이 편벽되게 아가씨의 애무해 주신 은혜를 입사와 여태까지 지내 왔사오니, 만 분의 일이라도 은혜에 보답하는 길은, 이 몸이 다하도록 아가씨의 경대를 받드는 외에는 다른 도리가 없사오리다."

하니 소저가 이르기를,

"그렇다면 내 너와 더불어 한 가지 계책을 의논코자 하는데, 전일 양랑한테 당한 수치를 네 아니면 누가 씻어 주겠느냐? 우리집 산정(山亭)은 종남산 궁벽한 곳이니 경개가 비길 데 없어 속세같지 않은지라, 그 산정에다 네가 신방을 차리고, 또한 십삼랑으로 하여금 여사여사하여 계교를 쓰면 대략 설치(雪恥)할 것이니 너는 잠시의 수고를 꺼리지 말라."

춘운이 대답하였다.

"어찌 아가씨의 명을 어길 수 있으리요마는, 후일 무슨 면목으로 양한림을 대하오리까?"

소저가 이르기를,

"남을 속이는 수치가 남에게 속는 수치보다는 나을 것이 아니냐?"
하였다. 양한림은 궐내에 들어가 입직하고 공고(公故)를 치르는 외에
는 달리 분주할 일도 없고, 번들기를 마치면 오히려 한가한날이 많은
지라, 친구 심방도 하고 혹은 들 밖으로 유화(柳花)를 찾는데, 하루는
정 십삼랑(鄭十三郎)이 찾아와 청하기를,

"서울 남문 밖 멀지 않은 곳에 고요한 경지에 경치가 비길 데 없으
니 내 형과 더불어 한 번 소풍코자 하오."
하니 양한림이 대답하되,

"바로 그것이 내 뜻이라!"
하고는, 마침내 주효를 이끌고 추종을 물리치고 십여 리를 나아가
니, 산 높고 물 맑아서 별천지요, 속세와는 다르더라. 기화요초(琪花
瑤草)는 향기를 뿜어 속객의 코를 찔러 속세의 생각을 잊게 하니,
한림이 정생과 더불어 물가에 앉아 술잔을 나누며 글을 읊는지라,
바야흐로 때는 봄과 여름의 중간이어서, 백 가지 꽃이 아직도 피어
있고 만 가지 나무가 물 위에 비치는데, 홀연 떨어진 한 떨기 꽃이
시내에 떠오거늘, 한림이 '춘래편시 도화수(春來遍時 桃花水)'란 글귀
를 외우며 말하였다.

"이 산에 필연 무릉도원(武陵桃源)이 있으렷다!"
정생이 대답하기를,

"이 물이 자각봉(紫閣峯)에서 근원이 발하여 내려오는지라, 지난
날 들으니, 꽃피고 달 밝을 대면, 간혹 신선의 풍악소리가 구름
사이로 난다 하고 들은 사람도 있다 하나, 소제는 선도(仙道)와
인연이 없어 그 동구에도 들어가 보지 못하였소그려. 오늘 형의
발자취를 따라 선경에 다달아 신선의 약을 먹고 옥녀의 술을 맛보

고자 하오."

한림이 기꺼이 말하되,

"천하에 신선이 없으면 모르되, 만일 있다면 이 산 중에서 만나 보리라."

하고 찾아가 구경코자 하는데, 갑자기 정생집 하인이 땀을 뻘뻘 흘리며 달려와 아뢰기를

"아씨의 환후가 졸지에 위급하나이다."

정생이 급히 일어나며 이르기를,

"실인(室人)이 병이 이렇듯 급하니, 역시 아까 말한 대로 인연이 없음을 가히 짐작하겠도다!"

하고는, 나귀를 채찍질하며 돌아가니라.

선녀(仙女)와의 만남

양한림이 정생을 보낸 다음에 몹시 무료하나 구경할 흥취가 아직도 다하지 아니하였기에, 물줄기를 따라 동구로 들어가니 물과 돌이 깨끗하여 한 점의 티끌도 없으니 마음이 저절로 상쾌한지라 홀로 거니는데, 붉은 계수나무의 잎새 하나가 물 위에 떠 내려 오더라. 잎새에 글씨 두어 줄이 쓰였거늘 집어 보니 한 수의 글이라, 하였으되,

신선 삽살개가 구름 밖에서 짖으니
알괘라, 이는 양랑이 오는 도다.

한림이 괴이쩍게 여기며 말하였다.

"이 산 위에 어떤 사람이 살고 있으며, 이 글이 어떠한 사람의 지음일꼬? "

이어서 점차 들어가니 거의 칠팔 리는 갔는데 길이 험하더라. 이윽고 날이 저물어 밝은 달이 동녘 하늘에 오르기에,달빛을 따라 수풀을 뚫고 시내를 건느니, 다만 놀란 새가 울고 슬픈 원숭이가 울 따름이요, 별은 높은 봉우리에 흔들리고, 이슬은 솔 가지에 내리니 밤이 깊어감을 알겠더라. 몹시 당황하고 있을 때에 십여 세 난 푸른 옷의 계집아이가 냇가에서 옷을 빨다가, 한림이 오는 것을 보고 깜짝 놀라 일어나 가며 한편 소리쳐 아뢰기를,

"아씨, 낭군이 오시나이다."

하기에, 한림이 듣고 괴이쩍게 여기며 다시 수십 보를 나아가니 산이 사면에 둘러 있고, 길이 막혔는데, 작은 정자가 물가에 날아갈 듯이 다가 서 있어 진실로 신선 사는 곳이겠더라.

한 여인이 달빛을 헤치고 벽도(碧桃)나무 아래 홀로 섰다가, 한림을 향하여 허리 굽혀 절하고서 말하였다.

"양랑이 오시기가 어찌 이다지도 늦사오니까."

한림이 크게 놀라며 자세히 살피니, 여인은 몸에 붉은 비단옷을 입고 머리에는 비취녀를 꽂고, 허리에 백옥패를 비꼈으며 손에는 봉미선(鳳尾扇)을 들었는데, 산뜻하고 시원스런 몸가짐이 속세 사람은 아니더라. 양한림이 황급히 대답하기를,

"소생은 어지러운 세계의 속인으로 그대와 더불어 달 아래에서 기약한 바 없거늘, 늦게 온다 함은 어찌된 연고이뇨?"

하니 여인이 정자에 올라가 주인과 손이 자리를 잡자, 계집아이를

불러,

"낭군이 멀리서 오셨으므로 주린 빛이 보이니 약간의 다과를 올리
도록 하라."

하니, 이윽고 구슬상에 진찬을 베풀고 백옥잔에 자하주(紫霞酒)를
내오니, 맛이 산뜻하여 향기가 무르녹아, 어느덧 한 잔 술에 취하는지
라, 한림이 말하기를,

"이 산이 비록 높으나 하늘 아래 있거늘, 선랑(仙娘)은 어찌하여
옥경(玉京)의 짝을 떠나 속되이 예서 기거하시나이까?"

미인이 탄식하여 마지 않기를,

"옛날 일을 말씀드리오면 슬픔이 앞서나이다. 첩은 서왕모(西王母
;선녀 이름)의 시녀요, 낭군은 자미궁(紫微宮) 선관이었사온데,
옥제께서 왕모께 잔치를 베푸시는 자리에 여러 선관이 모였는데,
낭군께서 우연히 첩을 보시고 선과(仙果)를 던져 희롱하다가 잘못
되어 중벌을 받아 인간으로 환생하시고, 첩은 다행히 형벌을 받아
귀양살이로 여기 있사옵니다. 낭군은 이미 인간세계의 연기와 티끌
에 가리어 능히 전생의 일을 생각해 내지 못하시거니와, 첩은 귀양
기한이 이미 찼기 때문에 장차 요지(瑤池)로 돌아갈 터이온즉,
낭군을 한 번 보고 잠시 옛정을 펴보고자하여 선관께 간청을 드려
기한을 물리고, 또 낭군이 이에 나오실 줄 미리 알고서 고대하였더
니 이제 욕되이 오시니 옛 인연을 무던히 잊겠나이다."

이 때 계수나무 그림자는 바야흐로 비끼고 은하수는 이미 기울어졌
기에, 한림이 미인을 이끌고 잠자리에 드니 바로 옛날에 유신(劉晨)
과 완조(阮肇)가 천태산(天台山)에 이르러 선녀와 더불어 인연을
맺음과 흡사하니, 꿈 같되 꿈이 아니요, 참일 같되 참일이 아니더라.

겨우 은근한 정을 다 풀 때에 산새가 꽃가지에 지저귀고 동녘이 밝았는지라, 선녀가 먼저 일어나 한림에게 이르기를,

"오늘은 첩이 하늘에 오를 기한이 되어, 선관이 상제(上帝)의 칙교를 받들고 깃발을 갖추어 소첩을 맞을 것이온데, 만일 낭께서 여기 계시온 줄 아오면, 피차에 다 죄를 입을 것이오니 낭군은 빨리 산을 내려가 몸을 피하소서. 낭군께서 만일 옛정을 잊지 아니하오면 다시 만나 뵐 날이 있사오리다."

하고는 비단수건에다 이별시를 써서 한림에게 주니, 읊었으되,

　　서로 만날 제 꽃이 하늘에 가득하더니
　　서로 이별하매 꽃이 땅에 있더라.
　　봄빛이 꿈 속 같으니
　　약수 천 리가 아득하도다.

　한림이 그 글을 보매 이별하는 회포가 너무도 서럽기에 소매 마구리를 찢어 회답하는 글 한 수를 써서 선녀에게 주니, 읊었으되,

　　하늘바람이 옥패를 보니
　　흰 구름이 어찌 그리 흩이는고.
　　무산 다른 밤비에
　　바라건대 야왕의 옷을 적시라.

　선녀는 받들어 글을 보고 말하기를,

"아름다운 나무에 달이 숨고 계전(桂殿;달 속의 궁전)에 서리가

날리는데, 구만 리 밖의 모습을 그려내는 것은 오직 이 글 뿐이옵
니다."

하고는 이를 향주머니에 감추고, 거듭거듭 재촉하기를,

"때가 이미 다 되었으니, 낭군은 급히 떠나소서."

한림이 손을 들어 눈을 씻고 몸 조심하라고 당부한 후에 작별하고
겨우 수풀 밖에 나와 정자를 돌아보니, 푸른 나무는 첩첩하고 흰구름
은 자욱하여 마치 요지(瑤池)의 한 꿈을 깬 듯하기에, 별당에 돌아와
후회하기를,

"선녀의 귀양이 풀리는 기한이 지금이라 하였으니, 잠깐 산중에
몸을 숨기고 여러 선관들이 맞아가는 것을 보고 돌아와도 늦지
아니한데 내 어찌 조급히 내려왔을꼬?"

하고, 한탄함을 마지 않다가, 새벽에 일찍 일어나 동자를 거느리고
다시 전일에 선녀를 만났던 곳을 찾아가니, 복사꽃은 웃는 듯 냇물은
우는 듯 한데 빈 정자만 덩그러니 남아 있고 향기로운 티끌은 이미
고요하니, 난간에 의지하여 푸른 하늘을 바라보고 색구름을 가리키며
탄식하기를,

"선랑(仙娘)이 저 구름을 타고 상제께 조회(朝會)하겠거늘 바라본
들 어찌 닿을 수 있으랴?"

이에 정자에서 내려와 눈물을 뿌리면서 홀로 지껄이기를,

"이 꽃만은 당연히 내 끝 없는 한을 알아주리라."

하면서, 양한림은 섭섭히 돌아가더라.

장여랑을 만나다

하루는 정생(鄭生)이 양한림에게 와서 말하기를,

"전날에는 안사람의 신병으로 말미암아 형과 더불어 마지막까지 놀지 못한 것이 지금까지 서운하도다. 아직도 도성 밖 장림(長林)에 버들 그늘이 아름답고 좋으니 마땅히 반 나절의 시간을 내어 한바탕 놀이를 벌이고, 형과 더불어 꾀꼬리 노래를 들어 보는 것이 좋을 듯 싶소."

양한림이 이에 응하되,

"녹음과 방초가 꽃철보다 나으렷다!"

하고, 두 사람이 동행하여 성문 밖으로 나아가 무성한 수풀을 가려서 풀을 자리 삼아 꽃가지로 수놓으며 술을 마실새, 문득 보니 가까이 황폐한 무덤이 하나 있는데, 쑥대는 우거지고 잡풀이 떨기를 이루어 구슬픈 바람에 나부끼고, 두어 떨기 말라 빠진 꽃이 거칠은 언덕 위에 어지러이 선 나무 사이로 그윽하게 보이더라. 한림이 취흥으로 말미암아 무덤을 가리키며 탄식하되,

"사람은 귀천(貴賤)과 현우(賢愚)를 막론하고 누구나 다 한 번 죽어 흙으로 돌아가는 법이니 옛적에 맹상군(孟嘗君)의 부귀로도 당시의 옹문(雍門)의 거문고 곡조에 천 년 만 년 후에는 초동목수(樵童牧豎)가 무덤 위에서 뛰놀며, 이것이 맹상군의 무덤이로구나 하는 소리에 눈물을 흘렸다 하니, 어찌 살아 생전에 취하지 아니하랴?"

정생이 말하기를,

"형은 저 무덤의 유래를 알지 못할 것이오. 저것인즉 장여랑(張女娘)의 무덤으로, 여랑의 아름다운 자색이 세상에 떨치니 장여화(張麗華)라 일컬었는데, 불행히도 이십 세에 죽으매 여기 묻어주

고, 그 뒤에 사람들이 불쌍히 여겨 꽃과 버드나무를 무덤 앞에 심어 표하고 애석한 죽음을 위로케 한 것이니, 우리 두 사람도 또한 술 한 잔을 부어 꽃다운 넋을 위로함이 어떠하오?"

한림이 본디 다정한 사람이라 이에 응하되,

"형의 말이 지극히 당연하오!"

하고, 정생과 더불어 무덤 앞에 이르러서 술을 들어 붓고, 각기 글을 지어 외로운 넋을 조상하니, 한림의 글에 읊었으되,

미색이 일찍이 나라를 기울이더니
꽃다운 혼이 이미 하늘에 올라갔도다
거문고 줄(琴絃)은 산새가 배우고
깁(명주실로 거칠게 잔 비단붙이)과 비단은 들꽃이 전하더라.
옛무덤에 부질 없이 봄풀이요
빈 다락에 스스로 저무는 연기더라
진천의 옛 성가는
오늘 날 뉘집에 붙였는고.

정생이 글에 읊었으되,

묻노니 옛적 번화한 곳에
뉘집의 요조한 낭자런고
소소(기생이름)의 집이 처량하고
설도(기생이름)의 별장이 적막하더라.
풀은 깁치마 빛을 띄었고

82

꽃은 보배사마귀의 향기를 지녔더라.
꽃다운 넋을 불러 얻지 못하는데
오직 저녁 까마귀만 날게 하더라.

두 사람의 소리내어 읊조리고는 정생이 무덤 둘레를 돌아보다가,
사초가 떨어진 틈에서 흰 비단 헝겊에 쓴 글을 들어 읊으며 뇌이기
를,
"어떤 다정한 사람이 이 글을 지어 장여랑 무덤에 넣었을꼬?"
하기에, 한림이 받아본즉, 일전에 자기 소매 마구리를 찢어 글을 써서
선녀에게 주었던 것인지라, 가슴이 내려앉도록 놀라며 지난번에 만났
던 미인이 바로 장여랑의 망령이로구나 하는 생각에 식은땀이 등곬에
흐르고 놀란 가슴을 진정치 못하더니, 이윽고 깨닫기를,
"신선도 하늘이 정한 연분이요, 귀신도 하늘이 정한 연분이니,
선관과 귀신을 구태여 분별할 필요는 없다."
하고는, 정생이 마침 일어나 돌아선 틈을 타서 다시 한 잔 술을 따라
무덤 에 붓고 마음 속으로 축원하였다.

유명(幽明)은 비록 다르나 정의(情義)에는 간격이 없으니, 오직
바라건대 꽃다운 혼령은 이 적은 정성을 굽어 살피고, 오늘 밤에
거듭 옛 인연을 이어 주도록 하오.

양생은 축원을 마치자, 정생과 더불어 돌아와 홀로 화원 별당에서
베개를 의지하고 누워 미인을 생각하는 마음이 간절하여 잠을 이루지
못하더라. 월색은 발에 비치고 나무 그림자는 창에 가득하여 사방이

고요한데, 이 때 사람의 소리가 은은히 들리며 발자취가 완연하기에, 한림이 문을 열고 본 즉, 자각봉에서 만나던 선녀더라. 진정 놀랍고도 또한 기꺼운지라, 문지방을 뛰쳐나가 여인의 가냘픈 손을 이끌고 방으로 들어오려하니, 미인이 사양하되,

"첩의 근본을 낭군이 알고 계시오니 아마도 꺼림쩍한 마음이 없지 않으실 것이외다. 첩이 처음으로 낭군을 만났을 적에 바로 말씀을 드려야 마땅하나, 혹시 낭군이 놀라실까 두려워 신선이라 거짓으로 일컫고 하룻밤 고임을 입어 영광이 극진하고 정의가 이미 깊어서, 끊어진 혼이 두 번 잊고 썩은 살이 되살아나는 듯하나이다. 오늘 다시 첩의 무덤을 찾아 술 부어 제사를 지내시고 글을 읊어 조상하여 임자 없는 고혼을 위로하여 주시니, 첩은 감격한 마음을 이기지 못하옵고 후은대덕(厚恩大德)을 사례하고 적은 정성이나마 몸소 말씀드리고자 잠시 들린 것이온데 어찌 감히 썩은 몸으로 다시 군자의 몸에 가까이 할 수 있겠나이까?"

한림이 다시 여인의 옷소매를 당기며 이르기를,

"세상에 귀신을 미워하는 자는 우매하고 겁 많은 사람이라. 사람이 죽으면 귀신이 되고 귀신이 변하면 사람이 되나니, 사람으로서 귀신을 두려워하는 자는 용기가 없는 사람이요 귀신으로써 사람을 피하는 자는 신령치 못한 귀신이니, 그 근본인즉 하나인데 어찌 유명(幽明)을 판단하리요? 내 소원이 이와 같고, 내 정 또한 이러한데 낭자는 어찌 나를 배반하려하오?"

미인이 말하기를,

"첩이 어찌 낭군의 온정을 저버릴 수 있겠나이까? 첩의 눈썹이 검고 두 뺨이 붉은 것을 보시고 사랑하시나 이는 다 헛것이요, 참된

모습은 아니오니, 이는 모두 요사한 꾀로 교묘하게 꾸며서 산 사람으로 하여금 상접케 하려 함이나이다. 만일 낭군이 첩의 참모습을 보고자 하실 때에는 두어 조각 백골에 푸른이끼가 서로 얽혀 있을 따름이오니, 이 같이 추하고 더러운 물건을 귀하신 몸에 어찌 가까이 하시려 하나이까?"

한림이 말하기를,

"부처님 말씀에 사람의 몸은 물거품과 바람 꽃을 거짓으로 만든 것이라 하셨으니, 뉘가 능히 참인 줄을 알며 또 거짓인 줄을 알아보리오?"

이끌고 들어가 자리에 누워 그 밤을 편히 지내니, 오가는 정이 선보나 몇 갑절이나 더한지라, 한림이 미인더러 일리두기를,

"이제부터는 밤마다 만나서 어색함이 없도록하오."

미인이 대답하되,

"사람과 귀신이 길이 비록 다르나 깊은 정에 이르는 바에는 서로 자연히 감응되나니, 낭군이 첩만을 생각하심이 실로 지성에서 우러나는 것이온즉 첩이 의탁하려는 마음 또한 어찌 간절치 않으오리까?"

이윽고 새벽 종소리에 여인이 일어나 꽃나무 사이로 사라지니 한림이 난간에 의지하며 보낼새, 밤에 다시 만나기를 기약하나 미인이 대답치 아니하며 총총히 가버리더라.

양한림의 관상

한림이 선녀를 만난 후로는 친구을 찾아 보는 일도 없고, 손님을 맞는 일도 없이 조용히 화원에 있으면서, 밤이면 선녀가 오기를 기다리고 날이 밝으면 다시 밤을 기다리며 스스로 감격하여 마지 아니하니, 한림의 기다림이 점차로 간절하여지니라.

하루는 두 사람이 화원 협문을 거쳐 들어오는데, 앞에 선 이는 정십삼이요, 뒤에 따르는 이는 처음 보는 사람이더라. 정생이 뒤에 따르는 사람을 불러 한림에게 보이며 말하기를,

"선생은 태극궁(太極宮)의 두진인(杜眞人)인데 상 보는 법과 점치는 술법이 이순풍(李淳風 ; 당대에 신선술을 익힌 사람)이나 원천강(袁天剛) 같으므로, 이제 양형의 상을 보고자 하여 모시고 왔소이다."

한림이 두진인은 두 손 잡아 맞아들이며 이르기를,

"높으신 성화(聲華)는 이미 듣던 바, 이제 이렇게 뵈오니 천만 뜻밖이로소이다. 선생이 필시 정형의 상을 보았을 터인데 어떠하더이까."

정생이 대답하되,

"이 선생이 내 상을 보고 삼 년 안에 과거에 급제하고 또 장차 팔주자사(八州刺使)가 되리라 하는데, 나에게는 넉넉히 맞을 것이니, 형도 시험 삼아 물어보오."

한림이 말하기를,

"어진 사람은 곧 복(福)을 묻지 아니하고 다만 재앙을 물을 따름이니, 오직 선생은 바른대로 말해 보라."

두진인이 한동안 자세히 본 뒤에 일러주기를,

"양한림의 두 눈썹은 다른 사람과는 다르게 봉의 눈이 살쩍을 향했

으니 벼슬이 삼정승(三政丞)에 이를 것이요, 얼굴빛이 분을 바른
듯하고 둥근 구슬 같으니, 이름이 장차 천하에 들릴 것이요, 용행호
보(龍行虎步)하니 손에 병권을 잡아 위엄을 떨치고, 공후(公侯)
를 만 리 밖에 봉할 것이니 무슨 일이든 실패됨이 없겠으나, 한갖
오늘 이 마당에 횡액(橫厄)이 있으니, 만일 나를 만나지 않으셨다
면 위태로울 뻔했소이다."

한림이 말하기를,

"사람의 길흉(吉凶)과 화복(禍福)이 스스로 따라가 구하지 아니하
면 모두 생기지 않는 법이나, 오직 병이라 하는 것만은 사람이
피하기 어려운 바인데 나에게 중병들릴 징조는 없느뇨?"

두진인이 이에 대답하되,

"이는 참으로 심상치 않은 재앙이렷다! 푸른 빛이 천정(天庭)을
뚫었고, 간사한 기운이 명당(明堂)을 침노하였으니, 한림댁에 혹시
내력이 분명치 못한 노비(奴婢)가 있지 않소이까?"

한림은 속으로 벌써 장여랑의 일인 줄 깨달았으나 정이 앞을 가리
므로, 조금도 놀라거나 두려워하지 않으며 대답하기를,

"그러한 일은 도시 없노라."

두진인이 다시 묻기를,

"그러하오면 혹시 옛무덤을 지나치다가 마음이 흔들려 섬쩟하였거
나, 혹은 귀신과 함께 꿈 속에서 논 일이 있소이까?"

한림이 대답하되,

"역시 그런 일도 없노라."

정생이 덧붙여 말하기를,

"두선생의 말씀에는 털끝만치도 틀림이 없으니, 양형은 자세히

생각해 보도록하오."

한림이 대답하지 않으므로 두진인이 다시 다짐하기를,

"사람은 양기(陽氣)요 귀신은 음기(陰氣)인 고로 주야가 서로 바뀌고 인신(人神)이 서로 다름은 물과 불이 서로 받아들이지 못함과 같거늘, 이제 상공의 얼굴을 보매 귀신에게 홀리어 이미 몸에 어리었기로, 수일 후면 병이 골수에 박혀 목숨을 구하지 못할까 두려워하노니 그 때에 이르러 상보는 자가 말하지 않았다고 원망치 마소이다."

한림이 내심으로 두 선생의 말이 신기하나, 장여랑이 나와 더불어 즐거웁게 길이 지낼 것을 굳게 맹세하고, 서로 사랑하는 정이 날로 더한데 어찌 그가 나를 해칠 것이랴 하는 생각에서 말을 내쳐 두진인에게 이르기를,

"사람의 장수와 단명은 날 때부터 정한 바이거늘, 내게 진실로 장상(將相)과 부귀(富貴)할 상이 보일진대 요사한 귀신이 어찌 감히 나를 범하리오?"

두진인이 대답하되,

"사생(死生)이 다 상공에서 있고 내게는 관계없는 일이 아니리오!"

하고 소매를 떨치며 가거늘, 한림도 또한 만류치 아니하더라.

정생이 위로하되,

"양형은 본디 길한 사람이라 신명(神明)이 필연 도우실 터인데 어찌 귀신을 두려워할 것이오? 술객(術客)들은 이따금 허튼 소리로 사람을 놀라게 하니 가증한 노릇이렷다 "

이에 술상이 나오자 종일토록 크게 취한 후 각기 헤어지니라.

한림이 이날 밤에 술이 깨어 향을 피우고 고요히 앉아서 여랑이 오기를 기다리나 끝내 종적이 없기에, 한림이 책상을 치고 이르기를,

"밝은 샛별은 빛나거늘 아직도 미인은 오지 않는구나."

하고 촛불을 끄고 자려하는데, 갑자기 창 밖에서 여랑이 울며 호소하기를,

"낭군이 요사한 도사(道士)의 부적을 머리 위에 감추어 두었기 때문에 첩이 감히 가까이 가지 못하겠나이다. 첩이 비록 낭군의 뜻이 아님을 아오나, 이 역시 인연이 끝났고, 요사한 것들이 날뛰는 바이오니, 엎드려 바라옵건대 낭군은 몸을 돌보소서. 첩은 이제 이별을 고하나이다."

한림이 크게 놀라며 문을 열고 본즉 벌써 온데간데 없고 단지 한 조각 글발만이 위에 놓였기에 곧 떼어 보니 여랑이 지은 글이라 썼으되,

옛적 아름다운 기약을 찾아 색구름을 밟았고
다시 맑은 술 잔을 거친 무덤에 부었더라.
깊은 정성 본받지 못하고 은혜가 끊겼으니
낭군을 원망치 아니하고 정군을 원망하노라.

한림이 한 번 읊고 서러워하나, 한편 생각하면 괴이쩍고도 이상한 일인지라, 머리를 만져보니 무엇인가 상투에 있기에, 내어 보니 곧 귀신을 쫓는 부적이더라.

"요괴한 사람이 나의 일을 그르쳤도다!"

하고 분연히 꾸짖고는, 드디어 그 부적을 찢고 다시 연랑의 글을 잡아
읊어 보다가 크게 깨달으며 이르기를,

"여랑이 몹시 정생을 원망하니 이는 정십삼랑의 장난이로다! 기실
은 악한 일이 아니나, 좋은 일을 짓궂게 훼방함이 두진인(杜眞人)
의 요술이 아니요, 정생이 한 짓이니 내 반드시 욕을 보여주리
라!"

하고, 여랑의 글을 차운(次韻)하여 글 한 수를 지어 주머니 속에
감추고는 탄식하되,

"글은 비록 되었으나, 누구를 주어야 옳으리오?"

그 글을 읊었으되,

냉연히 바람을 몰아 신통한 구름에 올라가니
꽃다운 넋이 외로운 무덤에 붙임을 말하지 마라
동산에 백 가지 꽃이요, 꽃 밑에 달이거늘
고인이 어디선들 그대를 생각치 않으리오.

선녀와 귀신의 정체

이튿날 정생의 집에 가 찾으니 없어 연 삼일을 찾았으나 출입하여
한 번도 만나지 못하고 여랑의 그림자도 또한 묘연하니, 자각정(紫閣
亭)에 가서 찾고자 한들 신령과 접촉하기 어려우니 속수무책이라.
자나깨나 잊지를 못하고 식음(食飮)이 점점 줄어들므로, 정사도 내외
가 주효를 갖추어 한림을 맞아 환담을 나누며 술을 즐길새, 사도가

말하기를,

"양군이 요즈음 어찌하여 신광이 파리하뇨?"

한림이 대답하되,

"십삼군과 더불어 매일 술을 마셨더니, 아마도 그로 인한 탓인가 하나이다."

정생이 득달같이 나타나기에 양한림이 흘겨보고서 말을 걸지 아니하였더니 정생이 먼저 입을 열되,

"형이 근래에 벼슬살이에 골몰하여 심사가 불편한가, 혹은 고향 생각이 간절하여 병이 난 것인가? 어찌하여 그토록 용모가 파리하고 정신이 쓸쓸하오?"

마지 못하여 한림이 대답하기를,

"부평초(浮萍草) 같은 사람이 어찌 그렇지 않겠소?

사또가 이때 말을 꺼내니,

"우리 집 비복들이 말하기를 '양군이 어떠한 미인과 더불어 화원에서 어울려 놀더라'하니, 이 말을 옳은고?"

한림이 얼른 대답하기를,

"화원이 외진 곳이라 혹 오가는 사람은 있으나 그런 일은 없사오니, 필경 말하는 자가 잘못 보았나 봅니다."

정생이 말하되,

"도량이 넓은 형께서 어찌 여자와 상종함이 부끄럽다는 태도를 취하느뇨? 일전 형의 말이 거칠어 두진인은 물리쳤으나, 형의 기색을 보니 짐작이 가는지라, 소제가 형을 위해 두진인의 귀신 쫓는 부적을 형의 머리 속에 감추어도 형이 대취하여 알지 못하기로, 소제가 그 밤에 동산 수림 속에 숨어 엿보았더니,어떤 여귀가 형의

침방 밖에서 울며 하직하고 곧 사라지더이다. 이로 미루어 보더라도 두진인의 말이 영검하고 소제의 정성이 극진한데 사례치 아니하고 도리어 노여움을 품고 있음은 어찌된 일이오?"

한림이 아무래도 감추기 어려운 줄을 알고, 사도를 향하여 사죄하되,

"소저(小婿)의 일이 과연 해괴하오니 장인께 자세히 사뢰겠나이다. "

이에 이르러 전후 사실을 낱낱이 들어 아뢰고, 또 여쭙기를,

"십삼 형이 나를 위하는 줄은 알겠으나, 그 여랑이 귀신이라고 하되 기질이 씩씩하고 마음이 바르고 넓어서 요사스럽지 아니하니 결코 사람에게 해를 끼치지 않을 것이요, 소저가 비록 잔망하고 용렬하오나, 그렇다고 귀신에게 홀릴 바 아니거늘 정형이 부적으로써 여랑의 출입을 끊으니 마음에 걸리는 바 없지 않나이다."

사도가 박장대소하며 이르기를,

"양한림의 운치(韻致)와 풍채가 옛날의 송옥(宋玉)과 흡사하니 신녀(神女)를 부르는 법이 없겠느뇨! 내 양생을 희롱하는 말이 아니라 내가 소시에 우연히 이인을 만나 귀신 부르는 법을 배웠으니, 이제 사위를 위하여 장여랑의 혼령을 불러들여 당장에 사죄케 하여 사위의 마음을 위로하고자하나, 그대의 생각을 모를 일이니, 의향이 어떠한고?"

한림이 대답하되,

"송옥이 비록 이부인(李夫人)의 혼을 불렀다 하나 그 법이 전해오지 못한 지 이미 오래되니 소저는 그 말씀을 믿지 못하겠나이다."

정생이 말하기를,

"장여랑의 혼을 양형은 한 마디의 수고도 허비하지 아니하고 불렀고, 소제는 이를 또 한 조각 부적으로 쫓아냈으니, 이로 미루어보면 귀신을 어지간히 부릴 수 있을 터인데, 형은 무슨 의심을 두느뇨?"

사도 또한 이르기를,

"믿지 못하겠거든 이를 보라."

하고는, 드디어 부채를 들어 병풍을 치며 부르되,

"장여랑이 어디에 있느뇨?"

말을 마치자 홀연히 한 여인이 병풍 뒤로부터 나와 웃음을 머금고 온전한 몸으로 부인 뒤로 천연히 서기에 한림이 눈을 들어보니 분명한 장여랑인지라, 심신이 황홀하여 사도와 정십삼랑을 물끄러미 바라보며 묻기를,

"이것이 진실로 사람이뇨, 귀신이뇨? 그렇지 아니하면 꿈이뇨, 생시뇨?"

사도와 부인은 슬며시 웃고, 정생은 허리를 잡고 웃으니 제대로 일어나지를 못하였으며, 좌우의 시비들도 허리를 펴지 못하는지라, 사도가 말하되,

"이제야 사위를 위하여 그 경위를 바로 말하리라. 이 아이는 신선도 아니요, 귀신도 아니요, 바로 내 집에 있는 춘운(春雲)이라는 아이로, 근래에 양한림이 화원별당에 홀로 있으므로 심히 적막하겠기에 내 이 여자를 사위에게 보내어 객지의 무료함을 위로케 하였더니, 젊은 것들이 중간에서 속임수로 희롱하여 괴롭혔으니 어찌 우습지 않겠는고?"

정생이 바야흐로 웃음을 그치고 이르기를,

"미인을 두 번이나 만난 것이 다 소제의 중매한 힘이거늘, 그 은혜는 감사치 아니하고 도리어 원수같이 여기니 형은 아마도 배은망덕(背恩忘德)한 사람인가 보오."

또한 정생이 웃음을 참지 못하니 한림도 따라 웃으며 이르기를,

"장인이 보내시는 것을 중간에서 정형이 조롱했는데 무슨 은덕을 베풀었다하오?"

정생이 이에 대답하여 덧붙이되, ·

"조롱한 책망은 소제가 달갑게 듣겠지만, 그 계책을 꾸며 지시한 사람이 따로 있으니, 이 어찌 소제의 죄라 하리오?"

한림이 정생을 돌아보며 말하기를,

"정형이 꾸미지 않았으면 뉘가 능히 이런 장난을 하였으리오?"

이에 정생이 대답하되,

"성인의 말씀에 너에게서 나간 자는 너에게로 돌아온다 하셨으니, 형은 다시 생각해 보오? 남자는 여자로 변하였거든, 하물며 속인이 신선도 되고 신선이 귀신도 됨이 어찌 그다지 괴이쩍다 하리오?"

이에 이르러 한림이 크게 깨닫고 웃으며 사도를 향하여 여쭙되,

"옳소이다! 일찍이 소저에게 죄를 지은 적이 있었는데 소저가 필시 이를 잊지 아니함이로소이다."

사도와 부인은 웃을 따름이요, 대답은 아니 하더라. 한림이 춘운을 돌아보며 이르기를,

"춘랑아, 네 실로 영민하고 영리하도다! 그러나 사람을 섬기고자

하면서 먼저 그 사람을 속임이 부녀자의 도리라 하겠느뇨?"

춘운이 꿇어앉아 대답하되,

"첩은 다만 장군의 영만 들었을 뿐, 천자의 조서(詔書)를 듣지 못하였나이다."

한림이 탄복하여 말하기를,

"옛날에 양왕(襄王)은 무산(巫山)의 선녀를 만났을 때, 아침에 구름이 되고 저녁에 비가 됨을 분별치 못했다 하더니, 이제 나는 춘랑이 신선도 되고 귀신도 됨을 분별 못하였는데 참사람이 어찌 구름과 비로 더불어 의논하리요? 생각컨대 천변만화(千變萬化)의 술법이 이로 말미암아 얻어지리라. 내 들으니, 강한 장수에 약한 군사 없다 하는데 그의 비장(裨將)이 이와 같으니, 그 대장은 친히 보지 아니하여도 족히 지략이 많음을 알겠도다!"

좌중이 한바탕 다 웃고 다시 주효를 내어와 종일토록 취할새, 춘운이 또한 새사람으로 말석에 참여하였다가 밤이 이슥하여 촛불을 잡고 한림을 모셔 화원에 이르니, 한림이 취흥을 이기지 못하여 춘운의 손을 잡고 희롱하되,

"너는 참말로 선녀냐? 귀신이냐 내 선녀도 사랑하고 귀신도 사랑하였거늘, 하물며 참 미인을 사랑치 못할소냐! 그러나 너로 하여금 신선도 되게 하고 귀신도 되게 한 사람이 장차 월궁에 항아(姮娥)가 될꼬, 남악에 진인(眞人 ;도를 닦는 사람)이 될꼬?"

춘운이 교태를 머금고 대답하되,

"천한 이 몸이 외람한 일을 저질러 기망한 죄가 많사오니, 엎드려 상공의 용서를 비나이다."

한림이 이르기를,

"네 변화를 일으켜 귀신이 될 때도 꺼리지 않았거늘 이제 무엇을 허물로 삼으리오?"

춘운이 일어나서 한림께 사례하더라.

연(燕)나라에 사신(使臣)으로 가다

전자에 양소유가 과거에 장원한 후 정사도집 사위가 되기로 작정하였을 때에, 그 해 가을에 고향으로 내려가 모친을 서울에 모시고 올라와 성례하기로 하고, 또 한원(翰苑)에 들어가 벼슬에 매어 아직 근친(覲親)을 못하였다가 이즈음 여가를 내어 시골로 내려가려할새, 때마침 나라에 일이 많았으니, 토번(土蕃;티베트족)은 자주 변방을 침노하고 하북지방의 세 절도사는 연왕(燕王)이니,조왕(趙王)이니,위왕(魏王)을 자칭하고, 강한 이웃과 연락하여 군사를 모아 반란을 일으키니, 천자께서 근심하시고 장차 군사를 내어 치려고 할새, 문무 제신(諸臣)을 모으시고 하순(下詢)하시는데 의논이 분분하여 같지 않기에, 한림 학자 양소유가 출반주(出班奏)하기를,

"옛날 한무제(漢武帝)가 남월왕(南越王)을 불러 효유(曉諭)하던 일과 같이 급히 조서를 내리시와 화와 복으로써 효유하옵시고, 마침내 귀순치 아니하거든 군사를 내어 치는 것이 만전의 책인 줄로 아뢰오."

천자가 그 말을 좇아 소유로 하여금 어전에서 조서를 취해 내도록 하시니, 소유가 엎드려 명을 받잡고 즉시 지어 올린즉, 천자가 크게 기꺼워하며 하교하시되,

96

"전중엄절(典重嚴截)한 은덕과 위엄을 두루 말하여 효유하는 뜻이니, 미친 도적이 스스로 감동하리라."

하시고, 삼진(三鎭) 절도사에게 곧 조서를 내리시니, 조나라와 위나라는 임금의 칭호를 버리고 조정의 명을 받들어 글을 올려 죄를 청할새, 사신을 보내어 말 일만 필과 비단 일만 필을 공물로 바쳤으되, 오직 연왕만이 땅이 멀고 군사가 강함을 믿어 귀순치 않는지라, 천자께서 양진의 절도사가 항복함은 오로지 양소유의 공이라 하시며, 이에 조서를 내려 포상하시되,

"하북땅 세 절도사가 각각 한 모퉁이씩 웅거하여 강함을 믿고 이웃과 손을 잡은 지 거의 백 년이라, 덕종황제께옵서 십만 대군을 발하사 장수로 하여금 치시되 마침내 능히 그 강함을 꺾지 못하고 그 마음을 항복 받지 못하였거늘 이제 양소유는 한장 글로써 두 진(鎭)을 항복 받으니, 군사 한 명도 수고치 아니하고 또한 한 사람도 죽이지 아니하고 인군(人君)의 위엄을 널리 만리 밖에 떨친지라, 짐이 심히 가상히 여겨 비단 삼백 필과 말 오천 필을 주어 포상하는 뜻을 보이노라."

하시고, 이어서 벼슬을 돋우고자 하시니, 소유가 어전에 나아가 머리를 조아리고 받지 아니하며 상주하였다.

"조서를 대신 초하는 것은 신자된 자의 직분이옵고, 두 진이 귀순함은 성상의 위엄이온데 신이 무슨 공으로써 이 중한 포상을 받사오며 하물며 한 진이 아직도 항거하여 변방을 요란케 하옵거늘, 신은 칼을 들고 창을 잡아 나라의 수치를 능히 다 씻지 못함을 한탄하오니 승탁(陞擢)하시는 명을 어찌 따르오리까? 신자의 충성을 다 함은 작품이 높아지는데 간격이 없삽고, 싸움에 이기고 패함

은 군사의 다과(多寡)에 있지 아니하오니, 신은 바라옵건대 한 무리의 군사를 얻어 조정의 위엄을 의지하고 나아가 연나라의 도적과 더불어 죽기로써 결단하고 힘써 싸워 천은(天恩)의 만 분지 일이라도 갚고자 하는 줄로 아뢰오."

천자가 그 뜻을 장하게 여기시어 대신들에게 하문하시니 모두 엎드려 상주하였다.

"세 진이 정족지세(鼎足之勢)이더니 이제 두 진이 이미 항복하였으므로, 조그마한 역적의 형세는 곧 솥에 든 고기의 형세요, 구멍에 든 개미와 같사오니, 군사로써 나가오면 반드시 마른 것을 꺾고 썩은 것을 꺾는 것 같사오며, 또 천자의 군사는 먼저 꾀를 쓰고 뒤에 치나니, 엎드려 바라옵건대 양소유를 보내어 이해(利害)로써 효유하다가 끝내 항복지 아니하거든 곧이어 군사를 냄이 좋을 줄로 아뢰오."

천자께서 옳게 여기어 양소유에게 절월(節鉞 ; 생사 여탈의 권한을 상징함)을 내리시며,

"연나라에 가서 효유하라."

하시니, 소유는 명을 받잡고 절월을 가지고 떠날새 정사도에게 하직하니, 사도가 일러두었다.

"변방은 인심이 모질고 억세어서 조령(朝令)을 거역함이 한 두번이 아니거늘, 양한림이 한낱 선비의 몸으로 위험한 땅에 들어가니, 만일에 뜻하지 않은 변이 생기면 이 늙은 것의 불행만이 아니라 한 나라의 수치가 될 것인즉 내 몸 늙어 부득이 조정공론에 참여치 못했으나 마땅히 한 장 글을 올려 간쟁(諫爭)코자 하노라."

한림이 만류하며 말했다.

"장인은 너무 염려를 마옵소서. 변방 백성이 조정이 인정치 못함을 틈타서 잠시 소란을 피운 것이니, 천자께서 신무(神武)하시고 조정이 청명하여 조나라와 원나라의 두 강한 나라가 이미 귀순하였는데, 적은 연나라쯤을 어찌 근심하겠나이까?"

사도가 다시 이르며 말하였다.

"성상의 명이 이미 내리시고 그대의 뜻 또한 이미 정해졌으니 이 늙은 것이 다시 할 말이 없지만, 오직 모든 일에 조심하여 몸을 보중하고, 군명을 욕되게 하지 말도록 유념하라."

부인이 눈물을 흘려 작별하되,

"현명한 선비를 얻은 후로는 적이 늙은 마음을 위로할 수 있더니, 양공이 이제 먼 길을 떠나니 내 가슴 속이 어떠하겠소? 자못 바라는 것은 먼 길에 몸조심하오."

양한림이 물러가 화원 별당에 이르러 행장을 갖추어 곧 발행할새, 춘운이 옷을 잡고 여쭙길,

"상공이 한원에 입직하실새 첩이 일찍 일어나 침구를 짜고 조복을 받들어 입혀 드리면, 상공께서는 곁눈으로 첩을 보시고 항상 안타까이 여기사 떠나기를 싫어 하심이 많사옵는데, 이제 먼길의 이별을 당하여 무어라 한 마디 쓰라린 말씀이 없나이까?"

한림이 크게 웃으며 이르기를,

"대장부가 나라 일을 당하여 중임을 맡게 되어 생사를 또한 돌아보지 못하겠거늘, 구구한 사정을 어찌 마음대로 의논하랴? 춘랑이 부질 없이 슬퍼하여 꽃같은 얼굴을 상치 말고, 삼가 소저를 받들어 얼마 동안 잘 있으면, 내 성공한 후 허리에 금인(金印)을 차고

　호기 있게 돌아올 터이니, 기다리도록 하라."
하고, 골문에 나아가 수레를 타고, 이윽고 낙양(洛陽)에 다달으니
옛날에 지나던 자취가 아직도 변치 아니하였더라.

　당시 십육 세의 한낱 서생의 몸으로 작은 나귀를 타고 행식이심히
초라하였는데, 수 년이 가지 않아 절월(節鉞)을 세우고 사마(枡馹)
를 타고 이르니, 낙양의 현령(縣令)이 분주히 길을 닦고 하남부윤
(河南府尹)은 공손히 길을 인도하니, 광채가 온길에 비치고, 어염 백
성들이 다투어 구경하고, 오가는 행인들은 우러러보며 부러워하니
이 어찌 장관이 아니리오.

　한림이 먼저 동자를 시켜 계섬월의 소식을 알아오도록 하여, 동자
가 섬월의 집을 찾아가나, 대문은 겹겹이 잠기고 청루도 열지 않은
채요, 오직 앵두꽃만이 피어있을 뿐이거늘, 이웃 사람에게 물어보니
그 대답인즉,

　"섬월이 상년 봄에 먼 고장의 상공과 더불어 하룻밤 인연을 맺은
　후로는 병이라 핑계하고 오는 손을 사절하며 관가 잔치에도 들어가
　지 아니하더니, 얼마 안 가서 미친 체하며 패물붙이를 다떼어 버리
　고, 도사의 의복으로 바꿔 입고는 사방으로 두루 다니면서 산수
　(山水)를 구경하는데, 아직 돌아오지 아니하였으니 지금 어느 산에
　있는지 알지 못하노라."

　동자가 돌아와 이 연유를 아뢰니 한림이 크게 실망하여 섬월의
집을 지나치면서 옛 자취와 옛정을 그리며 눈물을 머금고 객사에
돌아와도 밤에 잠을 이루지 못하더라. 부윤이 기생 수십 명을 보내어
즐거이 해 주려 하니 모두가 일등 명기요, 붉은 단장과 화려한 의복으
로 고운 것을 다투고 아리따움을 자랑하며 한 번 눈여겨 보기를 바라

되, 한림은 아무런 흥취가 없어 한 사람도 가까이 함이 없이 이튿날 아침 떠남에 앞서 글을 지어 벽상에 쓰니, 읊었으되,

> 비가 천진을 지나매 버들빛이 새로우니
> 풍광이 지난 날의 봄과 완연히 같더라.
> 가히 어여쁘다 옥절이 돌아오는 땅에
> 술자리에 술 권하는 이 보지 못할리라.

붓을 던지고 수레에 올라 앞 길로 나아가니, 모든 기생들이 멀리 가는 거동을 보고 다만 부끄러워할 뿐이라, 다투어 그 글을 베껴 부윤께 비치니, 부윤이 기녀들을 꾸짖었다.

"만일 양한림에게 한번 눈여겨 봄이 있었던들 이름이 틀림 없이 백 배나 더할 것을 한림의 눈에 들지 못하니, 낙양 땅이 무색하도다."

이에 이으러 한림이 유의하는 사람의 이름을 알아서 사면에 방을 붙여 섬월의 거처를 찾아내고, 한림의 돌아오는 날을 기다리더라.

계랑을 다시 만남

양한림이 연나라에 다다르니, 아득한 변방 사람들이 일찍이 황성(皇城)의 위엄 있는 거동을 보지 못하였다가 한림의 몸차림을 보니, 땅위의 기린 같고 구름 속의 봉황 같은지라, 다투어 수레를 둘러싸고 길을 막으며 한번 보기를 원치 않는 자가 없더라.

양한림이 연왕과 서로 만나 보려할새 한림의 위엄은 **빠른 우뢰** 같고 은혜는 봄비 같아서, 변방 백성들이 모두 춤추고 노래하며 혀를 차고 서로 이르기를,

"성천자(聖天子)께서 장차 우리를 살리실 것이로다."

한림이 연왕과 서로 만날새, 천자의 위엄과 처분을 자주 일컬으면서, 순역(順逆)과 향배(向背)의 도리를 역설하니, 도도함이 바닷물인 듯하고, 늠름함이 추상 같아서 감복치 아니하지는 못하리라.

연왕이 황연히 놀라며 깨닫고 땅에 꿇어앉아 사죄하되,

"변방이 멀고 외진 곳이라 왕화(王化)가 미치지 못하는 고로 방자히 조정의 명을 거역하고 밝은 곳을 향하여 귀순할 줄을 알지 못하다가 이제 명교(明敎)를 듣사오니 전죄를 스스로 깨닫겠소이다. 이제부터는 미친 마음을 길이 정제하고 신자(臣者)의 직분을 부지런히 힘써 지키오리니, 엎드려 바라건대 천사(天使)는 돌아가 조정에 아뢰어 속국(屬國)으로 하여금 위태로움으로 말미암아 편안함을 얻게 하고, 화가 변하여 복이 되게 하소서."

뒤이어 벽루궁에 잔치를 베풀고 전송하면서, 황금 백 근과 준마 열 필을 선물로 주나, 한림이 일단 이를 물리치고 연땅을 떠나서 돌아올새, 길을 행한 지 십여 일 만에 한단(邯鄲) 땅에 이르니, 묘하게 생긴 한 소년이 말을 타고 앞 길에 있다가 벽제소리를 듣고 말에서 내려 길가에 섰기에, 양한림이 바라보고 말하기를,

"저 서생이 탄 말은 팔준마(八駿馬)의 하나로다!"

하더니, 점차 가까이 보매 소년이 피어나는 꽃과도 같고 솟아오르는 달과도 같아서, 미묘한 태도와 청수한 광채가 사람의 눈을 쏘아 감히 바라보지 못하겠더라.

102

양한림이 말하기를,

"내 일찍이 경향 각처의 소년들을 많이 보았으되, 저 같은 소년은
금시초견(今始初見)이라."

하고, 추종(騶從)에게 이르되,

"네 가서 저 소년을 불러오라."

하고는 잠시 객사에서 쉴새, 소년이 이미 다달았기에 한림이 사람을
시켜서 맞아들이매 소년이 들어와 엎드리니 양한림이 사랑하여 말하
기를,

"내 길에서 그대의 풍채를 사랑하여 일부러 사람을 보내어 청했지
만, 혹시 돌아보지 않을까 염려하였는데, 이제 왕림하여 합석하게
되니 나행함을 이루 다 말할 수 없소. 그대의 성명을 알고 싶소."

소년이 이에 대답하되,

"소년은 북방 태생으로 적백란(狄百蘭)이라 부르오며, 궁벽한
시골에서 성장한 탓으로, 훌륭한 스승과 어진 벗을 만나지 못하여
학업이 매우 얕아 글이나 칼을 깨우치지는 못하였으되, 그래도
한 조각 정성된 마음은 지기지우(知己之友)를 위하여 죽고자 하옵
니다. 이제 상공께서 하북땅을 지나실새 위엄과 은덕이 아울러
떨치어 사람들이 모두가 감동하여 우러러 사모하는 마음이 무궁하
온지라, 소생의 천루(賤陋)함과 잔졸(屖拙)함을 생각지 아니하
고, 이몸을 귀문에 의탁하여 계명구도(鷄鳴狗盜)의 천한 재주를
일깨워보고자 하옵는데, 상공께서 몸을 굽혀 선비를 기다리시는
성덕을 베푸시니 황송무지로소이다."

한림이 더욱 기뻐하며 이르기를,

"바로 옛말에 이르는 '동성상응(同聲相應)하고 동기상통(同氣相

通)'이라. 이제 두 뜻이 서로 합하니 장히 쾌한 일이로다! 일후부터
는 적생(狄生)과 더불어 말고삐를 나란히 하여 행하면서, 밥상을
같이 하고 경치 좋은 곳을 지나면서 산수를 담론하여 밝은 밤을
만나면 풍월을 읊조리면서 먼 길의 괴로움을 잊어 버리리라."
하고는, 이어서 발행하여 낙양땅에 이르러 천진교를 지날새, 지난
날 섬월을 만나던 생각이 눈에 선하여 주루를 바라보며 구슬프게
홀로 말하기를,

"계랑(桂娘)이 만일 지난번에 내가 헛되이 지난간 줄을 알면 필연
여기 와서 기다릴 것이로다. 여관(女冠)이 되었다 하니 생각컨대
그 종적이 도관(道舘)에 있지 아니하면 필연 이원(尼院)에 있을지
니 그 소식을 어찌 들으리요? 슬프다. 이번 길에 또 서로 보지 못하
면 어느 세월에 다시 만날 수 있을꼬?"
하면서, 얼핏 눈을 들어 멀리 바라본즉 한 미녀가 홀로 누각 위에
서서 중렴을 높이 걷어올리고, 거마(車馬)가 오는 것을 유심히 보고
있으니 이는 곧 계섬월(桂蟾月)이더라.

한림이 골똘히 생각하던 차에 낯익은 얼굴을 보게 되니 그 아리따
움을 넉넉히 잡을 듯한지라 수레를 풍우같이 몰아 누각 앞을 지날
새, 두 사람이 서로 반기는 정은 말로써 이루 나타낼 수는 없더라.
이윽고 객사에 이르매 섬월이 먼저 지름길로 달려와 이미 객사 안에
들어가 옷깃을 여미고 반기니, 슬프다 기쁜 마음이 아울러 서려올라
눈물이 말보다 앞서 흐르는지라 이에 몸을 굽혀 사례하되,

"황명(皇命)을 받자와 원로에 말을 달리시되 기체 안강(安康)하시
오니, 사모하는 이 내 마음에 족히 위로가 되나이다. 천첩의 일은
들어 아실 듯하니 다시 말씀드릴 것이 없사옵고 지난 봄에 상공의

소식을 듣사온즉, 조서를 받들고 이 길을 지나셨다 하거늘 길이
멀어 전송을 못하옵고 눈물만 흘릴 뿐이었는데 현령(縣令)이 상공
을 위하여 몸소 이몸을 찾아 객관 벽에 써 놓으신 글을 보시고
지나치게 공경하여 대접을 해 주시며 스스로 전일에 난처했던 일을
사죄하고 성중으로 들어가 상공이 돌아오시기를 기다리라고 간청
하옵기로, 기꺼운 마음을 이기지 못하여 옛집에 돌아와, 천첩도
스스로 이몸이 소중한 줄을 깨닫삽고, 홀로 천진루에 서서 상공의
행차를 기다리니, 성내에 가득한 사녀(士女)와 오가는 행인들이
그 뉘 소첩의 귀히 됨을 부러워하지 않겠나이까? 천첩이 궁금한
것은 상공이 영귀(榮貴)하셨는데 살림을 맡으실 부인을 이미 맞이
하셨나이까? 쾌히 말씀하시옵소서."

한림이 이르기를,

"이미 정사도집과 정혼하고 아직 성례는 아니하였으나 그 규수의
현숙함이 계랑의 말과 조금도 틀리지 아니하니, 좋은 중매의 은혜
는 태산 같도다."

하고 다시 옛정을 이으니, 차마 즉시 떠나지 못하고 잇따라 수일을
머무르더라. 계랑의 침방에 있는고로 오랫동안 적생을 청치 아니하였
는데 동자가 급히 와서 아뢰되,

"소복(小僕)이 보오매 적생은 좋지 못한 사람인즉 사람들이 많은
데서 계낭자와 더불어 희롱하더이다."

한림이 일러두기를,

"적생이 그렇게 무례할 리 있겠느냐? 더욱이 계랑은 의심할 바
없으니, 네 필시 잘못 본 듯하다."

동자가 흡족지 못한 마음으로 물러가더니, 이윽고 다시 아뢰되,

"상공께서 소복의 말을 그릇되었다 하시니, 그들의 희학질하는
것을 친히 보소서."

하고, 서편 행랑(行廊)을 가리켜 보이기에 한림이 나아가 바라본
즉, 두 사람이 낮은 담을 사이에 두고서 웃고 지껄이면서, 손목을
끌어당기며 희롱하는데, 이에 그들이 조용히 하는 말을 들어 볼까
하여 차차 가까이 가니, 적생이 신 끄는 소리에 놀라 달아나자 섬월이
돌아보고 자못 수상한 태도가 있는지라, 한림이 의아히여겨 묻기를,

"적생과 더불어 연분이 있었느냐?"

섬월이 이에 대답하되,

"첩은 적생과는 연분이 없삽고 다만 그의 누이와 정분이 있는 고로
그 안부를 묻는데, 본디 이몸이 천한 터이라, 자연히 이목(耳目)
에 젖어 남자를 피할 줄 모르고서, 손을 잡고 희롱도 하고 입을
귀에 대고 가만히 말도 하여 상공의 의심을 사게 하였은즉 그 죄
죽어도 아까움이 없을 줄로 아뢰나이다."

한림이 다시 이르기를,

"네 너를 의심하는 일이 없으니 너는 조금도 나를 꺼리지 말도록
하라."

이어서 그는 생각하기를,

'적색은 아직도 소년이라, 내 눈에 띄었으니 꺼려함이 없지 않을
터이매, 내 마땅히 불러 위로하리라.'

하고 동자를 시켜 오라하니, 이미 간 곳이 없는지라, 한림이 크게
후회하되,

"옛날의 초장왕(楚莊王)은 갓끈을 끊어 모든 신하의 마음을 편케
하였거늘, 이제 나는 모호한 일을 살피지 못하여 아름다운 선비를

잃었으니 지금에 와서 부끄럽게 여기고 탄식한들 무엇하리
오.”

곧 추종들로 하여금 두루 찾게 하니라.

그날밤 한림이 섬월을 데리고 옛일을 말하며 새로운 정을 두터이
하고 술자리를 벌여 즐겁게 놀다가 밤이 이슥하여, 촛불을 물리치고
자리에 누웠더라. 동녘이 밝은지라, 이윽고 잠을 깨니 섬월이 거울에
마주 앉아 단장을 새로 하거늘, 정을 쏟아 눈여겨 보다가 깜짝 놀라
다시 본즉, 가는 눈썹과 밝은 눈이며, 구름 같은 살쩍과 꽃같은 뺨이
며, 가는 허리와 눈빛같이 흰 살이 다 자세히 본즉 섬월 같으나 아니
더라 놀랍고도 한편 의심이 가거늘 한참이나 감히 묻지 못하더라.

적경홍(狄驚鴻)을 만나다

한림이 미인을 향하여 묻기를,

“낭자는 누구시뇨?”

미인이 대답하되,

“첩은 본디 파주(播州) 사람이오며 성명은 적경홍(狄驚鴻)이옵니
다. 어렸을 적에 계섬월과 의형제를 정하였삽더니, 어젯밤에 계량
이 마침 병이 있어 상공을 모시지 못하겠다 하며 첩더러 대신 모셔
상공의 꾸지람을 면케하라 하옵기로, 첩이 감히 대신 모셔 외람히
자리에 있삽니다.”

말이 끝나기도 전에 섬월이 문을 열고 들어와 덧붙여 말하되,

“상공이 또 새 사람을 얻었으니 첩은 삼가 치하하나이다. 첩이

일찍이 하북땅 적경홍을 상공께 천거했사온데 과연 어떠하시나이
까?"

한림이 대답하기를,

"이름만 듣던 것 보다는 그 낯이 더욱 아름답도다!"

하고, 경홍의 모습을 다시 살펴본즉 적생과 털끝만큼도 다르지 않은
지라, 이에 물어보기를,

"적백란 소년은 적랑의 오라비인가? 내 어제 적생에게 허물을
씌워 안 되었거늘 이제 어디 있느뇨?"

경홍이 더욱 웃으며 대답하되,

"천첩은 본래 형제자매가 없나이다."

한림이 이에 다시 한 번 보매, 훤히 깨달아 웃고 이르기를,

"한단(邯鄲) 길가에서 나를 따라온 자 본래 적랑이요, 어제 담모퉁
이에서 계랑과 말하던 자 또한 적랑이니, 남복으로 나를 속였음은
무슨 까닭인고? "

경홍이 대답하되,

"천첩이 어찌 감히 상공을 기만하리이까? 첩이 비록 아리땁지
못하고 재주 없사오나, 평생에 대인군자(大人君子)를 따르고자
하였삽더니, 연왕이 첩의 이름을 듣고 구슬 한 섬으로 첩을 사서
궁중에 드니, 비록 입에는 진수성찬(珍羞盛饌)이요, 몸에는 능라주
의(綾羅紬衣)이나 원하는 바 아니옵고, 금롱에 갇힌 앵무새같이
마음대로 나오지 못함을 한스럽게 여기고 있삽는데,전일에 연왕이
상공을 청하여 잔치를 배설할새, 첩이 창틈으로 보온즉 평생 소원
하던 상공이었나이다. 그러나 궁문이 아홉 겹이니 어찌 넘을 수
있으며, 길이 만 리이니 어찌 뛰어갈 수 있겠나이까? 오만 가지로

생각하여 겨우 한 가지 계책을 얻어, 상공이 떠나시는 날, 몸을 빼어 뒤를 따르오면 연왕이 필시 사람을 보내어 뒤쫓을 터인즉 상공이 떠나신 지 수일 후에 연왕의 천리마(千里馬)를 가만히 끌어 타고, 이틀 만에 한단땅에 쫓아 이르니 마침 상공께서 부르시었나이다. 그때에 사실을 아뢸 것이나 이목이 번다하여 덮어둔 죄 있사오나, 전일 남복한 것은 뒤쫓는 자를 피하려 함이옵고, 어젯밤에 당희(唐姬)의 옛 일을 본받음은 계랑의 간청을 따른 것이오니, 전후의 죄를 비록 다 용서할지라도 황송함은 오래도록 잊지 못하겠나이다. 상공이 그 허물을 괘념치 않으시며, 그 비루함을 꺼리지 않으시고, 높은 나무의 그늘을 빌리시와 한 가지 것들임을 허용하여 주시오면 첩은 마땅히 계랑과 너불어 서취(去就)를 같이 하여, 상공이 현숙한 부인을 맞으신 후에도 계랑과 더불어 문하에 나아가 하례하겠나이다."

한림이 칭찬하되,

"적랑의 높은 의기는 양가(楊家;벼슬 이름)라도 가히 따르지 못하겠으니, 내 이위공(李衛公)같은 장상(將相)의 재주 없음이 부끄러울 따름이라. 이미 서로 좋게 지내자 하였으니 무엇을 견주어 볼 것이랴?"

적랑이 사례함을 마지 않거늘, 섬월이 말하되,

"적랑이 이미 첩의 몸을 대신하여 상공을 모셨으니, 첩이 또한 마땅히 적랑을 대신하여 상공께 사례하겠나이다."

이에 일어나 꾸벅꾸벅 절을 거듭하니라.

이 날 두 여인과 더불어 밤을 지내고, 밝은 아침에 일러두기를,

"원로의 남의 이목이 번거로와 동행치 못하나 내 혼례를 지내면

곧 맞아들이겠노라."
하고, 서울을 향하여 떠나가니라.

옥(玉)퉁소

이리하여 양한림이 서울에 돌아와 예궐하여 복명할 때, 연왕의
표문(表文)과 공물로 바치는 금은 비단이 마침 이른지라, 천자는
크게 기꺼워하며 그 노고를 위로하고, 그 공훈을 표창하여 장차 후
(侯)를 봉하려 하자, 한림이 크게 놀라 땅에 엎드려 머리를 조아리고
굳이 사양하니 성상은 더욱 그 뜻을 가상히 여겨 그 의론을 들어
다시 예부상서(禮部尙書)겸 한림학사를 삼고 상급(賞給)도 많이
내리고 예우(禮遇)도 융숭하시니 그 영광이 고금에 견줄 바 없더라.
　상서가 화원으로 돌아와 춘랑과 더불어 이별 중의 회포를 풀며
새로운 즐거움을 말하니, 은근한 정은 이루 말로 다 나타낼 수 없겠더
라.
　천자께서는 양소유의 글재주를 매우 사랑하사 자주 편전(便殿)
으로 불러들여 경서(經書)와 사기(史記)를 토론하시니, 양상서 예궐
하는 날이 잦아지더라. 하루는 밤 늦도록 입시하였다가 직소(直所)
에 돌아오니 월색이 고와 그윽한 흥취를 일게 하매, 제대로 잠을 이루
지 못하고 홀로 높은 누각에 올라 난간을 의지하고 앉아 달을 대하여
글을 읊조리는데, 문득 바람결에 들은 즉 퉁소 소리가 멀리 구름 사이
를 따라 점점 내려오더라. 그 곡조는 자세치 아니하나 그 음색(音
色)은 이 세상에서 듣지 못하던 바라, 상서가 아전을 불러 물어보기

를,

"이 퉁소 소리가 대궐 밖에서 나는 것이뇨, 혹은 궁중 사람 가운데
이런 곡조를 능히 부는 자가 있느뇨?"

아전이 대답하되,

"알지 못하겠나이다."

상서도 이어서 옥퉁소를 내어 두어 곡조를 불매, 그 소리 또한
하늘에 흐르는 구름을 머무르게 하는 듯 하더니, 홀연 청학 한 쌍이
대궐 안으로 날아들어와, 곡조에 맞추어 춤을 추니 한림원의 모든
아전들이 신기하게 여기며 왕자진(王子晉)이 우리 마을(官府)에
있다 하더라.

이 때 황태후(皇太后)에게 두 아들과 딸이 있으니, 성상과 월왕
(越王)과 난양공주(蘭陽公主) 셋이니라.

난양공주가 탄생하실 적에 태후 꿈에, 선녀가 구슬을 받들어 태후
의 품속에다 넣어 주더니, 공주 장성하시매 지혜와 자질이 모두 예법
에 어긋남이 없어 조금도 속된 버릇이 없고, 문필과 침선(針線)이
또한 신기하고 절묘하므로 태후 매우 사랑하시는데, 서역 태진국
(西域 太眞國)에서 백옥퉁소를 조공으로 바치거늘, 그 꾸밈새가 극히
묘하므로 악공으로 하여금 불어보게 하나 소리가 나지 아니하더라.

이 무렵 공주가 어느 날 꿈에 선녀를 만나서 곡조를 배워 그 신묘
함을 익혀, 꿈을 깨자 태진국의 옥퉁소를 시험하여 부니, 소리가 맑으
며 음률이 저절로 맞기에 태후와 천자께서 다 기이하게 여겨 칭찬하
시되 다른 사람은 아무도 부는 법을 모르더라.

매양공주가 한 곡조를 불면, 모든 학이 스스로 전각 앞에 모여
들어 마주 춤을 추는지라, 태후가 이를 보시고 성상께 이르기를,

"옛날에 진목공(秦穆公)의 딸 농옥(弄玉)이 옥퉁소를 잘 불었다 하는데 이제 공주의 한 곡조가 농옥에 지지 아니 할지니, 반드시 소사(簫史) 같은 사람이 있은 연후에야 가히 공주를 하가(下嫁)시키겠소."

이리하므로 난양공주는 이미 장성하였으되 부마(駙馬)를 간택하지 못하였더라.

이날 밤에 난양공주가 마침 달을 바라보며 퉁소를 불자 학이 춤을 추었는데, 곡조를 마치매 청학이 한림원을 향해 날아가 그 동산에서 춤을 추니, 사람들이 서로 전하여 일컫기를 양상서(楊尙書)의 옥퉁소 소리에 학이 춤을 춘다하더라.

천자가 이 말을 들으시고, 신기하게 여기며 생각하기를,

"공주의 인연이 필연 이 사람에게 있으렸다!"

하고, 태후께 아뢰시되,

"양소유의 연기(年紀)가 공주와 서로 맞사옵고, 그 풍채와 재주는 만조(萬朝)에 무쌍하오니 간택하기시 바라나이다."

태후가 웃고 이르시기를,

"소화(蕭和)의 배필이 아직 없어 항상 염려하였더니, 그 말씀을 들으니 양소유는 곧 난양공주의 천생배필이오. 그러나 이몸이 친히 보고 정하겠으니, 상은 그리 아시오."

성상이 대답하시되,

"어렵지 않은 일이오니 일간 양소유를 별전으로 불러 글을 강론하오리니, 그 사람됨을 어람하소서."

하셨는데, 난양공주의 이름이 소화이니, 바로 이는 그 옥퉁소에 소화(簫和)라는 두 글자가 새겨져 있으므로 이를 따른 것이니라.

궁녀(宮女)에게 글을 지어 주다

천자께서 봉래전에 정좌하시고 내시를 보내어 양소유를 부르시니, 내시가 명을 받잡고 한림원에 나아가 본즉 이미 사퇴하였고 정사도 집에가 물어보니 아직 돌아오지 않았다 하기로, 내시가 황망히 두루 찾으니, 이 때 양상서는 정십삼과 더불어 장안 주루에서 주랑이라는 명기를 데리고 이미 대취하여 노래를 부르고 취흥이 도도하여 의기양양하더라. 내시가 급히 달려가 입시 하랍시는 어명을 전하니 정십삼은 기급을 하여 뛰어나가고 상서는 취안이 몽롱하여 내시가 이미 누각에 오른 줄을 알지 못하거늘, 내시가 성화같이 재촉하자 상서는 기녀에게 부축을 받으며 일어나 조복을 입고 내시를 따라 대궐로 들어가 뵈온즉, 성상이 앉으라 명하시고 역대 제왕의 치란흥망(治亂興亡)을 논의하시매 그 대답이 명백하니 상이 매우 기꺼워하시며 다시 묻기를,

"글을 잘 짓는 것이 비록 제왕의 할 일은 아니라 할지라도, 우리 조종(祖宗)이 진작부터 마음을 썼기로 어제 하신 시문(詩文)이 더러는 전파되어 오늘에 이르니, 경은 시험삼아 성제명왕(聖帝名王)들의 문장을 논의하라. 남의 시편이라 꺼리지 말고 논평하여 그 우열을 정하되 위로 제왕이 글을 누가 으뜸이며, 아래로 신하의 글은 누가 가장 나으뇨?"

양상서가 엎드려 대답하였다.

"군신(君臣)이 글로써 서로 부르고 화답함은 요순(堯舜)에서 부터 비롯하였으니 아직 이를 논의할 계제는 아니옵고, 한고조(漢高祖)의 대풍가(大風歌)와 위태조(魏太祖)의 월명성희(月明星稀)는

제왕의 시사(詩詞)의 으뜸이옵고, 서경의 이릉(李陵), 업도의 조자
건(曹子健)과 남조(南朝)의 도연명(陶淵明), 사영운(謝靈運)의
네 사람이 가장 드러난 자들이옵나이다. 예로부터 문장이 성함이
우리 국조(國祖)만한 시대가 없사옵고, 국조 중에서도 개원천보
(開元天寶) 연간같이 많은 재사가 속출한 때는 없사온지라, 제왕의
문장으로서는 현종황제(玄宗皇帝)가 천고에 빛나시며 신하의 재주
로서는 천하에 이태백을 당할 사람이 없나이다."

"경의 뜻이 실로 짐의 생각돠 맞도다. 짐이 매양 이태백의 청평사
(淸平詞)와 행락사(行樂詞)를 보면서, 그와 한때에 있지 못했음을
한스럽게 여겼지만, 이제 경을 얻었으니 어찌 이태백을 부러워하리
요? 짐이 예법을 쫓아 궁녀 십여 인으로 하여금 학문을 맡게 하니
곧 여중서(女中書)라. 글에 자못 재주가 있고 또 볼 만한 자 있는
지라, 이백이 취중에 글짓던 모양을 짐이 다시 보고자 하나니, 경은
궁녀들의 바라는 정성을 저버리지 말도록 하라."

이에 궁녀를 시켜 어전에 유리 벼룻집과 백옥 필상(筆床)과 황옥
연적을 옮겨 놓으셨고, 모든 궁녀가 이미 글을 받으랍시는 어명을
들었으므로 각기 비단수건과 비단부채를 펴들고 상서 앞에 나오는지
라, 상서가 취흥이 도도하고 글 생각이 저절로 솟아나, 고운 붓을
들어 차례로 쓰매 풍운이 일고 번개같이 날렵해 그림자가 옮기지
아니하여 앞에 그득한 부채 등 속이 이미 다하였더라.궁녀들이 차례
로 꿇어앉아 상께 들인즉, 상께서 낱낱이 들추어 보시니 모두가 주옥
같은 글이라 칭찬하여 마지 않으며 궁녀를 불러 이르시되,

"오늘밤 한림이 수고하였으니 각별 좋은 술을 가져오라."

하시니, 모든 궁녀가 더러는 황금쟁반을 받들며 더러는 앵무술잔을

잡아 많은 술을 가득히 내오는데, 혹은 잠깐 꿇어앉았다 잠깐서면서 다투어 절하고 다투어 권하므로 상서가 어전에서 좌우 두손으로 잡아 차례로 마시니 십여 배에 얼굴이 봄빛을 띄며 눈에 안개가 서려 있기로, 상이 명하여 술을 물리고 이르시되,

"한림의 글 한 귀가 천금으로도 싸니 가위 무가지보(無價之寶)이거늘, 너희는 무엇으로써 예폐(禮幣)를 주려하느뇨?"

궁녀들이 다투어 금비녀를 빼거나 혹은 옥패도 떼어 어지러이던지니,금이 소리하고 옥이 떨치더라.

상께서 내관에게 명하시어, 상서가 쓰던 지필연묵(紙筆硯墨) 등속과 궁녀들의 예폐를 거두어 가지고 한림을 따라가 그 집에 전하라 하시니 상서는 사은하고 일어나다가 다시 자리에 쓰러지는지라, 내관이 부축하여 남문에 이르니 추종(趨從)들이 옹위하여 말에 올리니라.

양상서가 돌아와 화원에 이르니 춘운이 붙들어 조복을 벗기고 묻기를,

"상공께서는 뉘 집에서 이토록 취하셨나이까."

상서는 취기가 심하여 머리만 끄덕이는데 이윽고 하인이 어사(御賜)하신 필연(筆硯)과 비녀,팔찌, 가락지 등등의 패물을 받들어 마루에 쌓아놓자, 상서가 희롱하여 이르기를,

"이 물건이 다 천자께서 춘랑에게 상급하신 것이니, 내 소득이 동방삭(東方朔)과 어떠할꼬?"

춘운이 다시 물으려하나, 상서는 이미 정신 없이 쓰러져서 코고는 소리가 마치 우뢰와도 같더라.

진채봉(秦彩鳳)이 양랑(楊郎)을 보다

이튿날에 상서가 늦게 일어나 세수하는데, 문 지키는 자가 급히 아뢰었다.

"월왕(越王)께서 오시었나이다."

상서가 놀라 말하기를,

"월왕이 왕가(枉駕)하시니 필연 일이 있도다."

급히 나아가 맞아 상좌에 들이고 공손히 하례하니, 나이는 대략 이십 세요, 풍채가 청수하여 한 점의 속태(俗態)도 없더라.

상서가 꿇어 앉아 묻되,

"대왕이 누추한 곳에 오시니, 무슨 가르치심이 있나이까?"

왕이 대답하기를,

"과인이 그윽히 경의 성화를 사모하나 출입 길이 달라 한 번도 맑은 말을 듣지 못하다가, 이제 황상(皇上)의 명을 받들고 와서 칙교(勅敎)를 전하노라. 난양공주의 꽃다운 연기를 당하여 바야흐로 부마를 간택하시사, 황상이 상서의 재주와 덕을 매우 사랑하시어 이미 간택을 정하시고 과인으로 하여금 먼저 이 일을 통기(通寄)하라 하시니, 장차 조칙(詔勅)을 내리시리라."

이 말에 상서가 놀라며 엎드려 아뢰었다.

"천은(天恩)이 소신에게 내리시니, 복이 과하면 재앙이 생긴다 함은 이미 말할 나위 없는 바이오나, 신은 이미 정사도의 여아와 정혼하여 납채한 지 벌써 해를 거듭했사오니, 엎드려 바라옵건데 대왕은 이 뜻으로써 황상께 아뢰어 주옵소서."

왕이 대답하기를,

116

"과인이 돌아가 그대로 품달(稟達)하려니와, 아깝도다! 황상께서 미덥게 여기시던 뜻이 허사로 돌아갔노라."

양상서가 다시 여쭙기를,

"이는 인륜대사이오니 가히 경솔히 못할 일이오며, 신도 마땅히 궐문 밖에 엎드려 죄를 청하겠나이다."

왕이 곧 작별하고 돌아가자 상서가 들어가 정사도에게 월왕이 말한 바를 아뢴즉, 춘운이 이미 부인에게 고하였기 때문에 온 집안이 어찌할 바를 모르며 사도는 근심 구름이 눈썹 위로 가득하여 능히 말도 못하더라. 상서가 말하되,

"장인은 염려치 마옵소서. 천자께서 성총(聖聰)이 밝으사 법과 예(禮)를 중히 여기시니, 필경에는 신하의 윤기(倫紀)를 어지럽게 아니 하실 것이오니, 소서 비록 불민하오나 맹세코 송홍(宋弘)의 죄인은 되지 아니하오리다."

하더라.

지난번에 태후가 봉래전에 친림하시어 주렴 사이로 양소유를 보시고 마음에 미덥게 여겨 황상께 이르시기를,

"상서는 실로 난양의 배필될 자라, 무슨 별 의논이 없는 줄로 아뢰오."

이에 월왕을 보내시고 천자도 바야흐로 불러 친히 이르고자 하시는데, 이 때 상이 별전에 계시다가 어제 양소유의 글을 다시 보시려고 내관으로 하여금 여중서(女中書) 등이 받아 가진 글을 거둬들이게 하니, 모든 궁녀들이 다 깊이 감추었으되 오직 한 궁녀가 글 쓴 부채를 가지고 홀로 처소에 돌아가 품속에 넣어 두고, 밤새도록 슬피 울며 침식을 전폐하였는데, 이 궁녀는 곧 진채봉이니 화주땅 진어사(秦御

史)의 딸이니라. 진어사가 비명으로 참사를 당하고 채봉은 잡혀 서울로 올라와 대궐 나인으로 박히니, 궁녀들이 모든 진녀의 아리따움을 일컬어 주거늘 상이 부르시고 첩여(婕女 ; 여자의 벼슬 이름)을 봉하고자 하실새, 황후께서 꺼리시어 상께 간하되,

"진녀는 가히 총애하실 만하오나, 폐하께서 그 아비를 죽이시고 그 딸을 가까이 하심은, 옛날에 밝은 인군이 색을 멀리하고 형벌을 세우던 바에 어긋날까 염려되나이다."

상이 그 말을 옳게 여겨 받아들이시고는, 이에 채봉을 불러 물으시되,

"네 글을 아느냐?"

채봉이 대답하여 아뢰되,

"약간 글자를 알고 있나이다."

상이 이에 명하여 여중서를 삼아 글을 맡게 하고, 황태후궁으로 나아가 난양공주를 모시게 하여 글도 읽고 글씨도 익히게 하시니 공주가 진녀를 지극히 사랑하여 잠시도 서로 떨어지지 아니하더라. 이 날 태후를 모시고 봉래전에 나아가 황상의 명을 받고 여중서들과 더불어 양상서의 글을 받을새, 상서는 곧 자나깨나 잊지 못하던 옛날의 양생이라, 지척에 있으나 어찌 갈 수 있으리요? 채봉은 상서를 한 번 보매 마음이 타는 듯, 살이 녹는 듯, 설움을 갖추고 쓰라림을 숨겨 다른 사람이 혹시 수상히 여길까 두려우하며, 옛정이 통치 못함을 서러워하고 옛 인연을 잊기 어렵게 되었음을 못내 탄식하며 안타까와하더라, 조용한 틈을 타서 부채를 들고 읊으니, 그 글에 씌었으되,

집부채가 둥글둥글 밝은 달 같아서
가인의 옥수로 밝고 맑음을 다투더라.
오현금 속에 훈풍이 많으니
몸 속으로 드나들며 쉴 새가 없더라.
집부채가 둥글둥글 달 한 덩이니
가인의 옥수가 정히 서로 따르더라.
길이 없어 꽃같은 날 가리어 물리치니
봄빛이 인간세상을 도무지 알지 못하더라.

진씨녀(秦氏女)가 글을 읊조리며 탄식하기를,
"양공은 내 말을 알지 못하도다. 비록 궁중에 있으나, 어찌 황상을
모실 리 있으리오?"
또 둘째 글을 읊조리며 탄식하기를,
"내 얼굴을 알아보지 못하니 양랑은 필연 맘에 있지 아니하도다.
글 뜻이 이 같으니 실로 지척이 천 리로다."
이어서 예전 집에서 양류사(楊柳詞)로 회답하던 일을 생각하니
슬픔에 눈물이 옷깃을 적시기에, 이윽고 글을 지어 부채에 잇대어
쓰고, 읊으면서 탄식하는데, 문득 들으니 내관이 상의명으로 글쓴
부채를 찾는지라, 깜짝 놀라 벌벌 떨면서 이르기를,
"어찌할꼬? 이제 나는 죽었노라. 이제 나는 죽었노라."

예폐(禮幣)를 물리다

내관이 진씨더러 말하되,

"황상께서 쓴 양상서의 글을 다시 보시려 하오."

하니, 진씨 울면서 이르기를,

"그 아래 글을 화답하여 스스로 죽을 죄를 범하였는지라 황상께서
보시면 필시 죽이라 명하실 터이니 법에 걸리어 죽는 것보다는
차라리 스스로 목숨을 끊을 것이니 이몸이 죽은 다음의 엄토(掩
土)는 그대로 믿겠소. 바라건대 그대는 이몸으로써 까마귀 밥이
되지 않게 해주오."

내관이 이에 대답하기를,

"여중서는 어찌 이런 말씀을 하는고? 황상께서는 인자하시고 관대
하시어 큰 죄는 아니 주실 것이오. 설혹 진노(震怒)하실지라도
내 마땅히 간하여 힘써 구할 터이니, 여중서는 나를 따라오오."

진씨가 내관을 따라 어전에 당도하자 문 밖에 세워두고 홀로 들어
가 모든 글을 상께 바치니, 상이 차례로 어람하시다가 진씨 부채에
이르러 양상서의 글 아래에 또 다른 글이 있는지라 상이 의아히 여겨
내관에게 하문하시니, 내관이 아뢰었다.

"진씨가 신에게 이르옵기를 황상이 다시 찾지 아니하시리라 여기
고서 외람되이 글을 지어 그 아래에 썼으니 필연 죽을 죄를 면치
못하겠다 하여, 스스로 목숨을 끊으려 하옵기에 신이 효유하여
데리고 왔나이다."

상께서 그 글을 읊어 보시니 거기 씌였으되,

집부채 둥글기가 가을달 부끄러운 얼굴 대함을 생각하겠네.
처음에 지척에서 서로 알지 못할 줄 알았던들

문득 그대로 하여금 자세히 봄을 뉘우치리로다.

상이 다 보시고 이르시되,
"진씨에게 필연 사정이 있도다. 어느 곳에서 어느 사람과 서로 만났기로 글 뜻이 이와 같을꼬? 그 재주 가히 아깝고, 또한 칭찬할 지어다."
하시고, 내관에게 명하여 부르시니 진씨 뜰에 엎디어 죄를 청하거늘, 상이 이르시되,
"사실을 그대로 아뢰었으니 네 죄를 사하리라. 네 어느 사람과 더불어 사사로운 정이 있었느뇨?"
진씨 머리를 조아리며 여쭙되,
"신첩이 어찌 감히 은휘(隱諱)하겠나이까? 신첩의 집이 패망하기 전에, 양소유가 과거 보러 가는 길에 우연히 서로 보고 양류사(楊柳詞)를 화답하였으며 신첩의 유모를 보내어 정혼 언약을 맺었삽는데, 일전 봉래전에 입시하였을 적에 신첩은 양소유를 알아보되 양소유는 알아 보지 못하옵는고로, 옛 일을 슬피 느껴 난잡히 글자를 그렸삽는데 황상께서 보셨으니 이 몸 죽어 마땅하나이다."
상이 그 뜻을 불쌍히 여기어 이르시되,
"그러면 양류사로서 정혼하던 일을 능히 기억하겠느뇨?"
진씨가 즉시 양류사를 써 올리니 상이 윤사(允事)하시되,
"네 죄 중하나 네 재주가 가히 아깝고, 또한 난양공주가 너를 사랑하는고로 특별히 용서하노니, 네 정성을 다하여 공주를 섬기어 네 본심을 저버리지 말지어다."
즉시 부채를 내리시니, 진씨는 황공하여 사은하고 물러가니라.

월왕이 정사도 집에서 돌아와 양소유가 이미 납채한 사실을 황태후
께 아뢰니 태후가 낯을 찌뿌리며 이르시기를,

"양소유의 벼슬이 상서에 이르니 이제 조정 사체(事體)를 알겠거
늘 그 고집이 어찌 이 같을꼬?"

상이 대답하시되,

"납채(納采)는 성례함과는 다르오니 친히 효유하옵시면 아니 듣지
못하리라."

하시고, 이튿날 양소유를 불러들여 이르시기를,

"짐에게 한 누이가 있는데 자태가 비범하여 경이 아니면 배필될
자가 없겠기에 짐이 월왕으로 하여금 뜻을 전하였거늘 경이 납채함
을 청탁하더라 하니 경을 생각지 않음이 심하도다. 옛적 인군들은
부마를 간택할 때, 정처(正妻)를 내쫓는 고로 왕헌지(王獻之)는
종신토록 뉘우쳤고, 오직 송홍(宋弘)만이 임금의 명을 받지 아니하
였으되, 짐의 뜻인즉 그렇지 아니한데 어찌 예의에 어긋남이 남보
다 더 하리요? 이제 경이 정씨와의 혼인을 물릴지라도 정녀(鄭
女)는 갈 곳이 있고, 경은 또한 성례한 일이 없거늘 무슨 윤기(倫
紀)를 해침이 있으리오?"

상서는 머리를 조아리고 아뢰되,

"성상께옵서 죄를 주지 않으시고, 도리어 순순히 효유하시어 부자
지간같이 이해해 주시니 감축하와 다시 아뢰올 말씀이 없나이다.
그러하오나 신의 정상은 타인과 다르오니, 신이 하방서생(遐方書
生)으로서 서울에 오던 날 의탁할 곳이 없는데, 정사도의 후대를
받았고 그 여자에게 납채뿐만이 아니오라 사도와 옹서지분(翁婿
之分)을 정하였삽고 또 이미 남녀가 서로 낯을 보아 완연히 부처의

의가 있사옵니다. 아직 성례치 못하옴은 국가가 다사하와 모친을
데려올 겨를이 없었는데, 이제 다행히 변방이 귀화하고, 변경에
또한 근심이 없사오니 바야흐로 여가를 얻어 시골집에 돌아가 노모
를 데려온 후 택일하여 성례코자 작정하였는데, 뜻밖에 황상께서
명을 내리시니 황공무지하와 어찌할 바를 모르겠습니다. 신이 만일
죄를 두려워하여 명을 따르오면, 정녀는 죽기로써 다른 데로 가지
아니하오리니 이 어찌 한 지어미(婦)의 길을 잃으면 왕화(王化)
에 험이 되지 아니하오리까?"

하니 상이 이르시되,

"경의 정리는 비록 민망하나, 경은 국가의 주석지신(株石之臣)이
요, 동량지재(棟樑之材)라 짐의 뜻에 가합할 뿐만 아니라, 황태후
께서 이미 경의 용모와 덕기(德器)를 사모하시어 혼례를 친히
주장하시니 굳이 사양치 못하리라. 그러나 혼인은 인륜대사라,
가히 경솔히 못할 것이니 잠시 짐은 경과 더불어 바둑을 두어 소일
하겠노라."

하고, 내관에게 명하여 바둑판을 들이게 하고, 군신 사이에 서로 승부
를 겨루시다가 날이 저물어서야 물리치니 양상서가 돌아와 보니,
정사도가 만면에 비창한 빛을 띄고, 눈물을 씻으며 이르기를,

"오늘 황태후께서 조칙을 내리시어 양랑의 예폐(禮幣)를 물리라
하시니, 내 이미 춘운에게 화원 별당에 내다 두라 하였거니와 여아
의 신세를 생각하면 우리의 내외 심회가 어떠하겠는고? 나는 겨우
부지하나 노처는 과념한 탓으로 방금 혼몽하여 인사 불성이로다."

하니 상서가 대경실색하며 한동안 생각에 잠기다가 아뢰기를,

"이 일의 불가함을 들어 소서(小婿)가 상소하여 간하오면 조정에

어찌 공론이 없겠나이까."

하니 사도가 손을 두드리며 만류하였다.

"양랑이 황명을 거역함이 여러 번인데, 이제 상소하면 어찌 황송치
아니할꼬? 반드시 중한 죄책이 있을 터이니 준수함만 못하도다.
일후에도 내 집 화원에서 거처하는 것은 대단히 불안하니 창졸
간에 서로 헤어짐은 심히 서운하지만 다른 곳으로 옮겨가는 것이
합당하리로다."

상서는 이에 대답지 아니하고, 화원에 들어가니, 춘운이 느껴 울다
가 예폐를 받들어 드리면서 말하기를,

"천첩이 소저의 명을 받아 상공을 모신 지 오래 되어 각별히 은애
(恩愛)를 입사와 항상 감격하옵더니 귀신이 시기하고 사람이 투기
하여 대사가 그릇되어, 소저의 혼사는 여망(餘望)이 없사온즉 천첩
또한 상공께 영 이별하고 돌아가 소저를 모시겠나이다. 오호라!
천지신명이시여, 너무도 가혹하시나이다."

하며 느끼어 우는 소리를 차마 들을 수 없기에, 상서가 일러두기를,

"내 바로 상소극간(上疏極諫)할 것이고 또 여자가 한 번 몸을 남에
게 허락하였으면 지아비(夫)를 따르는 것이 예법에 맞거늘 춘랑이
어찌하여 나를 배반하려 하는고?"

춘랑이 의연히 이에 해답하되,

"천첩이 비록 불민하오나 삼종(三從)의 도리는 아옵고, 또한 사정
이 남과 다른 것은 첩이 어릴적부터 소저와 더불어 자라났고 귀천
(貴賤)의 분을 끊어 사생(死生)같이 하기로 맹세하였삽기로, 길흉
과 영욕(榮辱)을 함께 하여야 되겠기에 이 몸은 소저에게 그림자
가 몸을 따르듯 하기 때문에 몸은 이미 갔는데 어찌 그림자만 남아

124

있사오리까?"

상서가 다시 타이르기를,

"네 주인을 위하는 정성은 극진하다 하겠으나 너는 소저와는 다르
니라. 소저는 동서남북에 뜻대로 갈 수 있지만 너는 소저의 뜻을
쫓아 나를 섬기는 것이 여자의 예절에 아무런 거리낌이 없으리라."

춘운이 다시 대답하되,

"상공의 말씀은 소저와 첩의 마음을 알지 못하시나이다. 소저께서
결심하시기를, 길이 부모님 슬하에 계시다가, 두 분 백년 해로하신
후에 소저는 절간으로 들어가서 머리를 깎고 중이 되어, 부처님께
후생(後生)에는 절대로 여자의 몸이 되지 않게 해주시기를 발원하
기로 굳게 맹세하였고 천첩도 처신을 그와 같이 할 것이오나, 상공
이 만일 춘운을 다시 보시려거든 상공의 예폐가 다시금 소저의
방안으로 들어간 다음이라야 녹의할 터이요, 그렇지 않으오면 오늘
이 곧 생리사별(生離死別)이라 후세에 상공의 집 개와 말이 되어
서 주인을 위하는 정성을 본받으려 하오니 부디 옥체를 보중하옵소
서."

하고는, 돌아앉아서 느껴 울기를 반나절이나 하다가, 몸을 일으켜
뜰에 내려가 재배하고 내당으로 들어가더라.

상소(上疏)를 올리다

양상서가 화원에서 춘운을 보낸 후에는 오장이 타는 듯하여 아무
일도 할 수가 없으니 푸른 하늘을 우러러 길이 한숨 쉬되 손을 어루

만지며 자주 탄식하기를,

"내 마땅히 상소극간(上疏極諫)하리라."

이어서 붓을 드니, 언사가 심히 격절하더라. 그 상소문에 썼으
되,

〈예무상서 신 양소유는 돈수(頓首) 백배하옵고, 황상폐하께 말씀
을 올리나이다. 엎드려 아뢰건대 윤기(倫紀)는 왕정(王政)의 근본
이요, 혼인은 인륜(人倫)의 시초인즉, 그 근본을 한 번 잃으면 덕화
(德化)가 크게 무너지니 그 나라가 어지럽고, 그 비롯함을 삼가지
아니하면 그 끝도 이루지 못하여 그 집이 망하나니 국가의 흥망
(興亡)과 성쇠(盛衰) 또한 이와 같지 아니하리까? 성인군자와
인군명주(仁君名主)는 미상불 이에 유의하여 그 나라를 다스리고
자 하니 반드시 그 기강을 바로잡고 그 집을 바로 잡고자 함에는
혼인을 바르게 하는 것으로 으뜸을 삼는지라, 신이 이미 정녀에게
예폐를 보내고 또 거처를 정가(鄭家)에 의탁하였사온즉 신이 이미
정한 것이거늘, 뜻밖에 이제 부마(駙馬)로 간택하시는 은명을 합당
치 못한 천신에게 내리시니 황송무지하와, 성상의 하교와 조정의
처분이 과연 옳은 줄을 알지 못하겠나이다. 신이 설령 정혼하지
않았다 해도 문벌이 미천하고 재주가 짧고 학식이 얕은 몸이온즉,
부마 간택에는 여러 가지로 부족함이 많으므로 합당치 못하온데,
하물며 정녀와 짝이 되고 정사도와 더불어 장인과 사위가 되기로
정하였거늘 아직도 육례(六禮)를 끝내지 않았다 하여 이를 거론치
는 못할 것이옵니다.

이러하온데 어찌 귀한 몸이신 공주를 필부(匹夫)나 다름 없는

126

천신에게 허가케 하시려 하나이까? 어찌 예법에 합불함을 묻지
아니하시고, 구차한 기롱(譏弄)을 무릅써 예 아닌 예를 행코자
하시나이까? 이에 밀지(密旨)를 내리시어 이미 행한 예를 파기케
하시니 신은 예부(禮部)의 책임을 맡고 있는 신하로서는 취할
수가 없나이다. 신이 두려워하는 바 왕정이 신으로 말미암아 어지
럽고, 인륜이 신으로 말미암아 무너져서 성상의 덕을 손상하옵고
아래로 가도(家道)를 무너뜨려 마침내 큰 화를 면치 못할까 하오
니 엎드려 바라건대 성상은 예의 근본을 중히 하옵시고 풍화(風
化)의 비롯함을 바르게 하사, 빨리 조명을 거두시어 그로 하여금
천분(賤分)을 평안케 하소서.〉

상이 다 읽으시고 태후께 아뢰시니, 태후는 대로하여 양소유를
옥에 가두라고 하시매 조정 대신들이 일제히 힘써 간하니, 상이 이르
시기를,
"짐도 그 벌이 과한 줄 아나, 태후께서 저렇듯 진노하시니 짐도
감히 사하기 어렵도다."
하고 하옥하라 명하시니, 이에 이르러 양소유는 옥에 갇히고 정사도
는 또 송구한 마음에서 스스로 문을 닫고 객을 물리치더라.

원수(元帥)가 되다

이 무렵에 토번(吐番)이 강성하여 십만 대군을 거느리고서 변방
고을을 잇따라 함락시키고, 그 선봉이 위교(渭橋)에 이르니 황성이

소란해지자 상이 만조백관을 모으고 논의하시니 모든 신하들이 상주하기를,

"황성에 있는 군사는 수 만에 불과하고 외방 구원령은 수 없으니 상께서는 잠시 황성을 떠나 관등에 나아가 순행하시고 각도(各道)의 군사를 불러 그로써 회복하심이 옳을 줄로 아뢰오."

상이 머뭇거리며 결단을 내리지 못하다가 이르시되,

"제신 중에 오직 양소유가 지모(智謀), 방략(方略)이 많고 결단을 잘하기로 짐이 그를 그릇(器)이라 여겼으며 전일 삼진(三鎭)의 항복을 받은 것도 다 양소유의 공이로다."

하고, 양소유를 불러 올려 계교를 물으시니 양소유가 아뢰기를,

"황성은 종묘를 모셨고 궁궐이 있는 곳이므로 이제 만일 떠나시오면 천하의 인심이 또한 요동할 것이요, 강한 도적이 웅거하면 졸연히 회복하기란 어려운 줄로 아뢰오. 전자에 대종(代宗) 때에, 토번이 회흘(回訖 ; 터키계의 고대국가)과 더불어 힘을 합하여 백만대군을 몰고 서울에 침범할새, 그때 군사의 힘은 지금보다 약하였지만 분양왕(汾陽王)에 봉한 곽자의가 필마(匹馬)로써 물리쳤사오니 신의 재주와 방략이 비록 곽자의(郭子儀 ; 중국 당대의 명장)의 만 분지 일에도 미치지 못하오나 바라건대 수천 명 군사를 얻어 이 도적을 토평하여 신의 재생지은(再生之恩)을 갚을까 하나이다."

상은 크게 기뻐하며 즉일로 곧 대장군을 삼으시고 경영문(京營門)의 군사 삼만 명을 거느리고 토번을 치라 하시니, 상서는 하직하고 물러나와 군사를 지휘하여 위교에 진을 치고, 도적의 선봉을 쳐서 토번의 좌현왕(左賢王)을 사로잡으니 도적의 기세가 크게 꺾여 도망

치자, 상서가 쫓아가 세 번 싸워 이기고 군사 삼만을 베어 죽이며 말 팔천 필을 얻어 승전한 첩서(捷書)를 올리자, 상이 크게 기끼워하여 군사를 돌이키라 하시고 모든 장수의 공을 논의하여 차례로 상을 내리시더라. 이어 상서가 군진에 있으며 상소하였으되,

〈신이 듣자온즉, 왕자(王者)의 군사는 만전(萬全)함이 귀하니 앉아서 기회를 잃으면 공을 가히 이루지 못할지라 하고, 또 듣사오니 항상 이기는 군사는 대적(大敵)으로 더불어 염려하기 어렵고, 주리고 약한 때를 타서 치지 아니하면 도적을 피할 수가 없다 하니, 이 도적의 형세가 강하지 못하다 할 수 없삽고 그 계략이 이롭지 않다 할 수 없으니 이는 소인이 적은 공을 세운 바이요, 도적의 형세와 군사가 날로 약한 바이라, 병법에 일렀으되 용전 분투하되 이기지 못하는 자는 양식이 뒤따르지 못하고 지형이 편치 못함에 있다 하니 이제 도적의 형세는 이미 꺾이어 도망하였고 도적이 피폐함이 극심하지만, 이제 연도(沿道)의 각 읍마다 군량과 마초(馬草)를 산같이 쌓아 우리는, 주리는 근심이 없삽고, 평원 광야에 지형을 얻었은즉 저들의 복병(伏兵)이 없으니 만약에 날랜 군사로 하여금 그 뒤를 쫓으면 거의 온전한 공을 이루겠삽거늘, 이제 적은 승리를 다행으로 여겨 만전지책을 버리고 지레 짐작으로 회군하여 토평(討平)을 아니하니 이는 그 바른 계교인 줄을 알지 못하나이다. 엎드려 바라건대 폐하는 조정의 공론을 널리 캐어 보시고 결단을 내리시어, 신으로 하여금 군사를 몰아 멀리 엄습하여 굴혈(窟穴)을 소탕케 하옵시면, 신은 맹세코 도적들이 돌아가지 못하고, 한번의 저항도 못하게 하여서 성상의 상념을 덜게 하겠나이다.〉

상께서 그 상소의 참뜻을 장하게 여기시고 벼슬을 돋우어 어사대부(御史大夫)겸 병부상서(兵部尙書) 정서대원수(征西大元帥)를 삼으시고, 상방참마검(尙方斬馬劍)과 동궁(洞弓)과 적전(赤箭)과 통천어대(通天御帶)와 백모황월(白旄黃鉞)을 주시고 이에 조서를 내리시어 삭방(朔方)과 하동(河東)과 농서(隴西) 등 각도 병마를 발하여 군사의 기세를 도우라 하시기에, 양소유가 조서를 받자와 대궐을 바라보며 사은하고 이에 택일하여 독(纛; 군기)에 제사하고 떠나니, 그 병법은 육도(六韜)의 신기한 꾀요, 그 진세는 팔괘(八卦)의 변하는 법이라, 행오(行伍)를 정제하고 호령이 엄숙하니 병의 물 쏟듯 대나무를 깨치 듯 공을 이루어 수월 사이에 잃었던 오십 여 고을을 회복하더라. 대군을 몰아 적설산(積雪山) 아래로 이르니 홀연 회오리 바람이 말 앞에 이르고 까마귀 울며 진중을 뚫고 지나기에 상서가 점을 쳐 보니, 적병이 필연 우리 진을 기습하겠으나 나중에 길할 징조라, 산 밑에다 진을 치고 녹각(鹿角; 수목을 베어 놓음)과 질려(疾藜; 도로 장애물)를 사면에 벌려 가지런하게 설비하고 기다리더라.

심요연을 만나다

원수가 장막 가운데 앉아 촛불을 밝히고 병서(兵書)를 보는데 순라군이 이미 삼경을 알리는데, 홀연 음산한 바람이 일어나 촛불을 끄고, 한 여인이 공중으로부터 내려와 몸을 숨기듯 장막 가운데 섰더라. 손에는 서릿발 같은 비수를 들었으니, 원수가 자객인 줄 알되 낯빛을 변치 아니하고, 위의를 더욱 늠름히 하면서 서서히 묻되,

"네 어떠한 여자이기로, 밤에 군중에 들어오느뇨?"

여인이 대답하되,

"첩이 토번국 찬보(贊普 ; 토번의 군장)의 명을 받고 원수의 머리를 얻고자 하여 왔나이다."

양원수가 웃으며 말하기를,

"대장부가 어찌 죽기를 두려워하리요? 속히 하수하라."

여인이 칼을 던지고 머리를 조아리며 대답하기를,

"귀인(貴人)은 염려 마옵소서. 첩이 어찌 감히 경거망동할 수 있겠나이까?"

원수가 잡아 일으키면서 이르되,

"그대는 비수를 끼고 군중에 들어와서 나를 해치지 않음이 어찌된 일인고?"

여인이 대답하기를,

"첩이 전후 내력을 말씀 드리고자 하오나, 이렇듯이 서서는 이루 말할 수 없나이다."

원수가 자리를 주어 앉기를 권하며 묻되,

"낭자가 위험을 무릅쓰고 나를 찾아왔으니 장차 무슨 가르침이 있겠는고?"

여인이 대답하기를,

"첩이 비록 자객이란 이름을 가졌사오나 사람을 해칠 마음은 없었으므로, 속 마음을 떳떳이 귀인께 토설하겠나이다."

여인이 일어나 다시 촛불을 켜고 원수 앞에 나아와 앉더라. 원수가 자세히 보니 구름 같은 머리는 금비녀를 높이 꽂고 소매가 좁은 갑옷을 두르고, 그 결에 석죽화(石竹花)를 그렸으며, 봉미목화(鳳尾木

靴)를 신었고, 허리에 용천검(龍泉劍)을 비껴 찼는데, 얼굴빛은 천연히 이슬에 젖은 해당화 같더라. 앵두같은 입술을 천천히 열어 꾀꼬리 같은 목소리로 말하기를,

"첩은 본디 양주(揚州) 고을 사람으로 여러 대에 걸쳐 당나라 백성이었는데, 어려서 부모를 여의고 한 계집 스승을 따라 제자가 되었나이다. 그 스승은 검술에 신묘하여 제자 세 사람을 가르쳤는데, 삼인의 성명인즉 진해월 김채홍 심요연이며, 첩이 곧 심요연이옵니다. 검술을 배운 지 삼 년만에 변화하는 법을 터득하고 바람을 타며 번개를 따라 순식간에 천여 리를 달리어, 세 사람이 검술로는 별로 우열이 없사온데, 스승이 원수를 갚으라 하거나 혹은 악한 사람을 없애버릴 때면 반드시 채홍과 해월이 두 제자만 보내며 첩은 한 번도 보내지 아니하기로 첩이 분함을 이기지 못하여 스승께 묻자오되 우리 세 사람이 함께 스승의 가르치심을 받았으나, 첩만이 홀로 스승의 은혜를 갚지 못하였사오니, 모르기는 하오나 첩이 재주가 용렬(庸劣)하여 한 번도 부리지 아니하시나이까? 하온즉, 스승이 이르기를 너는 우리들과 다르니라. 후일에 마땅히 바른 가도를 얻어 마침내 뜻을 펴게 되겠거늘, 너도 저 두 사람과 같이 인명을 살해하면 해로울 터이매, 그러므로 너를 부리지 아니하노라 하기에 첩이 되묻자오되 만일 그러하오면 첩의 검술은 장차 어디에 쓰게 되오리까? 한즉 스승이 또 타이르기를 네 전생(前生)의 연분이 당나라에 있고, 그는 큰 귀인인데, 너는 타국에 있는지라 만날 도리가 없으니, 내 너를 위하여 검술을 가르침은 너로 하여금 재주를 인연으로 귀인을 만나게 하려 함이니, 네 후일에 마땅히 백만 군중에 들어가 검극(劍戟) 사이에서 좋은 인연을

이루리라. 하고 다시 금년 봄에 첩더러 이르기를, 천자가 대장군으로 하여금 토번을 치시매, 찬보(贊普)가 방을 붙여 자객을 불러 당나라 장군을 해치려 할 터이니 네 이 기회를 잃지 말고 산에서 내려가 토번국에 가서 모든 자객들과 더불어 검술을 겨루어 일변 당장의 급한 화를 면하고, 일변 전생의 좋은 연분을 맺으라. 하기로, 토번국에 가서 몸소 성문에 붙인 방을 떼어 가지고 들어가본즉 찬보가 첩을 불러 먼저 온 여러 자객들과 더불어 재주를 견주게 하니, 첩이 으뜸이 되매, 찬보가 크게 기꺼워하여 첩을 보내면서 말하되 네 당나라 장수의 머리를 베어 온 후 내 너를 귀비로 삼겠노라 하더이다. 이제 장군을 뵈오니 과연 스승의 말씀과 같은지라, 바라옵건대 첩이 시비의 반렬에 참여하여 장군을 좌우에 모시려 하옵는데 장군께옵서는 과연 허락하시겠나이까?"

원수가 크게 기뻐하며 말하기를,

"낭자가 이미 죽게 된 목숨을 구하고 또 몸으로써 섬기고자 하니 이 은혜를 어찌 다 갚으리요? 백년해로하는 것이 실로 내 뜻이라."

하고 이어서 동침하니 창검의 빛으로 화촉을 대신하고, 칼소리로 거문고를 대신하니 비록 군막 속일지언정 호탕한 정이 산과 같고 또한 바다와 같더라.

이로부터 원수는 심요연에게 빠져들어 장졸을 보지 아니함이 연 사흘이 되니, 심요연이 말하되,

"군중은 부녀자가 거처할 곳이 아닐 뿐더러, 군병의 사기가 발양치 못할까 두렵나이다."

하고 이어서 돌아갈새 원수가 이르기를,

"낭자는 범상한 여자에 견줄 바 아니기로, 나에게 기모(奇謀)와

비계(秘計)를 가르쳐 도적에게 써보도록 해주오."

심랑이 이에 대답하기를,

"첩의 이 일은 스승의 명으로 말미암아 나왔사오나, 스승께 길이 하직은 아니하온즉 돌아가 스승을 모시고 있다가, 장군께서 군비를 돌이킴을 기다려 서서히 환성으로 나아가 뵈옵겠나이다. 또 토번의 자객이 많으나 첩의 적수가 없으니 첩이 귀순한 줄 알면 생심을 돋울 자 없을 터이오니 아무 염려 마시옵소서."

하더니 손으로 허리를 만져 구슬 한 개를 꺼내어 주면서 이르기를,

"구슬의 이름은 묘아완(妙雅琓)으로 찬보의 머리에 꽂았던 것이옵니다. 장군은 사자를 보내어 이 구슬로 하여금 첩이 다시 돌아갈 뜻이 없는 줄 알게 하소서. 앞길에 반사곡(蟠蛇谷 ; 긴 뱀 같이 생긴 골짜기)이 있으며, 장군께서 반드시 그 길로 지날 것이온데 먹을 물이 없사오니 장군께서는 안심하시고 우물을 파서 군사를 먹이심이 좋을 듯 하나이다."

하고 이어서 구슬을 던지자, 원수가 또 계교를 묻고자 했더니, 심랑이 한 번 공중으로 뛰어오르매 그 거처를 알 수 없더라. 원수가 모든 장졸들을 모아놓고 심랑의 일을 말하니, 제 장군졸이 대원수의 행복과 위엄이 도적으로 하여금 두렵게 함이니, 필연 신이 와서 도운 것이라 하더라.

백능파(白凌波)를 만나다

양원수는 즉시 사람을 적진으로 보내어 묘아완(妙雅琓) 구슬을

찬보에게 전하고, 행군을 시작하여 태산(太山) 밑에 이르니, 산골길이 매우 좁아 겨우 말 한 필이 지나갈 수 밖에 없으니, 석벽을 붙잡고 시냇가를 따라서 나아가 수백 리를 지나매 비로소 넓은 곳이 있어 유진(留陣)하고 군사를 쉬게 하니라. 군사들이 피곤하고 목이 타서 물을 찾으나 얻지 못하다가, 산 밑에 큰 연못이 있는 것을 보고 다투어 마시더니, 모두들 온몸이 푸른 빛을 띄고 벙어리가 되며 숨소리가 멀어져 죽으려 하더라. 원수가 괴이쩍게 여겨 몸소 가본즉 물빛이 심히 푸르고 깊이를 측량치 못하겠고 냉기는 가을 서리같은지라, 비로소 깨달으며 이르기를,

"필연 심요연이 말하던 반사곡(蛇蟠谷)이로다."

하고, 병에 걸리지 않은 남은 군사들을 재촉하여 우물을 파게 하나, 모든 군사가 수백 여 곳에 십여 길씩이나 파 보되 물이 솟는 곳이 하나도 없더라. 원수가 매우 민망히 여겨 진을 다른 곳으로 옮겨 치려 하는데, 홀연 산 뒤로부터 진동하는 듯이 북소리가 산과 골짜기에 울리니, 이는 적병이 험한 곳에 몰려 있다가 원수의 군사가 돌아갈 길을 끊으려 함이니라.

군사들은 목마른데 앞뒤 길이 막힌지라 곤경에 빠져 원수는 장막 안에 장차 도적을 물리칠 계교를 생각하다가 몸이 피곤하여 졸고 있는데, 홀연 기이한 향내 장막에 가득차며 계집아이 둘이 원수 앞으로 나아와 섰는데, 그 용모가 신선 같기도 하고 귀신 같기도 하더라.

계집아이들이 원수에게 공손히 절하며 아뢰되,

"우리 낭자의 말씀을 귀인께 아뢰고자 하오니 바라옵거니와 귀인은 누추한 곳에 한 번 들리시기를 아끼지 마옵소서."

하니 원수가 묻되,

"낭자는 어떠한 사람이며 어느 곳에 있느냐?"

계집아이가 대답하되,

"우리 낭자는 곧 동정용왕(洞庭龍王)의 작은 따님으로 요즘 잠시 궁중을 떠나 이곳에 와 머무르시나이다."

원수가 다시 말하기를,

"용왕이 사는 곳은 수부(水府)요, 나는 인간계의 사람이니, 장차 무슨 술법으로 내 몸을 가게 하겠는고?"

계집아이가 대답하되,

"신마(神馬)를 이미 문 밖에 매어 놓았사오니 귀인이 타시면 자연 이르게 되시오리다."

원수가 계집아이들을 따라 진문 밖에 나아가니 추종(騶從)들의 옷차림이 다 이상하더라. 원수를 거들어 말에 올리니 말걸음이 흐르는 것 같고 말굽에서 먼지가 일어나지 아니하더니, 이윽고 수부에 다달으매 호화롭게 꾸민 궁궐이 화려하여 임금 계신 곳 같고, 문 지키는 군사는 모두 물고기 머리에 새우 수염이더라. 계집아이 수 명이 안으로부터 나와 문을 열고 원수를 인도하여 당산에 오르게 하여, 전각 가운데 백옥의 교의(交椅)를 남향으로 놓았는데, 시녀가 원수에게 청하여 그 위에 앉게 하고 비단자리를 깔아 놓고서 곧 내전으로 들어가더니, 얼마 아니되어 시녀 십여 인이 낭자 한 사람을 인도하여 왼편 월랑(月廊)으로부터 전각 앞에 이르니, 자태가 아름답고 의복이 산뜻함은 가히 형언할 수 없겠더라. 시녀 하나가 앞으로 나아와 청하되,

"동정 용왕의 여자, 원수께 뵈옵고자 하나이다."

원수가 놀라며 피하고자 하나 시녀가 만류하여 자리에서 내려오지

못하게 하고, 그 용녀가 앞을 향하여 네 번 절하는데 패옥(佩玉)소리
는 맑고 꽃다운 향기가 코를 찌르는지라. 원수도 답례하고 전상에
오르기를 청하자, 용녀가 사양하며 작은 돗자리를 펴고 앉더라, 원수
가 말하기를,

"소유(少游)는 인간계의 천한 몸이요, 낭자는 수부의 용녀이시온
데 어찌 예모(禮貌)가 이토록 지나치게 공손하시나이까?"

용녀가 대답하기를,

"첩은 동정 용왕의 막내딸 백능파(白凌波)로 갓 낳을 적에 부왕이
옥황상제께서 뵈올새 장진인(長眞人)이 첩의 사주의 점괘를 뽑아
보고 이르기를 이 낭자는 전신이 곧 선녀로서 죄를 범하고 귀양을
와서 왕의 딸이 되었으니, 필경에서는 다시 사람의 모습을 얻어
인간세상에서 귀인의 첩이 되어 부귀와 온갖 영화를 누리며 행복을
누리고 마침내 부처님께로 돌아가서 큰 중이 되리라."

하였다 하니라.

"우리 용의 무리는 수족(水族)의 조종(祖宗)으로서, 사람 모습으
로 변화하는 것이 큰 영광으로 알고 신선과 부처님에 이르러서는
더욱 앙망하는 바이라, 첩의 맏형은 처음에 경수용궁(涇水龍宮)
의 며느리가 되었더니 내외가 화합치 못하여 두 집 사이가 틀리
고, 유진군(柳眞君)에게 개가하매 친척들이 높이고 온 집안 사람이
공경하나, 첩인즉 바른 인연을 찾아서 일신의 영귀(榮貴)함이 필시
맏형보다 나을 것이라, 잔인의 말씀을 들으신 후로 부친께서는
첩을 각별히 사랑하시고, 궁중의 대소시녀들도 하늘 위의 신선같이
대접하였나이다. 차츰 자라나자 남해용왕의 아들 오현(五賢)이,
첩에게 다소 자식이 있다는 말을 듣고 부왕께 통혼하오니, 우리

동정(洞庭)은 남해용왕의 아래 관원인고로 부친은 감히 앉아서 거절치 못하고, 몸소 남해로 가서 장진인의 사주 이야기를 아뢰고 즐겨 따르지 아니하오신즉, 남해용왕은 교만한 아들을 위하여 도리어 부친께 허망한 말에 홀렸다 하고 준절하게 책망하니 혼담이 급하기로, 첩이 스스로 헤아리되 만일 부모 슬하에 있으면 필연 몸에 욕이 미치리라 하고 슬하를 떠나 몸을 빼어 도망을 하여 가시덤불을 헤쳐 집을 짓고, 홀로 변방에 숨어서 구차로이 세월을 보내오나 남해의 구박 더욱 심해가자 부모께서 다만 말하기를 딸아이는 사람 따르기를 원치 아니하고 멀리 도망하여 깊이 숨어 홀로 세월을 보내고자 하나이다 하였더니, 남해용왕은 첩의 외로운 신세를 업신여겨 몸소 군사를 이끌고 와서 첩을 협박코자 하오매, 첩의 간절한 소원에 천지신명이 감동하사 깊은 못의 물이 갑자기 변하여 차기가 어름같고 어둡기가 지옥같으며 타국의 군사는 능히 쉽게 들어오지 못하였나이다. 첩이 이에 힘을 입어 온전히 지금에 이르도록 위태로운 목숨을 보존하옵는데 오늘 당돌하게 귀인을 청하와 누추한 곳에 왕림하시게 함은 다만 첩의 정경을 아뢰고자 할 따름만이 아니옵나이다. 이제 천자의 군사가 구차하옴이 이미 오래고 우물에 물이 나지 아니하고 흙을 파고 땅을 뚫는 것이 또한 수고롭거늘, 물을 얻지 못하여 군사의 힘을 지탱하지 못하오리다. 이 물은 본디 청수담(淸水潭)인데 첩이 와서 거처한 후부터는 물맛이 심히 흉악하여 마시는 자는 병이 나는고로, 이름을 고쳐 백룡담(白龍潭)이라 부르나이다. 이제 귀인이 오시매 첩이 의지할 곳을 얻었사옵고 귀인의 근심이 곧 천첩의 근심이오라, 감히 부족하고 미련한 소견이나마 의를 다하여 군공(軍功)을 돕고자 하나이다. 이제부터는 물 맛이 예전과 같이 달 것인즉 군사들로 하여금 마셔도 전혀 해가 없고 병난 군사들도 또한 건강하게 쾌차하리이다."

원수가 이르기를,

"이제 낭자의 말을 듣고보니 우리는 하늘이 정한 연분이라, 월색 (月色)의 언약을 어지간히 맞출 수 있음직한데, 낭자의 뜻 또한 나와 같으뇨?"

용녀가 이에 대답하였다.

"첩이 비록 몸을 낭군께 허락하고자 하나, 지레 낭군을 모시고 인연을 맺으매 가당치 않은 것이 셋이니, 첫째는 부모를 돌아보지 않음이요, 둘째는 환골탈태(換骨脫胎)한 후에야 가히 귀인을 모실 것이어늘, 이제 비늘 껍질에 비린 지느러미와 갈기를 지닌 누추한 몸으로써 귀인의 자리를 더럽히지 못할 것이요, 셋째로 남해용자가 매양 나졸을 이 근처로 보내어 샅샅이 살피니 만일 그가 알게 되면 필연 한바탕 풍파를 일으킬 터이온즉, 그 노여움을 격동시킴은 해로울까 두려워함이오니, 원수께서는 모름지기 속히 진으로 돌아가 군사를 바로잡고 도적을 멸하사 큰 공을 이뤄 개가(凱歌)를 부르고 상경하시면, 첩이 마땅히 치마를 걷고 물을 건너 귀인의 장안(長安) 댁으로 따라 가오리다."

원수가 말하였다.

"낭자의 말이 아무리 가상한 말이나, 내가 생각하매 낭자가 이곳에 와 있는 것은 다만 뜻을 지킬 뿐만 아니라, 용왕께서 낭자로 하여금 여기에 머물러 소유가 오기를 기다려 곧 따르게 하려 함인즉, 오늘부터 서로 짝이 됨이 어찌 부모의 뜻이 아니겠느뇨? 또한 낭자는 신명한 후신(後身)이요, 신명한 성품이라 사람과 귀신 사이를 넘나들매 간 데마다 옳지 아니함이 없거늘 어찌 비늘과 지느러미와 같기로써 그대를 꺼려하리요? 소유가 비록 재주 없으나, 천자의 명을 받아 백만대병을 거느리고 비렴(飛廉 ; 바람신)으로 길잡이를 삼고 해약(海若 ; 바다신)으로 후진을 삼으니, 저 남해용자는 모기나 개미같이 볼 따름이라. 이제 그가 만일 스스로 헤아리지 못하고 망령되이 항거코자 하면 내 칼을 더럽힐 따름이렷다! 오늘밤 다행히 서로 만났으니, 좋은 때를 어찌 헛되이 지내며 아름다운 기약을 어찌 쉽사리 저버릴 수 있으리요?"

하고는, 용녀를 이끌고 자리에 드니 그 즐거움은 꿈이냐 생시냐 하는 것이더라.

용왕(龍王)의 잔치에 나아가다

이튿날 새벽녘에 우뢰 같은 소리가 잇따라 일어나 수정궁(水晶宮)을 흔드니 용녀가 깜짝 놀라 일어나자, 궁녀가 급히 아뢰었다.

"남해태자가 무수한 군병을 거느려 산 밑에 진을 치고 양원수와 승부를 결단함을 청하나이다."

원수가 대로하여 이르기를,

"미친 아이가 어찌 감히 이러느뇨?"

하고, 소매를 떨치며 일어나서 물가로 걸어 나아가니, 남해군사는 이미 백룡담을 에워싸고 떠드는 소리가 크게 진동하여 살기가 사면에 뻗치고 이른 바 태자라 하는 자는 말을 달려 진두에 나아와 크게 꾸짖기를,

"너는 어떠한 사람이기로 남의 아내를 빼앗아가느뇨? 맹세코 너와
더불어 이 천지간에 살지 아니하리라."
하므로 원수가 말을 세우고 크게 비웃되,

"동정 용녀가 나와 더불어 맺은 연분은 천궁(天宮)에다 기록한
바요, 진인(眞人)이 아는 바인고로, 나는 천명을 준수할 뿐이거
늘, 요망한 고기 새끼가 무뢰함이 어찌 이 같을꼬?"

이어서 군사를 지휘하여 싸움을 재촉하니, 태자가 대로하여 천만
가지의 물고기들에게 영을 내리니, 이제독(鯉提督)과 별참군(鼈叅
軍)이 기운을 돋우고 용맹을 내어 걸어 나오기에, 원수가 한번 지휘
하여 다 목을 베고, 백옥 채찍을 들어 한 번 휘두르자 백만 군병이
짓밟히며 삽시간에 부스러진 비늘과 깨어진 껍실이 땅에 너저분하더
라. 태자는 몸의 여러 곳을 창에 찔려 능이 변화를 일으킬 수 없게
되자, 마침내 원수의 군사에게 잡힌 바 되니, 이를 결박하여 원수의
말 앞에 바친즉, 원수는 크게 기끼워하며 징을 쳐서 군사를 돌리니,
수문군이 아뢰기를,

"백룡담 낭자가 몸소 진 앞에 나아와 원수께 치하를 드리고 군사를
호궤(犒饋;군사를 위로함)코자 하시나이다."

원수가 사람을 시켜 맞아들이니, 용녀는 원수가 승전함을 치하하고
술 백 석과 소 백 필로써 군사를 위로한즉 모든 군사들이 배불리
먹고 즐거워하여 춤추고 노래하며 사기의 용맹함이 전보다 백배나
더하더라.

원수가 용녀와 더불어 한 자리에 앉아서 남해용자를 잡아들여 소리
를 높여 꾸짖되,

"내 천자의 명을 받아서 사방의 도적을 치매 일만 귀신도 감히

내 명을 거역하는 자 없는데, 네 한낱 조그만 아이가 천명을 알지 못하고 감히 대군을 거역하니 이는 스스로 죽기를 재촉함이렷다. 이에 한 자루 보검(寶劍)이 있는데 이는 위징(魏徵) 승상이 경하(涇河)의 용을 베던 잘 드는 칼이라, 내 마땅히 네 머리를 베어 우리 군사의 위엄을 떨칠 것이나, 너의 집이 남해를 진정하고 인간계에 비를 널리 내려 만민에게 공이 있는 고로 각별 용서하노니, 지금부터 전의 행실을 고쳐 다시는 낭자께 죄를 짓지 말렷다!"

인하여 끌어내 치니, 남해용자는 숨도 크게 못쉬고 쥐 숨듯 돌아가더라.

홀연 서기가 동남으로부터 일더니 붉은 놀이 영롱하고 산구름이 찬란하며, 기치(旗幟)와 절월(節鉞)이 공중으로부터 내려오더니, 붉은 옷 입은 사자가 종종걸음으로 나아와 이르기를,

"동정 용왕이 양원수 남해군을 격파하고 공주의 위급을 구하심을 아시고, 친히 진문 앞에 나아와 치하코자 하시나 몸이 정사(政事)에 매어 감히 마음대로 처신하실 수 없는 바, 바야흐로 대연을 별전에다 베풀고 원수께 양청하오니 원수는 잠시 왕림하소서. 대왕이 또한 소신으로 하여금 공주를 모시고 같이 돌아오라 하시더이다."

원수가 이에 답례하여 이르되,

"적국이 비록 물러갔으나 적들이 아직 남아 있고, 또한 동정호가 만 리 밖에 있고, 오고가는 사이에 날짜가 오래 걸릴 터인즉, 군사를 거느리는 자가 어찌 감히 멀리 나가리요?"

사자가 다시 말하기를,

"이미 여덟 마리 용으로 수레에 멍에를 갖추었으니, 반나절이면

족히 갔다 오리이라."

양원수가 용녀와 더불어 용거(龍車)에 오르니 이상한 바람이 바퀴를 굴려 공중으로 올라가고 다만 흰구름이 일산(日傘)같이 온 세계를 덮더니, 차츰 내려가 동정호에 이르더라 용왕이 멀리 나아와 맞으며 주객의 예의를 차리고 장인과 사위의 정을 펼새, 허리 굽혀 절하고 위층 전각에 오른 다음, 잔치를 베풀어 정성껏 대접하더라. 용왕이 친히 술잔을 전하면서 사례하기를,

"과인이 덕이 없어 딸자식 하나를 편하게 해주지 못했는데, 이제 원수의 엄숙한 위세로써 남해의 미친 아이를 사로잡고 딸아이를 구하였으니, 그 은혜는 하늘보다 높고 땅보다 두텁도다."

하니 원수가 답사하되,

이는 다 대왕의 위령(威令)이 미친 바이니 소유에게 무슨 공이 있사오리까?"

하고 술이 취하니, 용왕이 분부를 내려 여러 가지 풍악을 들려 주는데, 그 음률이 융융하여 들으매 절조(節條)가 있어 시속의 풍악과 다르더라. 장사 천 명이 전각 좌우로 늘어서서 각기 칼과 창을 벌리고 큰 북을 울리며 나오는데, 여섯 쌍의 미인들이 무용의(芙蓉衣)를 입고 명월패(明月佩)를 차고 한삼 소매를 가볍게 날리며, 쌍쌍이 마주보며 춤을 추니 참으로 장관이더라.

형산(衡山)에 가다

양원수가 수부(水府)의 풍악을 듣다가 물었다.

"이는 무슨 곡조이오니까?"

용왕이 이에 대답하기를,

"옛날에는 수부에 이 곡조가 없었는데, 과인의 맏딸이 경하왕(涇河王)의 세자비가 되자, 유생(柳生)의 전하는 글로 말미암아 그 목양(牧羊)의 곤함을 만난 줄 알고, 과인의 아우 전당군(錢塘君)이 경하왕과 더불어 크게 싸워 크게 무찌르고서 딸아이를 데려오니, 궁중 사람들이 이 풍악을 짓고 춤을 추며 이름하여 부르되 '전당군 파진악=破陣樂이니 귀주환궁악=貴主還宮樂'이라 일컬으며 궁중 잔치에서 때때로 아뢰더이다. 이제 원수가 남해용왕을 격파하고 우리 부녀를 서로 만나게 하니 전당군의 옛일과 흡사한고로, 그 이름을 고쳐 '원수 파군악=破軍樂'이라 하노라."

원수가 다시 물어보되,

"유생은 어디에 있으며, 가히 서로 만날 수 있사오리까?"

용왕이 대답하되,

"유생은 영주(瀛州)의 선관이 되어 바야흐로 그 마을에 있으니 만날 수가 없나이다."

술이 아홉 순 배가 되자 원수가 하직하되,

"군중(軍中)이 다사하여 오래 머무르지 못하오니, 바라건대 대왕은 만수무강하소서."

또 용녀를 돌아보며 일러두기를,

"낭자는 뒷 기약을 잊지 말라."

하니, 용왕이 대신 대답하되,

"그것은 염려를 말라. 마땅히 언약대로 하리라."

하고, 궁문 밖에 나아가 전송할새, 원수가 얼핏보니 앞에 산악이 우뚝

144

솟아있는데 다섯 봉우리가 구름 사이로 솟아올라 경개가 아름다운지
라, 이에 용왕께 묻기를,

"이 산은 무슨 산이오니까? 소유가 천하명산을 두루 구경하였으되
오직 형산(衡山)과 파산(巴山 ; 중국섬에 있는 성)을 보지 못하였나
이다."

용왕이 이르기를,

"원수는 이 산의 이름을 알지 못하느뇨? 곧 남악형산이니 신기하
고도 아름다운 산인데 어찌 알아보지 못하겠느뇨?"

원수가 이에 간청하되,

"어찌 하오면 이 산에 오를 수 있나이까?"

하니 용왕이 대답하되,

"오늘 해가 아직 늦지 아니하였으니 잠깐 구경하고 돌아가도 저물
지 않으리로다."

원수가 사례하고 수레에 오르자마자 형산 아래 다다른지라, 언덕을
넘고 구렁을 건너니, 산이 더욱 높고 지경이 점점 그윽하며 일만 가지
경개가 널려 있어 이루 다 구경할 수 없으니, 이른바 일천의 높은
봉우리가 다투어 솟아 있고, 일만의 깊은 골짜기 다투어 흘러가는
경치로다.

원수가 사면을 둘러보며, 탄식하여 홀로 뇌이기를,

"진중에서 오래 시달리고 정신이 고달프니,이 몸의 속세 인연이
어찌 그리 중할꼬? 공을 이루고 물러가 초연하게 만물 밖의 사람이
되리로다."

하니 이 때에 경종(磬鍾) 소리가 수목 사이로 울려 오기에 원수가
지껄이었다.

"필시 절간이 멀지 않으리라."

하고, 언덕에 올라보니 한 절이 있거늘, 전각이 깊숙하여 그윽히 보이고 여러 중들이 모여 있는 자리에 노승 한 사람이 높이 앉아 바야흐로 경문을 외우며 설법하는데, 눈썹이 길고 희며 골격이 맑고 파리하여 그 연세가 많음을 가히 알겠더라.

노승은 원수가 들어오는 것을 보고는 제자들을 거느리고 당에서 내려와 맞으며 이르되,

"산속 사람이 듣는 바 없어 대원수께서 행차하심을 전혀 알지 못하와 문 밖에 나아가 영접치 못하였소이다. 청컨대 원수는 이를 용서하소서. 그러나, 이번은 아주 오시는 것이 아니오니, 모름지기 전각에 올라 불전에 합장배례하고 돌아가소서."

원수는 곧 부처님 앞에 나아가 분향재배하고 바야흐로 전각에서 내려오다가 갑자기 발을 헛딛는 바람에 놀래 깨니, 몸은 진중에 있으며 책상을 의지하고 앉았는데 동녘이 이미 밝았는지라, 원수는 이상히 여겨 여러 장수들을 불러들여 묻기를,

"제공들도 역시 꿈을 꾸었느뇨?"

하자 장수들이 일제히 대답하되,

"소장(小將)들도 꿈에 원수를 따라 신병귀졸(神兵鬼卒)과 크게 싸워서 이를 격파하고, 그 대장을 사로잡아 돌아왔으니, 이는 실로 도적을 격파하고 수괴(首魁)를 사로잡을 길조로소이다."

원수가 꿈에 겪은 일을 낱낱이 말하고, 제장들과 더불어 백룡담에 가본즉, 부스러진 비늘과 깨어진 껍질이 땅에 가득 깔리고 흐르는 피가 내를 이루었더라. 원수가 몸소 표주박을 들고 물을 떠서 먼저 맛보고서 뒤이어 병든 군사를 먹이니, 그 병이 깨끗이 낫는지라, 도적

이 이 말을 듣고 몹시 두려워하며 곧 항복하고자 하더라.

발원서(發願書)

양원수가 출전한 이후로 첩보(捷報)를 계속 올리니 천자가 매우 기뻐하시고, 하루는 태후께 문안 드릴새, 양소유의 공을 칭찬하시되,

"옛날의 곽분양(郭汾陽;분양왕 곽자의)이 곧 오늘의 양소유로소이다. 그가 돌아옴을 기다려 즉시 승상(丞相)의 벼슬을 내려 그의 높은 공을 갚을까 하옵니다. 그러하오나 공주의 혼사를 확정하지 못했사온즉, 양소유가 마음을 돌려 명을 준수하면 다행이나, 만일 또 고집하면 공신(功臣)을 아무래도 죄 주지 못할 것이요, 또한 그 뜻을 아무래도 빼앗지 못할 터이오니, 조처할 도리가 없어 극히 민망하옵니다."

태후가 이르시기를,

"정사도의 딸아이가 실로 아름답고 또한 소유와 더불어 기왕에 서로 얼굴을 보았다 하니, 소유가 어찌 즐겨 정녀(鄭女)를 버리리요? 소유가 변방에 나아간 틈을 타서 조서를 내려 정녀로 하여금 타인과 성혼케 하면 소유도 소명이 끊어질 터이니, 군명(君命)을 어찌 가히 따르지 않으리오."

상은 오래도록 대답지 아니하시더니 이윽고 말 없이 나가시더라.

이 때 난양공주가 태후 곁에 있다가 태후께 여쭙되,

"태후마마의 하교는 사리에 크게 어긋나나이다. 정녀의 혼인 여부

는 곧 그 집 일인데, 어찌 조정에서 지휘할 수 있겠나이까?"

태후가 이르시기를,

"이 일은 너에게는 중하고도 어려운 일이며, 또한 나라의 큰 예절이니, 내 너와 더불어 의논코자 하노라. 병무상서 양소유는 풍채와 문장이 만조제신(滿潮諸臣) 중에서 뛰어날 뿐 아니라, 지난 날 퉁소 한 곡조로서 너와 천생연분임을 알게 하니, 결코 양소유를 버리고 타인을 구하지 말지어다. 소유가 본래 정사도 집과 더불어 정분이 범연치 아니하여 서로 저버리지 못하는지라, 일이 극히 난처하니, 소유가 돌아오거든 혼례를 먼저 치르고서 소유로 하여금 정녀에게 장가들어 다시 첩을 삼게 하면 소유가 감히 사양치 않을 것이나, 너의 의향을 알지 못하매 이렇듯 주저하니라."

이에 공주가 다시 여쭙되,

"소녀는 투기가 무엇인지 알지 못하는고로 정녀를 어찌 꺼려하오리까마는, 다만 양상서가 처음에 납체하였은즉, 이후 다시 첩으로 삼는 것은 예가 아니옵고, 정사도는 또한 누대의 재상이요, 명문귀족이니, 그의 여식으로 하여금 남의 첩을 살게 함도 역시 억울하지 아니하오리까? 이 또한 옳지 않나이다."

태후가 물으시되,

"그러면 네 뜻으로는 어찌 조처코저 하느뇨?"

공주가 대답하기를,

"국법에 정하기를 제후(諸侯)는 부인이 셋이온즉, 양상서가 공을 세우고 돌아오면 크게는 왕이요, 적어도 공후(公侯)가 될 것이오니, 두 부인을 두는 것이 별로 분수에 넘치는 바 아니올지라, 이 때를 향하여 정녀에게 정실(正室)로 장가들게 하심이 어떠하나이까?"

태후가 말씀하시되,

"그것은 실로 불가하니라. 너는 선제(先帝)께서 사랑하신 딸이요. 금상(今上)누이므로 실로 귀중하고 지위 또한 높거늘 어찌 가당치 않게 여염집 여자와 더불어 어깨를 견주며 한 사람을 섬길 수 있겠느뇨?"

공주가 이에 대답하기를,

"옛날의 성주(聖主)나 명군(明君)들도 어진 사람을 높이고 선비를 공경하여 스스로 몸의 존귀함을 잊고, 오직 그 덕을 사랑하며 만승천자의 몸으로써 필부를 벗 삼으셨는데어찌 귀천을 가릴 수 있겠나이까? 소녀가 들으매 정녀의 용모와 절행(節行)이 비록 고금에 손꼽는 열녀라도 견줄 바 아니라 하오니, 사실이 이말 같으면 저와 같이 어깨를 견주는 것은 역시 소녀에게 다행할 따름이요, 욕은 아니로소이다. 그러하오나, 남의 말이란 틀리기 쉽고 그 허실(虛實)을 믿기 어렵사오니, 소녀가 몸소 정녀를 보고 그 용모와 재덕이 소녀보다 과연 나으면 우러러 섬길 것이요, 만일 그렇지 못하면 첩을 삼게 하거나 종을 삼게 함을 개의치 아니하오리다."

태후가 탄식하되,

"재주를 시기하고 아리따움을 질투함은 여자의 상정인데, 내 딸아이가 남의 재주 사랑하기를 제 몸에 있는 것 같이 하고,남의 덕행 공경하기를 목마른 사람이 물 찾듯하니 그 어미된 자 어찌 기쁜 마음이 없으리요.정녀를 한번 보고 싶어 하니 내일 마땅히 조서를 정사도에게 내리게 하리라."

공주가 여쭙되,

"비록 마마의 명이 있사와도 정녀는 필연 칭병하고 들어오지 아니
하오리이다. 그렇다고 재상가의 여자를 함부로 협박하여 부르시지
못할 터이온즉 도관(道舘)과 이원(尼院)에 분부를 내리시와, 미리
정녀의 분향하는 날을 알면 한번 만나 보기란 어렵지 않을 듯하나
이다."

태후가 이를 옳게 여겨 내관을 시켜 근처 도관에 두루 알아보시
니, 정혜원(定惠院)의 여승이 아뢰기를,

"정사도댁에서는 불공을 우리 전에서 올리되 그 소저는 본래 절간
에 왕래하지 아니하옵고 다만 삼일 전에 소저의 시비 가춘운(賈春
雲)이 소저의 명을 받고 그 발원하는 글을 부처님께 바치고 갔사오
니, 바라건대 내관은 이 글을 가지고 태후 낭랑께 복명함이 어떠하
시나이까?"

내시는 이를 응락하고 돌아와 그 연유를 아뢰면서 정소저의 발원서
(發願書)를 올리니 태후가 이르시되,

"진실이 이 같으면 정녀의 얼굴을 보기 어려우리라."

하시고, 공주와 더불어 그 발원서를 같이 보시니, 씌었으되,

〈제자 정경패(鄭瓊貝)는 삼가 백배하고 비자(婢子) 춘운을 목욕재
계하여 보내면서 여러 부처님 앞에 비나이다. 제자 경패는 죄악이
매우 무겁고 업장(業障)이 미진하여 세상에 남의 여자의 몸이
되옵고 또 형제의 즐거움도 없사오며, 전일에 이미 양씨의 납채를
받았기로 장차 몸을 양씨 문중에 마치고자 하왔삽는데, 양랑이
부마간택에 뽑히어 군명이 지엄하신고로 제자는 양씨와 더불어
장차 어찌 하오리까? 다만 하늘의 뜻과 사람의 일이 서로 어긋남을

한탄하옵고 기박한 몸이 여망(餘望)이 없사오며, 몸은 비록 허락치
아니하였으나 마음은 이미 붙였사온즉 아직은 부모 슬하에 의지하
여 미진한 세월을 보내고자 하옵는데, 이 몹시 궁박한 신세로 말미
암아 다행히 일신에 한가함을 얻은고로 이에 감히 정성을 부처님
앞에 올려 제자의 심정을 아뢰옵나니, 엎드려 바라옵건대 여러
부처님께서는 이를 통촉하시와 자비지심(慈悲之心)을 드리우셔
제자의 늙은 부모로 하여금 상수(上壽)를 누리게 하옵시고, 제자의
몸으로 하여금 질병과 재앙이 없이 부모 앞에서 고운 색옷을 입고
새새끼를 길러 희롱하는 즐거움을 다하게 하옵소서.
부모가 백년해로를 하시고 돌아가신 다음에는 맹세코 부처님께로
돌아가 세속 인연을 끊어 경계하는 말씀을 복종하여 마음을 재계하
고 경문을 외우며 몸을 정결히 하여 부처님 앞에 예배하와, 부처님
의 두터운 은혜를 갚으오리다. 춘운이 본래 경패와 더불어 크게
인연이 있사와 이름만이 종과 상전이지 정의는 형제와 같사오니
그가 일찍이 주인의 명으로써 양씨의 소실이 되었삽는데, 일이
마음과는 어긋나 아름다운 인연을 보존치 못하옵고 길이 양씨를
하직하고 다시 주인에게 돌아와 아무래도 생사고락(生死苦樂)을
같이 하올 것 같사오니, 여러 부처님께서는 제자 두 사람의 가슴
속을 굽어보시고, 세세생생(世世生生)에 다시 여자 몸이 되는 것을
벗어나게 하시와 전생의 죄를 소멸하고 후세에 복을 주시어 땅에
환생(還生)하여 유쾌한 환락을 길이 누리게 하옵소서.〉

라고 하였더라.
    공주는 보고 나서 눈썹을 찡그리며 이르기를,

"한 사람의 혼사로 말미암아 두 사람의 신세를 그릇치게 하니 이는
크게 음덕(陰德)에 해로우리로다."
이 말을 들으신 태후는 아무런 대꾸가 없으시더라.

난양(蘭陽)이 정소저(鄭小姐)를 찾다

이 무렵 정소저는 부모를 모시고서 화기가 넘쳐 흐르니 조금도
신세를 원망함이 없이, 최부인이 매양 소저를 보면 슬프고도 섭섭함
을 이기지 못하니, 춘운이 소저를 모시고 문필과 기예(技藝)를 힘써
익히고 수심을 억제하며 세월을 보내나 마음이 타고 간장이 녹아서
점점 초조해 하니 소저는 위로 부모를 생각하고 아래로 춘운을 보살
피나 자못 심회가 심란하여 스스로 편안치 못하되 남들이 알지 못하
더라.
소저가 모친의 답답한 마음을 위로할새, 풍악과 모든 구경거리를
구하여 시시로 받들어 노모를 즐겁게 하는데 하루는 한 계집 아이가
찾아와 수놓은 족자를 팔려고 하여, 춘운이 펴본즉 한 폭은 꽃 사이
에 공작새요, 다른 하나는 대숲에 자고새더라. 춘운이 그 수놓은 솜씨
를 흠모하여 그 계집아이를 기다리게 해놓고 족자를 부인과 소저께
드리고 여쭙기를,
"아가씨는 매양 춘운의 수놓는 것을 칭찬하시는데, 시험 삼아 이
족자를 보소서. 이는 선녀의 틀 위에서 나오지 않았으면 필연 귀신
의 손으로 된 것이겠나이다."
소저가 부인 앞에서 족자를 펴 보고 놀라며 하는 말이,

152

"이즈음 사람은 이토록 공교한 솜씨가 없겠거늘, 염색과 꾸밈새가 이토록 산뜻한데 옛 것이 아니니 이상하도다."

이에 춘운을 시켜 그 계집아이에게 출처를 물으니, 계집아이가 대답하되,

"우리집 아가씨께서 수놓은 것인데 아가씨는 요즈음 객지에 계시므로 급한 용처가 생겨서 값의 다과는 따지지 아니하고 팔려 하나이다."

춘운이 다시 묻기를,

"너의 아가씨는 뉘댁 아가씨며, 또 무슨 일로 객지에 머물러 계시느냐?"

계집아이가 대답하되,

"우리 아가씨는 이통판(李通判 ; 통관은 관명)의 매씨이신대, 통판 어른께서 대부인을 모시고 절동(浙東) 고을에 가 벼슬을 하시오나, 아가씨는 병환이 있어 미처 따라가지 못하옵고 외숙인 장별가(張別駕 ; 별가는 관명)댁에 머무시는데 별가댁에 근일 사소한 연고가 생겨 길 건너 연지점(臙脂店) 사삼랑(謝三娘) 집을 빌려 임시 거처하시면서, 절동 고을에서 맞으러 오기를 기다리고 계시나이다."

춘운이 들어가 그 말대로 아뢰니, 소저는 비녀와 가락지와 그밖의 패물 등으로 값을 넉넉히 주고 족자를 사서는 대청에 높이 걸어 놓고 날이 저물도록 바라보며 칭찬을 아끼지 않더라.

이로부터 그 계집아이는 족자를 판 것으로 인연이 되어 정사도의 저택에 출입하며 비복들과도 사귀게 되매, 소저가 춘운에게 이르되,

"이씨 여자가 수놓는 재주가 이같이 뛰어나니 필연 비범한 사람일

터이니, 네가 시녀를 시켜 계집아이를 따라가서 그 소저의 용모를 보고 오라 하여라."

이어서 영리한 비자(婢子)를 가려 뽑아 보내니, 비자가 계집아이를 따라가 본즉, 여염집이라 몹시 협소하고 아예 내외하는 법은 없더라.

이 소저는 정씨 댁 비자임을 알고 음식을 먹여 보내니, 비자가 돌아와 아뢰기를,

"그 아가씨의 고운 태도와 아리따운 용모는 우리 아가씨와 흡사하더이다."

춘운은 이 말을 믿지 아니하고 나무라되,

"그 수놓은 솜씨를 보건대 결코 노둔(魯鈍)한 재질은 아니겠지만 어찌 그렇듯 지나친 말을 하느뇨? 이 세상에 우리 아가씨와 흡사한 분이 있다 함은 내 실로 믿지 못하겠노라."

비자가 대답하기를,

"가유인(賈孺人 ; 유인의 아내를 일컬음)이 실로 내 말을 의심할진대 딴 사람을 보내 보시면 내 말의 진실함을 알겠나이다."

춘운이 또 사사로이 한 사람을 보내었더니, 돌아와 말하되,

"괴이하다, 괴이하다! 그 아가씨는 천상 선녀요, 어제 들은 말이 과연 옳으니 가유인이 내 말을 의심하거든 몸소 가 보심이 좋을 듯 하오이다."

춘운이 이르기를,

"전후 말이 다 허망하도다. 어찌 두 눈이 없느뇨?"

서로 소리 내어 웃고 헤어지더라.

수일이 지나자 연지점에 사는 사삼랑이 정씨 댁에 와서 주인께

아뢰되,

"요즈음 이통판 댁 소저가 이 늙은 것의 집을 빌어 거처하시는데,
그 소저의 고운 용모와 묘한 재주는 실로 처음 보는 바이오라.
그 소저가 정소저의 현숙한 절행을 깊이 사모하와 한번 만나뵙고
많은 말씀을 듣고자 하되 부끄러웁고, 또한 매우 어려운 일이오
라, 선뜻 말씀을 못하옵다가 이 늙은 것이 부인께 사뢰어 보라
하옵기에, 이렇듯 와서 아뢰나이다."

부인이 즉시 소저를 불러 이 뜻을 말하니, 소저가 여쭙기를,

"소녀의 몸이 타인과는 다른 바 있사와 얼굴을 들고 남과 대면코자
아니하오나, 다만 듣자온즉 이 소저의 위인(爲人)과 범절(凡節)
이 모두 그 수놓은 솜씨와 같다 하오니, 역시 한번 만나뵙고자
하나이다."

사삼랑 노파가 기쁨을 이기지 못하고 돌아갔는데, 이튿날 이소저가
비자를 보내어 온다는 말을 먼저 알리고 느직하여 휘장을 드리운
소옥교(小玉轎)를 타고 시비 몇 사람을 거느리며 정사도 저택에 이르
자, 정소저가 침방(寢房)으로 맞아들여 볼새, 주객이 동서로 마주
앉으니, 광채가 서로 빛나 방안이 찬란하므로 서로가 놀라더라.

정소저가 먼저 말하기를,

"지난번에 시비들의 인연으로 이 근처에 계시다는 말씀을 들었사
오나, 이몸은 신세가 기구한 사람이라 인사를 전폐하고 있기에
문후치 못하였사옵는데, 이제 소저께서 욕되이 왕림하시니 감격하
고 죄송하와 사례할 바를 알지 못하겠나이다."

이소저가 대답하되,

"소매(小妹)는 우둔한 사람이오라, 부친을 일찍 여의고 모친이

편벽되게 사랑하여 평생에 배운 것이 없고 아무런 재주도 가려낼
것이 없사와, 스스로 한탄하기를 남자는 뜻을 사방에 두어서 어진
벗을 사귀어 서로 배우고 서로 타일러 주는데 여자는 집안 식구와
비복 외에는 다시 대하는 사람이 없으니 규중(閨中)이 막혔도다
하였으니, 공손히 듣사온즉 저저(姐姐;女兄)께서는 반소(班昭)
의 문장에다 맹광(孟光)의 덕행을 겸하여 몸을 중문 밖에 나지
아니하시니 이름은 이미 궁중 궁궐에 들리시니, 소매는 이러함으로
써 스스로 비루함을 헤아리지 못하고 성덕의 광채를 접하고자 원하
였더니, 이제 소저의 은덕을 입사와 족히 소매의 평생의 소원을
이루게 되었나이다.”

정소저가 답사하되,

“저저(姐姐;女兄) 말씀이 바로 소매의 마음 속에 있던 바이옵나이
다. 규중에 매인 몸이라 출입에 걸림이 있고, 이목(耳目)에 가리움
이 많은고로 본디 창해(蒼海)의 물과 무산(巫山)의 구름을 알지
못하오니 이 또한 엷고 짧은 지식의 탓이라, 어찌 족히 이를 괴이
하다 하오리까? 이는 바로 형산(衡山)의 옥이 광채를 물고 자랑하
기를 부끄러워하며, 늙은 조개 속의 구슬이 고운 빛을 감추어 스스
로 보배가 되는 것과 같나이다. 그러나 소매 같은 사람은 고루하오
니 어찌 감히 과분하신 칭찬을 받으오리까?”

이어서 다과를 내어놓고 즐겁게 환담을 주고 받다가 이소저가 말하
기를,

“소문에 듣사온즉 댁내에 가유인이란 사람이 있다 하옵던데, 어떻
게 한 번 볼 수 없겠나이까?”

정소저가 이에 대답하되,

"소매도 역시 저저께 뵈옵게 하려 했나이다."

이에 춘운을 불러 뵙게 하니, 이소저가 일어나 맞을새, 춘운이 놀라며 마음 속으로 탄복하기를,

"전일 두 사람의 말이 과연 옳도다! 하늘이 이미 우리 소저를 내시고 다시 이소저를 내시니, 참으로 하늘의 뜻을 측량할 수 없도다."

이소저도 또한 헤아리되,

"가녀(賈女)의 소문을 익히 들었으나 그 사람됨이 소문보다 월등하니, 양상서(楊尚書)가 어찌 아끼며 사랑치 않으리오? 마땅히 진중서(秦中書)와 더불어 어깨를 견줄 만하니, 만일에 가녀(賈女)로 하여금 진녀(秦女)를 본받게 하면 어찌 윤부인(尹夫人)의 울음을 본받지 않을 수 있으리요? 대서 상선과 종의 사색이 이렇듯 빼어나고 또 재주가 있으니, 양상서가 어찌 놓을 수 있으리오?"

이에 춘운과 더불어 가슴 속을 털어놓고 이야기하니, 그 정다와짐이 정소저나 다를 바 없겠더라.

이 소저가 작별 인사로 말하되,

"날이 이미 늦었으매 더 앉아 이야기를 할 수 없으니 매우 안타깝사오나, 소매가 들어 있는 집이 다만 한길을 사이에 두었을 뿐이오니, 마땅히 한가한 틈을 타서 다시 찾아와 나머지 말씀을 들으려 하나이다."

정소저가 이에 답사하되,

"외람히 왕림하심을 받잡고 이어서 좋은 말씀을 듣사오니 마땅히 당 아래로 내려가 사례하올 것이나, 소매의 처신이 남과 다른고로 감히 한 걸음도 문 밖에 나가지 못하오니 바라건대 저저께서는 그 허물을 용서하시고 그 정을 받아 주소서."

두 사람이 작별할새 섭섭함을 이기지 못하여 차마 서로 손을 놓지 못하다가 이어서 떠나니라.

정소저가 춘운한테 이르기를,

"보검(寶劍)이 비록 칼집 속에 감춰져 있어도 그 광채는 두우(斗牛;두성 오성)를 쓰고, 늙은 조개가 비록 바다에 잠기나 기운이 누대(樓帶)를 이루거늘, 우리가 다 같이 한성 안에 살면서 진작 듣지 못하였으니 심히 괴이하도다."

춘운이 여쭙되,

"천첩의 마음에 한 가지 의심이 있사온데, 양상서가 매양 말씀하시기를 화주(華州) 진어사(秦御史)의 딸과 더불어 누각 위에서 서로 보고 글을 객사에게 얻어 아름다운 언약을 맺었으나, 진어사 집의 환난으로 말미암아 일이 어긋났다 하시면서 절세의 미인이라 칭찬하시기에, 첩이 또한 양류사(楊柳詞)를 보온즉 진실로 재주 있는 여자이오니, 혹시 그 여자가 성명을 감추고 아가씨를 사귐으로써 전일의 인연을 이루고자 함이 아닌가 하나이다."

정소저가 말하기를,

"진씨의 아리따움을 나도 또한 다른 길로 들어 알고 있는고로, 이 여자와 비슷한 점은 있으나 진녀의 집이 환난을 만나 궁녀가 되었다 하는데 어찌 능히 이곳에 올 수 있으리오?"

하고, 부인께 들어가 뵈옵고 이소저를 칭찬하여 마지 않으니, 부인이 이르기를,

"나도 역시 한번 청하여 보고자 하노라."

하고, 수일 후에 시비를 시켜서 이소저의 왕림을 청하니, 소저는 혼연히 응낙하고 정사도 저택에 이르더라. 부인이 섬돌에 내려가 맞아들

이니, 이소저는 자질(子姪)의 예로써 부인께 뵙는지라 부인이 매우
사랑하며 이르기를,

"일전에 소저께서 딸아이를 찾아주시어 두터운 정을 드리우니
이 늙은 몸이 진심으로 감사하나 그때는 신병이 있어 제대로 접대
치 못하였으니 지금까지 부끄럽고 한탄하는 바로다."

이소저가 엎드려 대답하되,

"이몸은 저저께서 천상의 선녀 같사옴을 사모하오되, 오직 멀리
내치실까 두렵더니, 저저께서 한번 만나매 형제의 의로써 이 몸을
대접하시고, 부인께서 또 자질의 예로 대하시니 이몸의 소망에
과하온지라, 이몸이 다하도록 문하에 출입하여 친어머님같이 섬기
려 하나이다."

부인이 두 번 세 번 거듭하여,

"나에게는 과분한 말이로다."

하더라.

정소저가 이소저와 더불어 반나절이나 부인을 모시고 앉아 있다
가, 뒤이어 침방으로 청하여 춘운과 함께 솥발같이 세 사람이 마주
앉아 은은하게 울리는 목소리로 기꺼이 주고 받으니, 마음이 서로
통하고 정의가 또한 친밀하여지는지라, 고금의 문장을 평론하고 부녀
자의 덕행을 논의할새 햇볕이 이미 서창에 비끼는 줄을 깨닫지 못하
는 듯하더라.

정소저 궁중에 들어가다

이소저가 돌아간 다음에 부인이 소저와 춘운에게 이르기를,

"내 친정과 시댁에 친척이 많아 거의 천 사람에 이르는지라, 내 어려서부터 아름다운 자색을 많이 보았으되 다 이소저를 따르지 못하매 이소저는 실로 우리 아이와 같으니 의형제를 맺으면 좋으리로다."

소저가 춘운이 말하던 바의 진씨녀의 이야기로써 아뢰기를,

"춘운은 아무래도 의심이 간다 하나, 소녀의 소견은 춘운의 생각과는 다르오니, 이소저는 자색 외에도 기상의 표일(飄逸)함과 몸차림의 단정함이 여염집이나 사대부집 부녀자들과는 각별 다르오니, 진씨와 어찌 비기겠나이까? 소녀가 듣사온즉 난양공주가 용모와 마음씨가 아름답다 하옵던데 두려운 말씀이오나 이소저의 기상이 곧 난양공주인 듯 하오이다."

부인이 이르기를,

"공주를 나도 역시 보지 못하였으니 함부로 억측하지 못하려니와 공주가 높은 자리에 있어 빛나는 이름을 얻었는데 어찌 이소저와 서로 같을 수 있으리요?"

소저가 다시 여쭙기를,

"이소저의 종적이 다소 의심나오니, 후일에 마땅히 춘운을 시켜 가서 그 동정을 살펴보라 하겠나이다."

이튿날 정소저가 춘운과 더불어 바야흐로 이 일을 의논할새, 이소저의 계집 종이 정사도댁에 이르러 말을 전하되,

"우리 아가씨께서는 마침 절동(浙東)으로 되돌아가는 배편을 얻어 내일 떠나시게 되어, 오늘 댁에 들어와 부인과 소저께 작별 인사를 드리려 하시나이다."

　정소저가 중당(中堂)을 소제하고 기다리자 이윽고 이소저가 당도
하여 부인과 정소저에게 뵈니, 이별하는 정이 아득하고 연련하여
어진 형이 사랑하는 아우를 이별함과 같고, 사랑하는 남편과 헤어짐
과 같더라.
　이소저가 갑자기 일어나 재배하고 아뢰되,
　"소질(小姪)이 모친 슬하를 떠나고 오라버님을 이별한 지 이미
한 돐이 되어 돌아가고 싶은 마음에 아무래도 더 머무르지 못하오
니, 다만 부인의 은덕과 저저의 정으로써 마음이 실 같사와 풀고자
하오나 다시 맺혀지나이다. 소질이 저저께 한 말씀 간청코자 하오
나, 들어 주지 않으실까 두려워 먼저 부인께 여쭙나이다."
하고는 주저하며 말을 하지 아니하기에, 부인이 묻기를,
　"낭자(娘子)가 간청코자 하는 바는 무슨 일이뇨?"
　이소저가 대답하되,
　"소질이 선친을 위하여 바야흐로 남해대사(南海大師 ; 관음보살)
의 화상을 수놓아 겨우 마치었는데, 오라버니가 절동 고을에 있고
소질은 여자의 몸이온고로, 아직 글하는 사람의 화상찬(畫像讚)
을 받지 못하와 장차 수놓은 것이 허사가 되게 되오니 매우 아까운
고로, 소저의 두 어귀 글과 두어 글씨를 받으려 하옵는데, 수폭
(繡幅)이 매우 넓어서 펴고 접기에 어렵삽고 또 더럽힐까 염려되
어 감히 가져 오지 못하고, 부득이 잠깐 저저를 모셔다가 글과
글씨를 얻어 그로써 소녀의 어버이를 위하는 효성을 완전케 하고,
그것으로써 원로에 서로 이별하는 회포를 위로케 하심을 바라오
나, 저저의 의향을 알지 못하와 감히 바로 청하지 못하옵고 부인께
우러러 사뢰나이다."

부인이 돌아보며 이르기를,

"네가 본래 친척의 집도 왕래치 아니 하였는데 이제 이낭자의 청하는 바는 대체로 어버이를 위하는 지성에서 나옴이요, 하물며 낭자의 우거하는 집이 지척이니 잠시 갔다 옴이 어려운 일이 아닐 듯 하도다."

소저가 처음에는 어려운 기색이 있더니 돌려 생각하고 속으로 깨닫기를,

'이소저의 행색이 바쁘니 아무래도 춘운을 보내지 못하겠기로, 내 이 기회를 타 가서 그 종적을 탐지하리라.'

하고, 이에 모친께 아뢰기를,

"이소저의 청하는 바가 만일 등한한 일이면 실로 하기 어렵사오나, 어버이를 위하는 효성은 사람마다 감동하는 바이니 어찌 따르지 아니하오리까? 그러나 날이 어둡거든 그때 가볼까 하나이다."

이소저가 매우 기뻐하며 사례하되,

"날이 저물면 글씨 쓰시기가 어려울 듯 하오니 저저께서 번거로움을 꺼리신다면 소매의 교자가 비록 누추하나 족히 두 사람의 몸을 용납할 터이오니 함께 가셨다가 저녁에 돌아오심이 또한 어떠하나이까?"

정소저가 대답하기를,

"저저의 말씀이 매우 합당하오이다."

하기에, 이소저는 부인께 엎드려 작별 인사를 드리고 춘운의 손을 잡아 이별의 인사를 나누고서 정소저와 더불어 한 교자를 타니 사도댁의 시비 몇 사람이 뒤따르더라.

정소저가 이소저의 침방에 와 보니 벌여 놓은 것이 그다지 번거롭

지는 아니하나 모두 훌륭한 물건들이요, 나오는 음식도 비록 간략하나 맛이 비길 데 없이 좋은지라, 유의하여 보매 다 의심 되더라. 이소저는 오래도록 글 받을 말을 꺼내지 아니하고, 날은 점점 저물어가매, 이에 묻기를,

"대사의 화상은 어느 곳에 봉안하였나이까? 소매는 급히 물러가고자 하나이다."

이소저가 대답하되,

"마땅히 저저로 하여금 받들어 구경케 하리이다."

말을 마치매, 홀연 거마(車馬)소리가 문 밖에 들리며 기치(旗幟)가 길 위에 널려 있으니, 사도댁 시비들이 황망히 아뢰되,

"군병의 한무리가 이 집을 에워싸니 낭자, 낭자여 장차 어찌하겠나이까?"

정소저가 이미 알고 태연히 앉아 있는데, 이소저가 말하기를,

"저저께서는 안심하소서. 소매는 다른 사람이 아니라 난양공주 소화(簫和)이온데, 저저를 이리로 맞아옴은 곧 황태후의 명이나이다."

정소저가 자리를 피하며 대답하되,

"여염에 사는 미천한 소녀가 비록 지식이 없으되, 하늘이 내시는 귀골(貴骨)이 우리와는 다른 줄을 아오니, 공주가 강림하심은 천만 뜻밖의 일이로소이다. 이미 존경하는 예를 잃었삽고 또 무례히 행동한 죄 많사와 엎드려 비옵나니 공주께옵서는 빨리 벌을 내리소서."

공주 미처 대답지 못하여 시녀가 아뢰기를,

"태후마마께서 설상궁(薛尙宮)과 왕상궁(王尙宮)과 화상궁(和尙

宮)을 명하여 보내시와 공주께 문안케 하나이다."

공주가 정소저한테 이르기를,

"소저는 여기 잠깐 머물러 있으라."

하고 이에 나아가 당상에 앉으니 세 상궁이 차례로 들어와 예(禮)로 뵈옵기를 마치고, 엎드려 아뢰되,

"공주께서 대내(大內)를 떠나신 지 이미 여러 날이 오니 태후마마께서 뵙고 싶은 마음이 간절하옵시며, 황상폐하 또한 소녀들로 하여금 문안드린다 하옵시고, 오늘은 곧 공주께서 환궁하실 날인고로 거마(車馬)와 의장(儀仗)이 이미 다 밖에 대령하였사옵고, 황상께옵서 조태감(趙太監)을 명하사 배행케 하시니이다."

하고, 세 상궁이 또 아뢰되,

"태후마마께서 하교하시기를, 공주께서 정낭자와 더불어 연을 같이 타고 들어오라 하시더이다."

공주는 세 상궁을 밖에 머무르게 하고 들어와 정소저한테 이르기를,

"여러 말은 조용한 때에 자세히 하려니와, 태후마마께서 보고자 하시와 바야흐로 마루에 납시어 기다리신다 하오니, 소저는 사양 말고 소매와 더불어 함께 들어가 뵈옴이 옳으리오."

정소는 아무래도 모면치 못할 줄을 알아차리고 대답하기를,

"첩이 이미 공주께서 사랑하심을 아오나 어염의 여자가 일찍이 지존(至尊)께 뵙지 못하였사오니, 예모에 어긋남이 있을까 두려워하나이다."

공주가 말하되,

"소저를 보고자 하시는 마음이 어찌 소매가 소저를 보고자 하는

마음과 다르리요? 소저는 조금도 의심을 마오."

정소저가 말하기를,

"공주께서 먼저 행차하시면 첩은 마땅히 집에 돌아가 이 사연을 노모께 말하옵고 뒤따라 들어가려 하나이다."

공주가 말하되,

"태후마마가 이미 하교하사 소매로 하여금 연을 같이 타라 하시매 말씀하시는 뜻이 극히 정중하시니, 소저는 더 사양치 마오."

정소저는 사양하되,

"첩은 미천한 신자(臣子)인데 어찌 감히 공주와 같은 연을 탈 수 있사오리까?"

공주가 이에 타이르기를,

"강태공(姜太公)은 위수(渭水)의 어부로되 주나라 문왕(文王)의 수레를 한가지로 탔고, 후영(侯嬴;전국시대 위나라의 숨은 선비)은 이문(夷門)의 문지기로되 신릉군(信陵君;위나라의 왕자)이 말고삐를 잡았으니, 진실로 어진이를 높이고자 할진대 어찌 감히 귀함을 가리리요? 소저는 후백(候伯)의 대가요, 대신(大臣)의 집안 딸이니 어찌 소매와 더불어 같이 타기를 어렵게 생각하리오?"

하고 드디어 손을 끌어 연을 같이 타게 되니, 정소저는 시비 한 사람을 시켜서 돌아가 부인께 아뢰게 하고, 시비 한 사람은 뒤를 따라 궁중으로 들어가게 하더라.

칠보시(七步詩)를 짓다

공주는 정소저와 연에 동승하여 동화문(東華門)으로 들어가 겹겹
이 싸인 아홉 문을 지나 협문 밖에 이르자 연에서 내려 왕상궁한테
이르기를,

"상궁은 소저를 모시고 잠깐 여기서 기다리라."

왕상궁이 여쭙되,

"태후마마의 명을 받들어 이미 정소저의 막차(幕次)를 배설하였나
이다."

공주가 기뻐하며 머물러 있게 하고는 들어가 태후께 뵈옵더라.
태후는 본디 처음에는 정씨에게 좋은 뜻이 없었으나, 공주가 미복
(微服)으로 정사도집 근처에 임시 거처하면서 한폭 수족자로 인연을
맺어 정씨를 만나서 그 자색과 덕행을 공경하고 사모하며 뒤이어
정의가 또한 친밀하여지고, 한편 양상서도 마침내 정씨를 버리지
않을 줄을 알자, 서로 사랑하며 서로 언약하여 형제의 의(義)를 맺고
장차 한 집에서 한 사람을 섬기고자 하여, 자주 글을 올려 태후께
극간함으로써 마음을 돌리시게 하였더라. 태후가 이에 크게 깨닫고
공주와 정녀가 양소유의 두 부인이 되기를 허락하고 친히 그 용모를
보고자 하시어 공주를 시켜서 계책을 내어 데려오게 하심이었더라.

정소저는 막차에서 잠깐 쉬는데, 궁녀 두 사람이 내전으로부터
의함(衣函)을 받들고 나아와 태후의 명을 전하되,

"정소저가 대신의 딸로서 재상의 예폐(禮幣)를 받았는데 아직도
처자에 옷을 입었으니, 아무래도 평복으로는 내게 조회치 못할
터이므로 각별히 일품명부(一品命婦)의 장복(章服)을 주노니 입고
입시하라."

하기에, 정소저가 재배하고 대답하되,

166

"첩이 처자의 몸으로써 어찌 감히 명부의 복장을 갖출 수 있사오리까? 신첩의 입은 옷이 비록 간단하고 단정치 못하오나 또한 부모 앞에서 입는 옷이오며, 태후마마는 곧 만민의 어버이가 되시니 엎드려 비옵건대 부모를 만나는 의복으로써 들어가 조회하고 싶사이다."

궁녀가 그대로 아뢴즉 태후가 매우 기특하게 여기시고, 곧 정씨를 불러들여 보시니, 좌우의 궁녀들이 다투어 보고 흠모하여 탄식하되,

"내 마음으로 아름답고 고운 이는 우리 공주님뿐이라 하였는데 어찌 정씨가 다시 있을 줄을 알았으리오?"

하더라.

소저의 절이 끝나자 궁녀가 인도하여 전상에 오르니 태후가 명하여 앉으라 하고 하교하시되,

"지난번 공주의 혼사로 말미암아 조칙(詔勅)으로 양상서의 예폐를 도로 걷어들이게 함은 나라 법을 좇아 공사를 분별함이요, 과인이 비롯한 바 아니나 공주가 간하되 새 혼사로 말미암아 옛 언약을 저버리게 함은 인군으로서 인륜(人倫)을 바르게 하는 도리가 아니라 하고 또 너와 더불어 한가지로 양소유의 부인되기를 원하기에, 내 이미 황상께 상의하고 공주의 뜻을 따른지라, 장차 양소유 돌아오기를 기다려 다시 예폐를 전대로 보내게 하고, 너로 하여금 한가지로 부인이 되게 하려 하니, 예로부터 오늘에 이르기까지 이런 은전(恩典)은 전무후무하기로 이제 이를 너에게 알려 두노라."

정씨 엎드려 사은하되,

"은덕이 융숭(隆崇)하사 신자(臣子)로서는 감히 바라지 못하는

바이오니 신첩의 우매한 천질(賤質)로는 도저히 보답지 못하올 듯하나이다. 그러하오나 신첩은 신하의 딸이온데 어찌 감히 공주와 더불어 반렬(班列)를 같이 하고 그 위(位)를 가지런히 할 수 있겠나이까? 신첩이 설혹 명을 따르고자 하올지라도 부모가 필연 죽기로써 조칙을 받지 아니하오리이다."

태후가 이르시기를,

"너의 겸손함은 가상하나, 너의 집이 대를 거듭한 후백(侯伯)이요, 너의 부친 사도(司道)는 선조(先祖)의 노신이라, 나라에서의 예우(禮遇) 또한 남과 다르니, 신자의 도리를 굳이 지키지 않더라도 되느니라."

소저가 대답하여 여쭈되,

"신자의 도리는 군명(君命)을 준수하는 것이 만물이 스스로 때를 따르는 것 같사온즉, 끌어올려 시녀를 삼으시든지 내려서 비복을 삼으시든지 어찌 천명을 거역할 수 있사오리까마는, 양소유 또한 어찌 마음이 평온할 수 있겠나이까? 필시 따르지 아니 하오리이다. 신첩이 본래 형제가 없삽고 또한 부모가 노쇠하였사오니, 신첩의 간절한 소원은 오직 정성을 다하여 부모를 공양(供養)하와 그로써 남은 세월을 마치려 할 따름이로소이다."

태후가 타이르시기를,

"너의 부모를 위하는 효성과 처신하는 도리는 가히 지극하다 하려니와, 어찌 감히 한 물건이라도 그 곳을 얻지 못하게 하리요? 하물며 너는 백 가지가 아름답고 험도 찾기 어려우니 어찌 양소유가 너를 버릴 수 있으랴! 또한 공주가 양소유와 더불어 퉁소 한 곡조로써 백 년 연분을 증험하였으니, 하늘이 정하는 바를 사람이 가히 폐하지 못할 것이요, 또 양소유는 일대 호걸이요, 만고에 다시 없는 재상이니 두 부인에게 장가 들어 무슨 불가함이 있으리요? 과인에게 본디 두 딸이 있다가 난양공주의 형이 열 살에 요절하여 난양의 외로움을 염려하였는데, 이제 너를 보매 죽은 내 딸을 본 듯 한지라, 내 너를 양녀로 삼고, 황상께 말씀드려 너의 위호(位號)를 정하고자 하니 첫째는 내 딸을 사랑하는 정을 표하고, 둘째는 난양이 너를 사귀어 가까이 하는 뜻을 이루게 하고, 셋째는 너로 하여금 난양과 더불어 소유에게로 돌아가는 데 난처한 일이 없게 하려함이니 네 뜻에는 어떠하뇨?"

소저가 머리를 조아리고 사양하되,

"처분이 이에 이르시니 신첩이 복에 겨워 죽지 아니할까 염려되나이다. 바라옵건대 곧 처분을 도로 거두시고 그로써 신첩을 편케 하옵소서."

태후가 이르시되,

"내 황상께 주달하여 곧 처분을 내릴 터이니 너는 과히 고집하지 말라."

하시고, 공주를 불러들여 정소저를 보게 하매 공주가 장복(章服)을 갖추고 위의를 베풀며 정소저와 더불어 서로 대하니, 태공이 웃으시며 말씀하시기를,

"공주가 정소저와 더불어 형제되기를 원하다가, 이제 참형제가 되었으니, 뉘가 형인지 뉘가 아우인지를 분별치 못하겠도다. 공주는 마음에 다시 한이 없느뇨?"

하시고, 뒤이어 정씨를 얻어 양녀로 삼은 뜻으로써 공주에게 말씀하시니, 공주가 매우 기뻐하며 일어나 사례하되,

"마마의 처분이 지극하신 바로소이다. 자나깨나 바라던 소원을 성취하였은즉 이 즐거움 어찌 가히 다 아뢰 올 수 있겠나이까?"

태후가 정씨를 대접함을 간곡히 하시고 옛날 문장을 논의하시다가 이에 이르시되,

"내 일찍이 공주에게 들으매 네가 음풍영월(吟風詠月)하는 재주가 있다고 하는지라, 이제 궁중이 무사하고 봄경치가 좋으니 봄을 아끼지 말고 한 번 읊어 그로써 즐거움을 도우라. 옛사람에 칠보시 (七步詩 ; 일곱 발을 걷는 사이에 시를 지음)를 지은 자가 있었으니, 네 또한 능히 하겠느뇨?"

소저가 엎드려 사뢰기를,

"이미 명을 듣자왔으니 재주를 다하여 한번 웃으심을 자아내고자 하나이다."

태후가 궁중에서 걸음 빠른 사람을 골라 전각 앞에 세우고 글제를 내어 시험코자 하시니, 공주가 아뢰되,

"저저로 하여금 홀로 짓게 하심이 소녀의 마음에 미안하오니, 소녀 또한 정녀와 더불어 한가지로 시험코자 하나이다."

태후가 또한 기꺼워하시며,

"공주의 뜻이 또한 묘하도다. 그러나 맑고 새로운 글제를 얻은 연후에야 글 생각이 스스로 나리라."

하시고 바야흐로 옛글을 생각하시는데, 때는 늦은 봄으로 벽도화 (碧桃花)가 난간 밖에 만발하였는데 갑자기 까치가 우짖으며 복사 나뭇가지 위에 앉더라. 태후가 까치를 가리키며 말씀하시되,

"내 바야흐로 너희들의 혼인을 정하매 저 까치도 기쁨을 알리니 이는 길조렷다. 벽도화위에 기쁜 까치소리를 들은 것으로 글제를

　삼고 각기 칠언절구(七言絶句) 한 수를 짓되, 글 속에 반드시 정혼
　하는 뜻을 넣으라.”
하고 궁녀에게 명하사, 각각 문방제구(文房諸具)를 벌여 놓으니 공주
와 정씨 붓을 잡으니 전각 앞에 있는 궁녀가 이미 발걸음을 옮기면서
마음에 일곱 걸음 안에 혹시 미처 글을 짓지 못할까 두 사람의 붓놀
리는 것을 돌아보며 더디게 하는데, 두 사람 모두 붓이 빠르기가 바람
과 소나비 같아서 동시에 써 바치니 궁녀는 겨우 다섯 걸음을 걸었더
라.
　태후가 먼저 정씨의 글을 보시며 읊었으되,

　　궁궐의 봄빛이 벽도에 취하였으니
　　어디서 오는 좋은 새의 말이 교교하뇨?
　　다락머리에서 어기가 새 곡조를 전하니
　　남국의 하늘꽃이 까치로 더불어 깃들이더라.

다시 공주의 글을 보시고 읊었으되,

　　봄이 액정(掖庭)에 깊으매 백화가 번성하니
　　신령스러운 까치가 날아와 기꺼운 말을 아뢰더라.
　　은하수에 다리를 놓으매 모름지기 노력하여
　　일시에 나란히 두천손이 건너가더라.

　태후가 읊어 보며 탄식하시되,
“내 두 딸아이는 곧　여자이오나 청련(靑蓮 ; 이태백)과 조자건

(曹子建)이니 조정에서 만약에 여자 진사를 취한다면 마땅히 감시
장원(監試壯元)과 탐화(探花 ; 三등급제)를 차지하겠도다."
하시고, 두 글을 바꾸어 공주와 정씨에게 보이니 두 사람이 각기 공경
하여 탄복하더라. 공주가 태후께 아뢰되,

"소녀가 비록 한 수를 채웠으나 그 글 뜻이야 뉘 능히 생각지 못하
리이까마는, 저저의 글이 정묘하여 소녀의 길이 미칠 바 아니겠나
이다."
태후도 말씀하시기를,

"그러하다. 그러나 공주의 글도 적이 영민하여 사랑스럽도다. "
하시더라.

정소저 영양공주(英陽公主)가 되다

이 때 천자가 태후께 나아와 문안하시매, 태후가 공주와 정씨로
하여금 협방으로 피하게 하고 이르시기를,

"내 공주의 혼사를 위하여 양소유의 예폐를 도로 보내게 하였는
데, 마침내 덕화(德化)에 손상함이 있는 지라 정사도 집에서 감히
따르지 못하겠다 할 것이요, 정녀로 하여금 첩이 되게 하는 것
또한 강박한 처사이기로, 오늘 내 정녀를 불러보매 아름답고 또
재주가 있어 족히 공주와 형제가 될 만한지라, 이러므로 내 정녀와
더불어 모녀지의(母女之義)를 맺고서, 공주와 같이 양소유에게
돌아가게 하고자 하는데 이 일이 과연 어떠하오?"
상이 매우 기뻐하며 하례하시되,

"이는 성덕이 천지와 같사옴이니 자고로 두터운 혜택이 태후께
견줄 사람이 없소이다."

태후가 곧 정씨를 불러 황상께 뵙게 하시니, 상이 명하사 전상에
오르게 하고, 태후께 말씀하시기를,

"정씨 이미 황제의 누이가 되었거늘 아직도 평복을 입고 있으니
어찌됨이오니까?"

태후가 이르시되,

"황상의 조칙이 내리지 아니했다 하여 장복(章服)을 굳이 사양하
오."

상이 여중서(女中書)에게 명하시어 난봉문(鸞鳳紋)의 홍금지(紅
錦紙) 한 축을 가져오라 하시니, 진채봉(秦彩鳳)이 받들어 올리자
상이 붓을 들어 쓰려 하시다가 태후께 물으시되

"정씨를 이미 공주로 봉하였으니 나라 성을 줄까 하나이다."

태후가 말하시기를,

"내 뜻 또한 그러하나 내 들으니 정사도 내외는 나이 이미 노쇠하
고 다른 자녀가 없다한즉, 내 노신의 성을 전할 사람이 없음을
민망히 여기니, 그 본 성대로 둠이 역시 진념(軫念)하는 뜻이로
다."

상이 친필로 크게 써 이르시되,

"짐이 태후의 성지를 받들어 양녀 정씨로써 봉하여 영양공주(英陽
公州)를 삼노라."

쓰기를 마치시매 황제와 황후 양전궁(兩殿宮)이 어보(御寶)를
찍어 정씨를 주시고 궁녀를 시켜서 관복을 받들어 정씨를 입히시니
정씨는 정상에서 내려와 사은하더라. 상이 난양공주로 하여금 좌차

(座次)를 정하게 하실새, 영양(英陽)이 난양(蘭陽)보다 한 해위가 되나 감히 위에 앉지 못하니, 태후가 이르시되,

"영양공주는 이제 내 딸이니 형이 위에 있고 아우가 아래에 있음은 예이거늘, 형제간에 어찌 가히 겸양하리오?"

영양이 머리를 조아리며 사양하되,

"오늘의 좌차는 곧 후일의 항렬이온데 어찌 감히 처음에 삼가지 아니하겠나이까?"

난양공주가 말하기를,

"춘추시대(春秋時代)에 조쇠(趙衰)의 아내가 곧 진문공(晋文公)의 딸이로되, 위(位)를 전취한 적실(嫡室)에게 사양하였거늘, 하물며 저저는 소매의 형이온데 무슨 의심이 있을 수 있겠나이까?"

정씨 사양함이 자못 오래다가, 태후가 명하여 나이를 따라 정하시매, 이후로 궁중이 다 영양공주라 일컫더라.

태후가 두 공주의 글지은 것을 상께 보이시니 상이 또한 칭찬하시되,

"두 글이 다 같이 묘미 있으나, 영양의 글이 주지(周詩 ; 시경의 주 남편)의 뜻을 이끌어 덕을 후비(侯后)에게로 돌려보냈으니 매우 체례(體例)를 얻었나이다."

태후가 또한 이르시되,

"상의 말씀이 옳도다."

상이 다시 이르시되,

"태후께서 영양을 사랑하심이 이에 이르렀으니 실로 전에 없는 바이오라, 또한 우러러 청할 일이 있삽나이다."

하고, 이에 진중서(秦中書)의 전후 사실을 들어 아뢰되,

"진채봉의 아비가 비록 역적의 죄로써 죽었사오나 그 조상이 다 조정의 신자(臣子)이오니 그 정상을 진념하여 공주를 쫓아 시집을 가게 하여 잉첩(媵妾;귀인의 시중을 드는 첩)을 삼고자 하오니 이를 태후께서 긍측(矜測)히 여기시고 허락 하옵소서."

태후가 두 공주를 돌아보시자 난양이 아뢰기를,

"진씨가 일찍이 이 일을 소녀에게 말하더이다. 소녀 이미 정의가 친밀하고 서로 떨어지고자 아니하오니, 마마의 처분이 아니 계실지라도 이 마음이 있었나이다."

태후가 진채봉을 불러 하교하시되,

"공주가 너와 더불어 생사를 같이 할 뜻이 있는고로 특별히 너로 하여금 양상서의 잉첩을 삼으니, 이후로 더욱 정성을 다하고 그로써 공주의 은의(恩誼)를 갚도록 하라."

진씨가 감격하여 눈물을 흘리며 사은한 후에 태후가 또 하교하시되,

"두 공주의 혼사를 쾌히 정하매 홀연 기쁜 까치가 와서 길조를 알리어 두 공주의 글을 내 이미 보았으니, 너도 또한 글을 지어 그 경사(慶事)를 같이 하라."

진씨가 명을 받고 즉시 글을 지어 드리니, 읊었으되,

기쁜 까치가 깍깍거리며 궁궐에 둘렸으니
봉선화 위에 춘풍이 일도다.
보금자리를 편케 하여 남으로
날아감을 기다리지 않고
삼오성이 드문드문 바로 동녘에 있더라.

태후가 황상과 함께 어람하시고 매우 기꺼워하며 이르시기를,

"옛날에 설경(雪景)을 읊던 사녀(謝女 ; 사람의 이름)도 이를 따르지 못하리로다. 이 글 속에 또한 주시를 이끌어 정실과 소실의 분의(分義)를 잘 지키니, 이것이 더욱 가상하도다."

난양공주가 아뢰되,

"이 글제의 글재료가 본래 많지 아니하옵고 또한 우리 형제가 이미 글을 지었사오니 떼어 올 글이 없나이다. 조맹덕(曹孟德 ; 삼국지에 나오는 조조)의 이른바 나무로 세 겹을 돌렸으되 가히 의지할 가지가 없다는 것이 본디 길한 말이 아니오니 말을 끌어 쓰기가 어렵거늘, 이 글이 맹덕과 두자미(杜子美)와 주시(周詩)를 섞어 끌어 한 귀를 지었지만 조금도 험 잡을 곳 없사오니 실로 옛사람들이 진씨를 위하여 먼저 글을 지은 것이 아닌가 하나이다."

태후가 이르시되,

"예로부터 여자로서 능히 글짓는 자는 오직 반희(班姬 ; 한나라 상제의 첩)와 채녀(蔡女)와 탁문군(卓文君)과 사도온(謝道蘊)의 넷뿐이더니, 이제 절재(絶才)의 여자 세 사람이 한 자리에 모였으니 가히 보기 드문 일이라 하겠노라."

난양공주가 말하기를,

"영양공주의 시비 가춘운의 글재주가 또한 신기하더이다."

이 때 날은 저물어 상은 외전으로 환어하시고 공주도 또한 물러가 침전에서 드니, 이튿날 새벽에 닭이 첫홰를 치며 울매 영양이 태후께 들어가 문후하고 집에 돌아감을 주청하되,

"소녀 궁중으로 들어올 때, 부모가 필연 놀라고 황송하였을 것이오니, 오늘 돌아가 부모에게 태후마마의 은덕과 소녀의 영광을 일문

친척에게 자랑코자하오니, 엎드려 비옵건대 마마는 허락하옵소
서."

태후가 타이르시되,

"딸아기야, 어찌 번거롭게 대내(大內)를 떠나리오? 내 너의 친모와
상의할 일이 있도다."

하고, 전교를 내려 최부인으로 하여금 입조(入朝)하라 하시더라.

이 때 정사도 내외는, 딸아이의 비자가 전하는 말을 듣고 놀란
마음이 놓이며 감축하여 마지 않는데, 갑자기 태후의 부르심을 받고
서 급히 내전으로 들어가니, 태후가 접견하고 이르시기를,

"내 부인의 여아를 데려옴은 대체로 난양공주의 혼사를 위함이었
는데, 소저의 얼굴을 한번 보매 사랑하는 마음을 이기지 못하여
양녀로 삼아 난양공주의 형이 되게 하였으니, 필시 과인의 전생
딸이 이 세상에서 부인 집에 탄생함인가 하노라. 영양이 이미 공주
가 되었으니 마땅히 나라성을 줄 것이나, 내 부인에게 자식이 없음
을 진념하여 성을 고치지 아니하였으니 부인은 오직 나의 지극한
정을 받들지어다."

이에 최부인이 머리를 조아리며 아뢰기를,

"신첩이 늦게서야 여식 하나를 낳아 사랑하였다가, 필경에는 혼사
가 그릇되와 예폐를 돌려 보내게 되어 주고 싶기만 하옵더니, 난양
공주께서 여러번 누추한 제집에 왕림하사 천한 딸아이를 사귀시
고, 뒤이어 함께 궁중으로 들어와, 세상에 다시 없는 은전을 입게
하시니, 마땅히 정성을 다하고 힘을 다하와 천은(天恩)의 만분의
일이라도 갚고자 하오니, 신첩의 지아비는 나이 늙고 병들어 이미
벼슬을 하직하옵고, 첩도 또한 늙어서 궁녀를 뒤따라 액정(掖庭

;정궁)의 때를 지우는 일을 하올 길이 없사온즉, 천지와도 같사온 은덕을 장차 무엇으로써 갚사오리까? 오직 감격하여 눈물만 흘릴 뿐이옵나이다."

이에 부인이 일어나 절하고 엎디어 우니 옷소매가 젖는지라, 태후가 측은히 여기어 말씀하시기를,

"영양은 이미 내 딸이 되었으니 다시 데려가지는 못하리라."

최부인이 엎디어 아뢰되,

"모녀가 단란하게 모여서, 하늘 같사온 은덕을 칭송치 못하오니 이것이 한이 되겠나이다."

태후가 적이 웃으며 이르시기를,

"성혼한 후에는 난양도 또한 부인에게 부탁할 터이니, 내가 영양을 보듯 하라."

이어서 난양공주를 불러 서로 만나게 하시니 최부인이 누누이 전일의 무례한 허물을 사죄하더라.

태후가 말씀하시기를,

"내 들으니 부인 곁에 가춘운이 있다 하니, 내 한 번 봄을 청하노라."

부인이 곧 춘운을 불러 전각 아래에서 뵈오니 그 아름다움을 칭찬하며 앞으로 나오라 한 다음 하교하시되,

"난양의 말을 들으니 네가 글재주가 있다는데, 이제 글을 지어 보겠느냐?"

춘운이 엎디어서 사뢰되,

"신첩이 감히 지존 앞에서 당돌하게 글을 지을 수 있사오리까? 그러하오나 시험 삼아 글제를 듣삽고자 하나이다."

태후가 지난번에 지은 세 사람의 글을 내리며 이르시기를,

"네 능히 이 글 뜻에 알맞게 짓겠느냐?"

춘운이 그 자리에서 지어올리니, 읊었으되,

기꺼움을 알리는 적은 정성을 다만 스스로 알지니

우정에서 다행히 봉황이 고동을 따를러라.

진루의 봄빛이, 꽃 천 나무에

세 겹이 둘렸는데 어찌 한 가지를 빌림이 없으리요?

태후가 다 읽으시고, 두 공주에게 그 글을 보이며 이르시기를,

"가녀(賈春雲)의 글재주가 이럴 줄은 짐작치 못한 바로다."

난양이 여쭙기를,

"이 글이 까치로써 그 몸을 견주고, 봉황으로써 저저(姐姐)를 견주 었사오니, 체례(體禮)가 분명하옵고, 끝 귀에는 소녀가 서로 허락 지 아니할까 의심하여 한 가지의 깃들임을 빌리고자 하여, 옛사람 의 글을 모으고 시전(詩傳)의 뜻을 캐어 한 귀절로 합하여 이루었 사오니 진실로 뜻이 정묘하고 간결하여 수완이 민활하나이다. 나는 새가 사람을 의지하매 사람이 스스로 불쌍히 여긴다는 옛말이 혹이 가녀에게 아주 합당한 격언이옵니다."

이어서 춘운에게 명하여 물러가 진씨와 더불어 상면케 할새, 난양 공주가 소개하기를,

"이 여중서(女中書)는 곧 화음현 진씨 여자인데, 춘운과 더불어 해로할 사람이로다."

춘운이 묻되,

"그리하오면 양류사(楊柳詞)를 지은 낭자이옵니까?"

이 말에 놀라 진씨가 되묻기를,

"춘랑(春娘)이 어떠한 사람으로부터 양류사를 들었느뇨?"

춘운이 대답하되,

"양상서께서 매양 낭자를 생각하기고 그 글을 외우시기로 얻어 들었소이다."

진씨가 슬피 그리워하며 외치기를,

"양상서께서는 첩을 잊지 아니하였도다!"

춘랑이 말하기를,

"낭자는 어찌 그러한 말을 하느뇨? 양상서가 양류사를 몸에 지니시고, 보면 눈물이 흐르고 읊은즉 탄식하시더이다."

진씨가 대답하되,

"상서께서 만일 옛정이 남아 계신다면 첩이 비록 상서를 다시 못 뵈고 죽어도 한이 없도다."

하고, 이어서 비단부채에 상서의 글 받은 일을 말하니, 춘랑이 또한 이르기를,

"첩이 몸에 지닌 보배가 다 상서께서 아는 바로소이다."

하면서 다시 말을 이으려 할새, 궁인이 알리기를 정사도 부인이 곧 나가신다 하더라. 두 공주가 들어가 모시고 앉으니 태후가 최부인에게 하교하시되,

"양소유가 미구에 돌아올 터이니 전일에 예폐를 부인집 문에 다시 들여놓겠으나, 이제 영양은 곧 내 딸인즉 두 딸아이의 혼례를 함께 거행코자 하노니, 부인은 허락하겠느뇨?"

최부인이 엎드려 사뢰기를,

"신첩은 오직 태후마마의 처분만 기다리나이다."

태후가 웃으며 이르시기를,

"양상서가 영양을 위하여 나라의 처분을 세 번 항거하였으니, 내 또한 한 번 속여 보고자 하노라. 상말에 '흉측길(凶則吉)이라' 하였으니 상서가 돌아온 후에 말하되 정소저 우연히 병을 얻어 불행히도 세상을 떠났다 하라. 또 전일 상서가 올린 상소문에서는 정녀를 몸소 보았다 하였으니, 초례(醮禮)하는 날, 상서가 그 모습을 아나 모르나 시험코자 하노라."

최부인이 분부를 받고 하직하고 돌아설새,

영양이 전문(殿門) 밖에 나와 절하여 보내며 춘운을 불러 양상서를 속일 계교를 조용히 일러주거늘, 춘운이 여쭙기를,

"첩이 신선도 되도 귀신도 되어 상서를 속인 일도 마음에 걸리거늘, 또 다시 계교를 거행함은 너무 무례하고 단정치 못한 짓이 아니오리이까?"

영양공주가 말하되,

"이는 우리가 하는 짓이 아니라, 태후마마께서 내게 명하시는 바로다."

춘운이 웃음을 머금고 물러가더라.

승상(承相)이 되다

이 무렵 양원수는 백룡담의 물로 군사를 먹이매, 군사의 사기가 전일과 같아진지라, 모두들 한번 싸우기를 원하므로 원수는 모든

장수를 불러 군략을 정하고서 곧 진군하니, 찬보(贊普)가 바야흐로 심요연이 보내는 구슬을 받고는 양원수의 군사가 이미 반사곡(盤蛇谷)을 지난 줄로 알고서, 크게 놀라 겁을 내어 나아가 항복하기를 논의할새, 모든 장수들이 찬보를 사로잡아 결박하여 양원수의 진에 이르러 항복하더라.

원수 다시 군사의 행오(行伍)를 가지런히 하고 적의 도성으로 들어가 노략질을 금하고 백성을 보살펴 위로하고, 곤륜산(崑崙山)에 올라가 돌비를 세워 당나라의 위엄과 덕망을 기록하고 군사를 돌려 개가를 부르며 바야흐로 서울로 돌아올새, 진주(眞州) 땅에 이르니 이미 가을이라. 산천이 황량하고 천지가 쓸쓸하며 싸늘한 꽃잎이 애달픔을 빚어내고 날아가는 기러기가 슬픔을 자아내어 사람으로 하여금 객창의 외로움을 더욱 간절케 하더라.

원수가 밤에 객사로 드니, 회포는 침울하고 기나긴 밤은 괴괴할 따름이라, 능히 잠을 이루지 못하다가 스스로 생각하되,

"고향을 떠난 지 이미 삼 년이라, 어머님의 근력이 전일과 같지 아니하실 터인데, 병구완은 누가 해주며 조석 문안은 어느 때에 하게 될꼬? 난리를 평정하여 오늘 뜻을 이루었으되 노모를 봉양할 마음은 아직도 펴지 못하였으니 사람의 자식된 도리가 아니로다. 하물며 수년 간 국사에 분주하여 아직도 아내를 두지 못하였으며 정씨와의 혼인 또한 반드시 기약하기는 어려우리라. 이제 내가 오천 리 땅을 회복하고 백만 적병을 진압하였으니 천자께서는 필연코 이에 큰 벼슬을 상전으로 내리사 싸움터를 달렸던 이몸의 수고를 갚으실 터이니, 내 그 벼슬을 도로 바치고 이 사정을 자세히 아뢰어 정씨와의 혼인을 허락하시도록 간청하리라."

생각이 이에 이르매 마음이 적이 풀려 베개를 베고 잠시 조는데, 꿈 속에서 몸이 날아 하늘에 오르매 칠보궁궐(七寶宮闕)의 단청이 찬란하고 오색 구름이 영롱하더니, 시녀 두 사람이 원수에게 아뢰기를,

"정소저 원수를 청하나이다."

양원수가 시녀를 따라 들어가니 넓은 뜰에는 꽃이 만발하고 선녀 세 사람이 백옥루(白玉樓) 위에 모여 앉아 있는데, 그 복색이 후비(后妃) 같으며 주옥 같은 광채가 눈을 쏘고 바야흐로 난관에 의지하여 꽃가지를 희롱하다가 원수가 들어옴을 보고 맞아들이며 좌정한 다음 윗자리의 선녀가 먼저 묻되,

"원수께서는 이별한 후 무탈하시나이까?"

원수가 자세히 보니 지난 날에 거문고의 곡조를 논의하던 정소저인

지라, 놀랍고 기꺼워 말을 건네고자 하다가 도리어 말을 못하니 선녀가 이르거늘,

"첩 이미 인간계를 이별하고, 천상에서 옛 일을 생각하니 슬프고, 첩의 부모를 보시더라도 첩의 소식을 듣지 못하시리라."

하고, 곁에 있는 두 선녀를 가리키며 이르기를,

"이 분은 직녀선군(織女仙君)이요, 저 분은 대향옥녀(戴香玉女)라, 원수와 더불어 먼저 좋은 언약을 맺으시면 첩이 또 의탁할 바 있으리라."

하거늘, 원수가 두 선녀를 바라보니 말석에 앉은 이는 낯이 비록 익으나 능히 기억지 못하겠더라.

이윽고 북소리에 놀라 깨니 이는 바로 일장춘몽이더라. 꿈속 일을 생각하매 모두 길조(吉兆)가 아니므로 이에 스스로 탄식하되,

"정낭자는 필연 죽었도다. 계섬월(桂蟾月)의 천거와 두련사(杜鍊士)의 중매가 다 월로(月老)의 지시함이 아니요, 가약을 이루지 못하고 이미 유명(幽明)을 달리 하였으니 명(明)이냐, 하늘이냐? 흉한 것이 도로 길하다 하니 혹시 내 꿈을 이른 말인가?"

하더라.

성진이 서울에 이르니, 천자께서 위교(渭橋)에 몸소 납시어 맞으실새, 양원수는 봉계자금(鳳係紫金) 투구를 쓰고, 황금쇄자갑(黃金鎖子甲) 옷을 입고, 천 리 대완마(大宛馬)를 타고 황제께서 내리신 백모황월(白旄黃鉞)과 용봉을 그린 깃발로 전후좌우를 호위하고 찬보를 죄인 수레에 가두어 진 앞에 세우고 토번(吐蕃) 삼십 육군의 임금들이 각기 진공하는 물건을 가지고 진뒤에 따르니 그 기세는 천고에 드문 일이더라.

원수가 말에서 내려 머리를 조아리며 뵈온즉 상이 친히 붙잡아
일으키어 그 군공을 이루었음을 권장하시고 곧 조정에 조서를 내리시
니, 곽분양(郭汾陽)의 옛일에 의거하여 땅을 베어 주고 왕(王)으로
봉하여 상전(賞典)을 후히 하시니, 원수는 정성을 드러내어 힘써
사양하며 받지 아니하더라. 상이 그 충성된 뜻을 좇아 칙지(勅旨)
를 내려 양소유로 대승상을 삼고, 위국공(魏國公)을 봉하며 식읍
(食邑) 삼만 호를 주시고 그 밖의 상급은 낱낱이 여기에 기록지 못하
겠더라.

양승상(楊丞相)이 황제가 타신 수레를 타고 궐내로 들어가 사은하
니, 상이 곧 명하여 태평연(太平宴)을 베풀어 예로 대접하는 은전을
보이시며, 양승상 화상을 기린각(麒麟閣)에 그리라고 명하시더라.
승상이 대궐에서 물러나와 정사도 집에 이르니 정씨의 살붙이가 모두
들 외당에 모여서 승상을 맞아 절하며 각기 치하하기에 승상이 먼저
사도와 부인의 안부를 물으니, 정십삼이 대답하기를,

"숙부와 숙모가 비록 목숨은 부지하시나 누이의 상변(喪變)을
당하신 후로는 병이 나시니 기력이 노쇠하여 능히 외당에 나와
승상을 대하지 못하시기로, 바라건대 승상은 소생과 더불어 내당으
로 들어가심이 어떠하시오?"

승상이 이토록 갑작스러운 이야기를 들으매 너무도 놀라워, 위급히
는 묻지도 못하고, 겨우 한동안 생각에 잠기었다가 정십랑에게 다시
묻기를,

"장인이 어느 때 따님의 상변을 보았느뇨?"

정생이 대답하되,

"숙부모가 무남독녀이옵는데 천도(天道)가 무심하여 이 슬픈 지경

에 이르시니 어찌 비통치 않겠소이까? 승상은 들어가 보실 때 슬픈 기색은 내지 마옵소서."

승상이 슬피 애통하는 눈물을 비같이 쏟아 옷깃을 적시나, 정생이 위로하되,

"승상의 혼약이 비록 금석 같으나 집안의 운수가 불행하여 대사를 이미 그릇치니, 바라건대 승상은 오직 정리를 생각하여 힘써 위로하소서."

승상이 눈물을 뿌려 사례하며 정생과 더불어 내당으로 들어가 사도 내외를 뵈니, 오직 기뻐하며 치하할 따름이요, 소저가 요절한 이야기에는 미치지 아니하므로 승상이 이르기를,

"소서(小婿)가 다행히 나라의 위엄에 힘을 입어 외람되이 공(公)을 봉하는 상전(賞典)을 받으매 사은하옵고, 또 사사(私事)를 상달하여 황상의 의향을 돌리시게 함으로써 전인의 언약을 이루고자 하였는데, 아침 이슬이 이미 먼저 마르고 봄빛이 또한 저물었으니 어찌 생사에 대한 감회가 없사오리까?"

정사도가 눈썹을 한 번 찡그리며 정색한 후에 말을 하되,

"오늘은 온 집안이 모여서 경사를 치하하는 날이니, 비창한 이야기는 그만 두도록 하오."

하니, 정생이 자주 승상께 눈짓을 하여 승상이 말을 끝맺고 나아가 화원으로 들어가니 춘운이 섬돌 아래로 내려와 맞아 뵙는지라, 승상이 춘운을 보매 소저를 만나는 것 같아서 슬픈 회포가 더욱 간절하고 눈물이 멎지 아니하니, 춘운이 꿇어앉아 위로하기를,

"상공, 상공! 오늘이 어찌 상공께서 서러워 하실 날일 수 있겠나이까? 엎드려 바라오니 상공은 마음을 돌려 눈물을 거두시고 굽혀

186

첩의 말씀을 들으소서. 우리 낭자는 본래 하늘의 신선으로서, 잠시 인간계에 귀양살이로 오신 고로, 하늘에 오르시던 날, 천첩에게 이르기를 너도 몸소 양상서와 인연을 끊고 다시 나를 따르라. 내가 이미 인간계를 버렸거늘, 네가 다시 양상서께로 돌아가면 어찌 가히 너와 더불어 서로 떠나리요? 상서께서 조만간 돌아와 만일 나를 생각하고 슬퍼하시거던 모름지기 내 말을 전하여 이르기를, 예폐를 이미 물렸은즉 노상에서 만나는 사람들과 다름이 없으며, 황차 전일 거문고를 들은 혐의가 있다 하여 지나치게 생각하고 너무 슬퍼하면 황상의 명을 거역하고 사사로운 정을 따르는 것이니, 이는 죽은 사람에게까지 누를 끼치는 것으로서, 어찌 민망치 아니하리요? 또한 내 무덤에 제사를 지내거나 혹은 궤연(机筵 ; 신주를 모신 곳)에서 곡을 하시면 이는 나를 행실 나쁜 여자로 대접하심이니 지하에서나마 어찌 섭섭한 마음이 없으리요? 그리고 황상이 상서의 돌아옴을 기다려 다시 공주와의 혼사를 의논하신다 하는데, 내 들은즉 관저(關雎)의 위엄과 덕망이 군자의 배필 되기에 합당하다 하니, 국명을 준수하여 죄에 빠지지 아니하심이 나의 바라는 바이라고 하시었나이다."
승상이 이 말을 들으매 더욱 서러워하며 이르기를,
"소저의 유언이 비록 이 같으나 어찌 슬픔을 참을 수 있으리요? 열 번 죽어도 그 은덕을 갚기 어렵도다."
하며, 이어서 진중의 꿈이야기를 하니, 춘운이 눈물을 흘리며 말하기를,
"소저는 반드시 옥경(玉京)에 계실지니, 승상께서 천추만세(千秋萬歲) 후에 어찌 서로 만나실 기약이 없사오리까? 너무 서러워하

시다가 기체를 상하옵니다."

승상이 다시 물어 보되,

"이 밖에 소저는 다른 말씀이 없었느냐?"

이에 춘운이 대답하기를,

"비록 혼자 하신 말씀이 있사오나, 아무래도 춘운의 입으로는 말씀 드리기 어렵나이다."

승상이 정색을 하며 이르되,

"네 들은 바를 감추지 말고 낱낱이 아뢰렷다."

춘운이 여쭙기를,

"소저께서 또한 첩한테 이르시기를 내 춘운과 더불어 한몸이니, 상서가 만일 나를 잊지 못하시고 춘운 보기를 나같이 하여 마침내 버리지 아니하시면, 내 몸은 비록 땅 속으로 들어가되 친히 상서의 은덕을 받는 것 같으리라 하시었나이다."

승상이 더욱 슬퍼하며 말하되,

"내 어찌 춘랑을 버릴 수 있으리요? 하물며 소저의 부탁이 있으니 비록 직녀(織女)로 아내를 삼고 복비(宓婢;낙수 여신)로 첩을 삼을지라도, 내 맹세코 춘랑을 저버리지는 않으리라."

하더라.

두 공주(公主)와 성례(成禮)하다

이튿날 천자는 양승상을 불러들여 하교하시기를,

"지난번에 공주의 혼사로 말미암아 태후께서 엄한 처분을 내리사 짐의 마음이 불안하였는데, 이제는 다른 생각이 없게 되었기로 경의 돌아옴을 기다려 공주의 혼례를 거행하려 하였노라. 다만 경은 아직도 소년이요, 당상에는 대부인이 있은즉 제반 의식을 어찌 스스로 분별하며 황차 대승상 관부(官府)에 여군(女君)이 가히 없지 못할지며, 위국공(魏國公)의 가묘(家廟)에 아헌(亞獻)을 궐하지 못할지라 짐이 이미 승상부 공주궁을 짓고 성례할 날을 기다릴 따름인데, 경은 지금도 또한 허락지 아니하겠느뇨?"

승상이 머리를 두드리며 아뢰되,

"신이 여러 차례 거역한 죄는 일만 번 죽어도 아까움이 없삽는데, 칙교(勅敎)를 거듭 내리시고 말씀이 온후하시니, 신은 진실로 황감하와 죽고자 하여도 죽을 수가 없나이다. 신은 진실로 아무런 기예(技藝)도 없사오며 문벌이 미천하옵고 재주가 옅사오니 부마(駙馬)의 자리에는 합당치 못하옵나이다."

상이 매우 기뻐하며 곧 조서를 흠천감(欽天鑑)에 내리시어 길일(吉日)을 가려 잡아 올리라 명하시니, 태사(太師)가 구월 십오일로써 아뢰매 다만 수십 일이 남아 있을 따름이더라.

상이 승상에게 다시 하교하시기를,

"전일에는 혼사를 완성치 못한고로 경에게 미처 말하지 못하였지만, 실은 짐에게 누이가 두 사람이 있으니 다 현숙함이 비범하고, 비록 다시 경같은 사람을 구하고자 하나 어느 곳에 가히 있으리요? 이러므로 짐이 태후의 명을 받들어 두 누이로써 경에게 하가(下嫁)케 하고자 하노라."

승상이 문득 진주(眞州) 객사에서의 꿈을 생각하고, 매우 괴이쩍게 여겨 엎드려 사뢰기를,

"신이 부마 간택(揀擇)을 입사온 후로는 황송무지하옵는데, 이제 폐하께서 두 공주로 하여금 한 사람 몸에 하가코자 하옵시니, 이는 나라 있는 이후로 듣지 못한 바이오라, 신이 어찌 감당할 수 있사오리까?"

상이 타이르시되,

"경의 공업(功業)은 족히 나라에 제일이 되니 그 공로를 갚을 도리가 없는고로 두 누이로써 섬기게 함이요, 또 두 누이의 우애가 다 천성(天性)에서 나와 서로 따르고 앉으면 서로 의지하여, 매양 늙어도 서로 떨어지지 않으려 하는고로 한 사람에게 하가시킴이요, 또 태후마마의 의향이시니 경은 가히 사양치 말지어다. 또한 궁녀 진씨(泰彩鳳)은 대를 거듭한 사환가(仕宦家)의 여자로서 자색이 있고 글을 잘하매 공주가 수족같이 사랑하므로 하가할 때에 잉첩(媵妾)을 삼고자 하니, 아울러 경에게 알려두노라."

하시니, 승상이 황공함을 이기지 못하며 사은하고 대궐에서 물러나아가니라.

이 무렵은 영양공주가 궁중에 머무른 지 이미 여러 달이라, 태후를 섬김에 충성을 다하고 또 난양공주와 진씨와 더불어 정의가 친동기 같으니 이로써 태후는 더욱 사랑하시더라. 혼삿날이 임박함에 조용히 태후께 아뢰기를,

"당초에 난양과 좌차를 정하던 날 상좌에 있사옵기 극히 참람하였사오나 끝까지 사양하오면 태후마마의 자애하시는 은정을 거역할 듯 싶사와 억지로 따랐사오니, 이제 양승상께로 돌아가 난양이 제일좌를 사양하오면 이 역시 옳지 않사오니 엎드려 바라옵건대 태후마마와 황상폐하께옵서는 그 정례(情禮)를 짐작하시고 그

위차(位次)를 바르게 하시와 사분(私分)이 편안케 하시고 가법이
문란치 않게 하옵소서."

난양공주가 태후 곁에 있다가 이르기를,

"저저(姐姐)의 덕행과 재주가 다 소녀의 스승이 되고, 저저가 비록
정씨 문중에 있을지라도 소녀가 마땅히 조녀(조최의 처)가 위를
사양함과 같이 할 터인데, 이미 형제 되온 후에 어찌 존비(尊卑)
의 분별이 있을 수 있겠나이까? 소녀가 비록 둘째 부인이 될지라도
스스로 인군의 딸로서 존귀함을 잃지 아니할 것이요, 만일 제일
위에 있게 되오면, 태후마마께서 저저를 기르시는 본의가 과연
어디 있겠나이까?"

태후가 황상께 의논하기를,

"이 일을 어찌 조처하면 좋을꼬?"

상이 대답하시었다.

"난양의 사양함이 지성에서 나오나, 예로부터 국가 공사에 이런
일이 있음을 듣지 못하였사오니, 복원컨데 마마께서는 그 겸양하는
덕을 아름답게 여기사 이 일에 그 아름다운 뜻을 이루도록 하소
서."

태후가 말씀하시기를,

"상의 말씀이 옳으시오."

하시고, 이에 전교를 내리시어 영양공주로서 위국공의 좌부인(左夫
人)을 삼으시고, 난양공주로서 우부인(右夫人)을 봉하시고, 진씨는
본래 사부가(士夫家)의 여자이므로 봉하여 숙인(淑人)으로 삼으시니
라.

전례로는 공주의 혼례를 궐문 밖에서 거행하였으나 이번에는 태후

께서 특별히 대내(大內)에서 행례하라 하시니, 길일이 이르매 양승상이 인포옥대(麟袍玉帶)로써 두 공주와 더불어 성례하는데 몸차림의 화려함과 예모의 장함은 이르지도 말 것이고, 예식이 끝나 자리를 잡은 다음에 진숙인(秦淑人)이 또한 예로써 뵙고 이어서 공주 곁에 시립하여, 승상이 자리에 서니 마치 세 사람의 선녀가 하늘에서 내려온 듯, 휘황찬란하여 승상이 꿈 속에 있는 것이 아닌가 의심하더라.

이 밤에 승상은 영양공주와 더불어 베개를 같이 하고, 이튿날에 일찍 태후께 문안드리니 태후가 잔치를 베풀어 주시는데, 황상과 황후가 또한 태후 좌우로 시립하시고 종일토록 즐겨하시더라. 승상이 이 날 밤에는 다시 난양공주와 더불어 이불을 한가지로 하고, 다음날에는 진숙인 방으로 가니 숙인이 눈물을 흘리는 지라 승상이 놀라 물어보기를,

"오늘 웃는 것은 옳거니와 우는 것은 옳지 못하렷다! 그러나 무슨 까닭이 있음직하니 사실을 말하라."

진숙인이 대답하되,

"소첩을 기억 못하시니 승상께서 이미 잊어버리심이나이다."

이 때 승상이 자세히 보더니 이윽고 숙인의 가냘픈 손을 잡고 말하기를,

"그대 화음현(華陰縣)의 진씨로다! 오매불망하던 그대로다."

채봉(彩鳳)이 목이 메어 소리가 입에서 나지 못하므로 승상이 이르되,

"낭자는 이미 지하로 돌아간 줄로 알았는데 궁중에 고이 있었으니 천만 다행이로다. 그때 화주(華州)에서 헤어지매 낭자의 집이 참혹한 화란을 겪음은 다시 말할 길 없거니와, 객사에서 피란한 후로

어찌 하루라도 그대를 생각지 아니하였으리요? 오늘 옛 언약을 이루게 됨은 실로 내 생각에 미치지 못한 바요, 낭자 역시 반드시 기약지는 못하였으리라."

하고, 드디어 주머니 속에서 진씨의 글을 내어 놓자, 진씨 또한 승상의 글을 받들어 올리매, 두 사람의 양류사(楊柳詞)가 의연해 서로 화답하던 날 같은지라, 진씨가 말하기를,

"승상께서는 오직 양류사로 옛 언약을 맺은 줄만 아시고, 비단 부채로써 오늘의 연분이 이루어짐을 알지 못하시나이다."

하고, 이에 상자를 열어 그림 부채를 꺼내어 승상에게 보이고, 이어서, 그 연유를 자세히 말하니, 승상이 이르되,

"그 때 남전산(藍田山)으로 피난갔다가 돌아와 객점 주인한테 물어본즉 낭자가 액정(掖庭)에 박혔다 하며, 어떤 이는 먼 고을에 관비로 되어갔다 하며, 혹은 흉화(凶禍)를 면치 못하였다 하여 적실한 소식을 알지 못하니 다시 가망이 없는고로 부득이 다른 집에 혼처를 구하나, 매양 화산과 위수 사이를 지나매, 몸은 짝 잃은 기러기 같고 마음은 낚시에 꿰인 고기 같더니, 천은이 용숭하사 비록 서로 함께 모였으되 마음에 불안한 일이 있으니 이는 다름이 아니요, 바로 객점에서 정한 언약이 어찌 부실(副室)로서 서약하였으리요? 마침내는 낭자로 하여금 이 위에 굽히게 하였으니 어찌 아깝지 아니하며 부끄럽지 아니하랴?"

진씨가 이에 대답하기를,

"첩의 기막힌 신수는 첩이 스스로 알고 그때 유모를 객점으로 보낼새, 낭군이 만일 아내 있는 몸이라면 스스로 부실되기를 원하였거늘 이제 공주에 다음 가는 자리에 있사오니, 첩의 영광이요 다행이

온즉, 첩이 만일 원망하고 한탄하면 하늘이 벌을 내리시리다."

이러므로 이 밤에는 옛정이 새로와 전일의 두 밤에 견주어 더욱 친밀하더라.

태후의 계교(計巧)가 탄로나다

이튿날 승상은 난양공주와 더불어 영양공주 방에 모여 같이 앉아서 술을 마실새, 영양공주가 소리를 낮추어 시녀를 불러 진숙인을 청하거늘, 승상이 그 목소리를 듣고 스스로 구슬픈 감회가 서려 낯에 오르니, 이는 전일에 양생(楊生)이 여복을 입고 정사도집에 들어가 소저를 대하고 거문고를 탈 적에, 곡계조를 평하던 목소리요, 그 용모가 더욱 눈에 익었더라. 이 날 영양공주의 음성이 또한 정소저의 그것이요, 자세히 본즉 모습 또한 정소저라. 승상이 이에 이르러 곰곰이 생각하되,

'세상에 흡사한 사람도 있도다. 내 정씨와 혼인을 언약할 적에 사생을 한가지로 하고자 하였더니, 이제 나는 금슬(琴瑟)의 즐거움을 맺었거니와 정씨의 외로운 넋은 어느 곳에 의탁하였을꼬? 내 허물을 피하고자 하여 무덤 앞에 한잔 술과 궤연(机筵)에서 곡 한 번 아니하였으니, 내 정씨를 저버림이 심하도다!'

하고, 두 눈에 눈물이 고이니, 정씨의 거울 같은 마음으로 승상의 가슴 속을 어찌 알지 못하리요, 이에 옷깃을 바로 잡고 묻기를,

"이제 상공께서 잔을 잡으시고서 갑자기 슬픈 빛이 엿보이오니 감히 그 연고를 알고자 하나이다."

승상이 사례하시길,

"소유(少游)의 마음 속 일을 어찌 귀주(貴主)께 감추리오. 소유가 지난 날 정사도의 집에 가서 그 여자를 보았거니와, 귀주의 음성과 용모가 정씨 여자와 흡사한고로 그리운 마음이 간절하여 아마도 비창한가 하오니, 귀주는 괴이쩍게 여기지 마옵소서."

영양공주가 이 말을 듣고나자 두 볼에 붉은 빛을 띠며, 홀연히 자리를 떠나 내전으로 들어가 오래 나오지 아니하므로, 승상이 시녀를 시켜 청하나 시녀 또한 나오지 아니하니 난양공주가 이르며 말했다.

"저저(姐姐)는 태후마마의 극진한 사랑을 받은고로 성품이 굽힐 줄 몰라 첩의 잔망함과는 같지 않으신데, 아마도 상공께서 정녀와 견주시매 매우 미흡한 마음이 있는가 보옵니다."

승상이 다시 진씨를 보내어 사죄하시기를,

"소유가 취중에 망발하였으니, 귀주가 곧 나오시면 소유는 마땅히 진문공(晋文公)과 같이 가두기를 청하리이다."

하였더니, 이윽한 후에 진씨 돌아오나 전하는 말이 없으므로 승상이 물어보되,

"귀주가 무슨 말씀하더뇨?"

진씨 대답하기를,

"귀주께서 노여움이 크시와 말씀이 과하시기에 감히 전치 못하겠나이다."

승상이 정색을 하며 이르되,

"귀주의 과하신 말씀이 숙인(淑人)에게는 허물되지 않을 터이니 모름지기 자세히 전하렷다!"

마지 못하여 진씨가 대답하기를,

"영양공주의 말씀이 첩이 비록 잔졸하나 태후마마의 총애하는 딸이요, 정녀가 비록 요조하나 여염의 미천한 집 여아라. 예법에 이르기를 길말(路馬 ; 천자의 수레)에 허리를 굽힌다 하였으니 말을 공경함이 아니라, 인군의 타신 바를 공경함이거늘, 하물며 인군이 사랑하시는 누이에 있어서랴? 정녀가 일찍이 체모를 생각지 아니 하고 스스로 그 자색을 자랑하여 상공과 더불어 말을 건네며 거문 고 곡조를 논난하였은즉, 아무래도 몸가짐이 옳지 못할지라. 또 스스로 혼사가 지체됨을 한탄하여 조울병(躁鬱病)을 일으켜 청춘 을 재촉하였으니 그 신수 가장 기박하거늘, 상공이 어찌 나를 여기 에 견주시나뇨? 옛날에 노(魯)나라 추호(秋胡)가 황금으로써 뽕따 는 계집을 희롱하매 그 계집이 스스로 물에 빠져 죽었다 하거늘, 첩이 어찌 부끄러운 낯으로써 가히 상공을 대하리요? 또한 상공이 이미 죽은 낯을 기억하고, 그 소리를 이별한 지 오랜 뒤에도 알아 들으니, 이는 바로 탁녀(卓文君)가 외당에서 거문고를 타면서 가씨 (賈氏) 집에서 향을 도둑질함과 같으매, 첩은 이제부터 맹세코 문 밖에 나지 아니하고 몸을 마칠지라. 난양은 성품이 유순하여 나와 같지 아니하니 바라건대 상공은 난양과 더불어 백년해로(百 年偕老)하소서 하시더이다."

승상이 마음이 대로하여 이르기를,

"천하에 여자가 세를 믿음이 이 영양 같은 자 또 있으리요? 과연 부마의 괴로움을 알겠도다."

이에 난양에게 이르되,

"내 정녀와 더불어 상봉함에는 곡절이 있거늘 이제 영양이 도리어 음행으로 내게 씌우고자 하는데 이는 상관 없지만, 욕이 이미 죽은 사람에게 미치니 이 실로 한탄할 바로다."

난양이 이르기를,

"첩이 마땅히 들어가 저저에게 깨닫도록 말씀하겠나이다."

하고, 곧 몸을 돌이켜 들어가더니 날이 저물도록 또한 나오지 아니하고, 이미 방안에 등촉을 벌여 놓았으매 난양이 시비를 시켜서 말을 전하되,

"첩이 여러 가지로 타일러도 저저는 마침내 마음을 돌리지 아니하시나이다. 첩이 당초에 저저와 더불어 사생 고락을 같이 하자 천지신명께 언약하였기로 만일 저저가 깊은 궁에서 홀로 늙으면 첩도 또한 깊은 궁에서 늙고자 하오니, 바라건대 승상은 숙인방에 나아가사 오늘 밤을 안녕히 지내소서."

하니, 승상은 노기가 치밀어 오르나 얼굴과 말에 드러내지 아니하고, 빈 방장과 친 병풍이 또한 무료하므로 침상에 비스듬히 의지하여 진씨를 바라보니, 진씨 곧 촛불을 들고 승상을 인도하여 침방으로 돌아가 금화로에 용향(龍香)을 피우며 상아평상(象牙平床)에 비단금침을 펴고서 승상께 아뢰기를,

"첩이 비록 불민하오나 일찍이 군자의 풍도(風度)를 듣사오니, 예법에 첩을 어거함이 감히 저녁을 당치 못한다(妻不在 妾御不敢 當夕)하니, 이제 두 공주마마께서 다 내전에 드신지라, 첩이 어찌 감히 상공을 모시고 이 밤을 지낼 수 있사오리까? 승상께옵서는 안녕히 취침하소서."

하고, 용용히 걸어가더라. 승상이 비록 만류치 아니 하나 밤의 경색(景色)이 자못 쓸쓸한지라. 드디어 방장을 드리우고 베개를 베고

드러누우매 엎치락뒤치락 잠을 이루지 못하고 홀로 누워 말하기를,
 "이 무리들이 꾀를 내어 장부를 조롱하니, 내 어찌 저들에게 애걸
 할 것이랴? 내 전일 정사도 집 화원에 있으매, 낮이면 정십삼과
 더불어 주루(酒樓)에서 취하고 밤이면 춘랑과 더불어 촛불을 대하
 여 술을 마시니 하루도 불쾌함이 없거늘, 이제 부마된 지 삼일
 만에 마음이 매우 괴롭도다."
하고 손을 들어 사창을 여니, 은하수는 하늘에 비끼고 월색은 뜰에
가득하기에 신을 끌고 나아가 거닐다가, 멀리 영양공주의 방쪽을
바라보니 촛불이 휘황하여 사창에 영롱하기에, 승상이 마음속으로
뇌이되,
 "밤이 이미 깊었거늘 궁인(宮人)이 어찌 지금껏 자지 않을꼬?
 영양이 내게 노하여 나를 이리로 보내더니, 이미 침실로 돌아갔도
 다."
 신소리를 죽이며 고이 걸어 가만히 창 밖에 나아간즉, 두 공주의
말 소리와 웃는 소리와 주사위 쌍륙(雙六) 소리가 창 밖으로 새어나
오므로 가만히 창틈으로 엿본즉, 숙인이 두 공주 앞에 앉아 한 여자와
더불어 주사위 판을 대하고 일을 빌며 육을 부르더니, 그 여자가 몸을
돌려 촛불을 돋우는데 자세히 보니 가춘운이라. 원래 춘운은 공주들
이 대례(大禮)를 올리던 날 궁에 들어옴이겠더라. 그러나 그 날은
춘운이 몸을 감추어 승상을 보지 아니한고로, 승상이 이에 춘운이
있을 줄을 어찌 알았으리요? 승상이 놀라 괴이쩍게 여기며 홀로 지껄
이기를,
 "필연 공주가 춘운의 자색을 보고자 하여 불러옴이로다."
하는데, 진씨가 갑자기 주사위판을 다시 벌리며 말하기를,

"내기를 아니하므로 재미가 없으니, 내 마땅히 춘랑과 더불어 내기를 하리로다."

춘운이 이에 대답하되,

"춘운은 본래 빈한하여 한 그릇 주효도 다행으로 알거니와, 진숙인은 공주마마의 곁에 있었기로 능라금수(綾羅錦繡)와 경거옥패(瓊琚玉佩)이 풍족하실 터인데 춘운한테 무슨 물건을 내기하라 하시나뇨?"

진씨가 대답하기를,

"내 지면 허리에 찬 노리개와 머리에 꽂은 비녀 중에 춘랑이 원하는 대로 줄 것이요, 낭자가 이기지 못하면 내 청을 들을지니, 이 일은 실로 낭자에게는 허비할 바 없도다."

춘운이 다시 묻되,

"청코자 하는 바는 무슨 일이며, 듣고자 하는 바는 무슨 말이뇨?"

진씨가 말하기를,

"지난번에 두 공주님께서 하시는 말씀을 들으시매, 춘랑이 신선도 되고 귀신도 되어 그로써 승상을 속이었다 하는데, 내 그 자세한 이야기를 듣지 못하였으니, 낭자가 지거든 이 일로써 고담 삼아 내게 들려주라. "

춘운이 이에 주사위 판을 밀고 영양공주를 향하여 여쭙기를,

"아가씨, 아가씨! 아가씨는 평일에 춘운을 사랑하심이 지극하시더니, 이런 이야기를 공주께 들리사 숙인이 이미 들었다 하오니, 궁중에 귀 있는 사람이야 뉘 알지 못하였사오리까? 이제 춘운이 무슨 면목으로 사람을 대할 수 있사오리까?"

진씨가 말하기를,

"이몸이 춘낭자에게 책할 말이 있도다. 우리 공주가 어찌 춘랑의 아가씨가 되리오? 영양공주는 곧 대승상의 부인이요, 외국공의 여군(女君)으로 연세는 비록 젊으시나 지위는 이미 높으시니 어찌 감히 아가씨라 부르리오?"

춘운이 사과하되,

"십 년이나 익은 입을 하루 아침에 고치기 어렵고, 꽃을 다투고 가지를 가지고자 싸우던 일이 완연히 어제 같으니, 공주를 내가 두려워하지 않은 데서 실언함이니 용서하소서."

하고, 소리내어 크게 웃거늘, 난양공주가 영양공주에게 묻자오되,

"춘운의 이야기 끝을 소매도 미처 듣지 못하였는데, 과연 승상께서 춘운에게 속았나이까?"

영양이 비로소 말하기를,

"승상께서 춘운에게 속은 일이 많으니, 불 아니 땐 굴뚝에 어찌 연기가 날 수 있겠나이까? 다만 그 겁내는 형상을 보고자 하였더니 미욱하여 귀신을 미워할 줄 모르니, 예에 이르기를 호색하는 사람은 계집의 아귀라 하는 말이 과연 거짓말이 아니니, 귀신에 주린 자가 어찌 귀신을 미워할 줄 알겠나이까?"

하니 좌중이 크게 웃더라.

승상이 정녕 영양공주가 정소저인 줄을 알고 반가움을 이기지 못하여 창을 열려고 하다가, 도로 멈추며 홀로 지껄이기를,

"저들이 나를 속이고자 하니 내 또한 저들을 속이리라."

하고, 이에 가만히 진씨 방으로 돌아가 잠을 자더라. 이튿날 일찍이 진씨가 나아와 시녀에게 묻되,

"승상께서 이미 기침하셨느냐?"

시녀가 대답하기를,

"아직 기침 아니하시나이다.

진씨가 창 밖에 오래 서 있으니, 어느덧 아침 햇살이 창문에 가득하고 조반상이 들어가야 하는데 승상은 일어나지 아니하고 이따금 신음소리가 새어 나오기에, 진씨가 나아가 물어보되

"승상께서 미령(未寧)하시나이까?"

승상이 눈을 떠 직시하되 사람을 보지 못하는 것 같고 간간이 잠꼬대를 하니 진씨가 다시 묻기를,

"승상께서 어찌 잠꼬대를 하시나이까?"

승상이 어지러운 듯 잠시 머뭇거리다가 갑자기 되묻되,

"네 누구냐?"

진씨가 대답하기를,

"첩을 알지 못하시나이까? 첩은 진숙인이옵나이다. "

승상이 고개를 끄덕일 뿐이요, 눈을 도로 감으며 목안의 소리로,

"진숙인? 진숙인이 누구냐?"

하기에, 진씨가 승상의 이마에 손을 얹으며 이르기를,

"이마가 자못 더우니 승상께서 환후(患候)를 얻으셨나이다. 하루
밤 사이에 무슨 병이 이렇듯 위중하시나이까?"

승상이 다시 눈을 떠 정신을 가다듬으며 이르기를,

"이상하도다! 정녀가 밤새도록 나를 괴롭히니 내 어찌 할꼬?"

하기로, 진씨가 그 자세한 이야기를 물은즉 승상이 다시금 어지러운
듯 대답지 아니하고 몸을 옮겨 돌아눕기에, 진씨는 매우 걱정이 되므
로 시녀를 보내어 공주에게 아뢰기를,

"승상께서 환후가 계시니 속히 나와 뵈옵소서."

영양공주가 이르되,

"어제 술 마시던 상공이 무슨 병이 있으리요? 아무래도 이는 우리
들로 하여금 나아가 보게 함이리라."

하는데, 진씨 급히 들어와 아뢰되,

"상공이 정신이 혼미하사 사람을 보아도 알지 못하시고 오히려
어두운 데를 향하여 잠꼬대를 자주 하시니, 황상께 아뢰옵고 의관
을 불러 치료하심이 어떠하오리까?"

하니, 태후가 들으시고 공주를 불러 나무라시되,

"너희들이 승상을 지나치게 속였거늘, 그 병이 중함을 듣고도 나아
가 보지 않으니 이 무슨 도리냐? 급히 문병하고 만일 증세가 중하
거든 의관 중에 의술이 심묘한 자를 불러 진찰하고 치료케 하렷
다!"

영양이 난양과 더불어 승상 침방으로 나아가 마루에 머무르고 먼저
난양공주를 진씨과 더불어 들어가 보게 하였더니, 승상이 혹은 두
손을 휘두르고 혹은 두 눈을 부릅뜨면서, 처음에는 난양이 묻는 말을
듣지 못하는 듯하더니 비로소 목 안의 소리로 말하기를,

"내 명이 장차 다하겠기로 영양과 더불어 영결하려 하거늘, 영양은
보지 못하겠도다."

난양이 말하되,

"승상께서 어찌 그런 말씀을 하시나이까?"

승상이 처량한 말로 덧붙이기를,

"간밤에 비몽사몽(非夢似夢)간에 정녀가 내게 와서 말하되 상공은
어찌 언약을 저바리시나이까? 하고 노여움이 추상 같으며, 진주
(眞珠) 한 웅큼을 내려 주기에 내 그것을 받아 삼켰더니 이는 실로

흉한 징조요, 눈을 감은즉 정녀가 내 몸을 누르고 눈을 뜬즉 정녀가 내 앞에 섰으니 어찌 능히 살리오?"

말을 마치지 못하여 또한 기진하는 시늉을 지으며 낯을 돌려 벽을 향하더니 다시 횡설수설(橫說竪說)하니, 난양이 그 동정을 살펴보매 놀랍고 염려되므로, 밖으로 나와 영양에게 이르기를,

"승상의 병인즉 아무래도 의질(疑疾)이오니 저저 아니면 능히 고칠 자 없나이다."

하고 이어서 병의 증세를 말하니, 영양이 반신반의로 주저하므로 난양이 손을 끌고 들어가더라, 승상이 아직도 잠꼬대를 하는데 모두가 정씨를 향한 말이라, 난양이 소리를 높여 말하되,

"승상, 승상! 저저가 이에 납시셨으니 눈을 떠 보소서."

승상이 잠깐 머리를 들고 자주 눈을 휘번덕거리며 일어나고자 하는 시늉을 하기에 부축하여 일으켜 평상 위에 앉히니, 승상이 공주들을 대하여 하는 말이,

"소유가 편벽하게 천은(天恩)을 입어 두 분 귀주(貴主)와 더불어 성혼하매 백년해로 하려 했으나, 나를 잡아 가려는 듯한 자 있기로 세상에 오래 머무르지 못하겠으니 이를 서러워 하나이다."

영양이 말하기를,

"승상은 이치를 아는 군자이거늘 어찌 허망한 말씀을 하시나이까? 정씨의 흩어진 넋이 남아 있을지라도 백령(百靈)이 호위하는 구중 궁궐에 어떻게 들어오며, 또 어찌 대승상의 귀중한 몸을 침노할 수 있사오리까?"

승상이 소리 높여 외치되,

"정녀가 지금 당장 내 곁에 있거늘 어찌 들어오지 못한다 이르느

뇨?"

난양이 말하기를,

"옛 사람이 술잔의 배암을 마시고 의질(疑疾)을 얻더니, 벽에 걸린
활 그림자가 배암 모양임을 안 후로는 병이 쾌차하더라 하는데,
승상의 병이 또한 그 같고 쾌차하실 방법도 그와 비슷한 줄로 아뢰
나이다."

승상이 눈을 감고 대답치 아니하며 다만 손만 놀릴 따름이라, 영양
이 병세가 점차 위중한 줄로 보고 다가앉으며 하는 말이,

"승상께서는 다만 죽은 정녀만을 생각하시고 왜 산 정녀는 보고자
아니 하시나이까? 승상이 정녀를 보고자 하실진대 첩이 바로 정녀
경패(瓊貝)로소이다."

승상은 거짓으로 믿지 못하는 체 하면서 이르기를,

"무슨 말이뇨? 정사도에게 한 딸이 있다가 죽은 지 이미 오래도
다. 죽은 정녀는 이미 내 몸 곁에 있은즉 그 밖에 어찌 산 정녀가
있으리요? 죽지 않은즉 살고, 살지 않은즉 죽는 것이 사람의 정한
일이요, 죽은 자는 다시 살아나지 못하니라 하니, 귀주의 말씀을
내 믿지 못하겠소이다."

이에 난양이 덧붙여 말하되,

"우리 태후마마께서 정씨를 양녀로 삼으시고 영양공주(英陽公主)
를 봉하시어 첩과 함께 성상을 섬기게 하였으니 영양 저저(姐姐)
가 곧 전일의 거문고를 듣던 정소저이나이다. 그렇지 않사오면
어찌 정녀와 조금도 틀림이 없을 수 있사오리까?"

승상이 이 말에는 대답치 아니하고 적이 신음하는 소시를 내더
니, 홀연히 머리를 쳐들고 숨을 크게 쉬며 말하되,

"내 정씨 집에 있을 적에 정소저의 비자 가춘운이 내게 와 사환 노릇을 하였는데, 이제 춘운한테 한 말을 묻고자 하니 그는 어디 있느뇨? 보고자 하나 그 역시 어렵도다! 슬프다 한스럽기 그지 없도다!"

난양이 이에 밝히기를,

"춘운이 영양저저께 뵈옵고자 궁중에 들어왔다가 또한 승상의 병환을 근심하여 이제 밖에서 문후하나이다."

하더니, 춘운이 들어와 여쭙되,

"승상께서 기체(氣體) 어떠하시나이까?"

승상이 하는 말이,

"춘운만 머무르고 그 밖의 사람은 다 나가기 바라오."

하니, 두 공주와 숙인이 밖으로 나와 난간을 의지하여 서니라.

승상이 곧 자리에서 일어나 세수하고 의관을 정제한 다음, 춘운을 시켜 세 사람을 다시 불러들이니, 춘운이 웃음을 머금고 나와 두 공주와 숙인한테 말하기를,

"승상께서 청하시나이다."

하기에 네 여인이 함께 들어가니, 승상이 화양건(華陽巾)을 쓰고 관금포(官錦袍)를 입고 백옥여의(白玉如意)를 잡고 안석에 의지하여 앉았으니, 기상이 화창한 봄날씨 같아 조금도 병 들었다가 일어난 사람 같은 기색이 없으므로 영양공주는 비로소 속은 줄을 알고 웃으며, 머리를 숙이고 다시 문병치 아니하나, 난양공주는 물어보기를,

"승상의 기후 지금은 어떠하시나이까?"

양승상(陽承相)이 정중한 태도로 정대히 대답하기를,

"소유가 보니 근래의 풍속이 괴이하여 미인계로서 장부를 속이는

지라, 유한(幽閑)하고 정정(貞靜)한 부덕을 장차 어디를 좇아 볼
수 있으리요? 소유가 대신의 반렬에 있기로 이에 교정할 방책을
골똘히 생각하다 병이 되었으되 이제 쾌차하니 귀주는 염려를 마옵
소서."

하니, 난양과 숙인은 웃으며 대답치 아니하였다.

영양이 다만 말하기를,

"이 일이온즉 첩들이 알 바 아니오며, 승상의 병근을 알고자 하실
진대 스스로 돌이켜 보시고 남 속이던 일을 뉘우칠 것이요, 한편
태후마마께 품달하여 보소서."

승상이 마음의 가려움을 이기지 못하여 이에 소리내어 웃으며 하는
말이,

"양소유의 신출귀몰(神出鬼没)한 계교로서 전후 미인계의 실상을
알았으니, 부인은 사람의 아래에 엎드린다는 말이 옳도다. 그러나
소유가 오직 공경하고 감복함은 태후마마께서 자식같이 보시는
은덕과 황상폐하의 친신(親信) 하시는 어념과 귀주의 우애하시는
덕행이오니 소유 정성을 다하여 금슬(琴瑟)의 즐거움을 오래오래
누리리이다."

두 공주와 숙인이 부끄러운 빛을 띠며 고개를 끄덕일 뿐 아무런
말이 없더라.

대부인(大夫人)을 모시다

이 때 태후가 궁녀로부터 승상이 병을 칭탁한 사유를 아시고 크게

웃고 이르시기를,

"내 진실로 의심하였느니라."

하고 이에 승상을 불러 보실새, 두 공주가 또한 모시고 앉았거늘 태후가 하문하시되,

"승상이 이미 죽은 정녀와 더불어 끊어진 인연을 다시 이었다하니 정녕인고?"

승상은 이에 엎드려 아뢰기를,

"은덕이 조화(造化)와 같이 한결같이 크시니 신이 분골쇄신(粉骨碎身) 할지라도 갚기 어려운 줄로 아뢰나이다."

태후가 이르시기를,

"다만 희롱함이니 어찌 은덕이라 하리오?"

하시더라.

이날 천자께서 정전(正殿)에 나시어 모든 신하들의 조회를 받으실새, 신하들이 아뢰기를,

"근자에 밝은 별이 높이 뜨며 단이슬이 내리고, 황하(黃河)의 물이 맑아 곡식이 풍성하고 세 진(鎭)의 절도사가 땅을 들어 조회하며 토번이 항복하였으니, 이는 다 성덕으로써 이룬 바로 아뢰오."

상이 겸양하시며 공을 모든 신하들께 돌리시므로, 모든 신하가 한가지로 아뢰기를,

"양소유가 근일 궁중에 오래 머물러 있음으로써 정부의 공사(公事)가 많이 지체되온 줄로 아뢰오."

상이 크게 웃고 이르시기를,

"태후께서 연일 불러보시는 고로 승상이 감히 나오지 못함이니, 짐히 친히 효유하여 공사를 보게 하리라."

하시더니, 이튿날 양상서가 정부에 나아가 공사를 처리하고 드디어
소(疏)를 올려 그 모친을 모셔 오라 하더라. 그 상소문에 쓰었으되,

〈승상 위국공 부마도위(駙馬都尉)신 양소유는 돈수백배 하옵고
황상폐하께 삼가 아뢰옵나이다. 신은 본디 초땅의 미천한 백성이오
라, 노모를 공궤(供饋)함에 넉넉치 못하므로 두초(斗宵)같은 적은
재주로 외람이 국록(國祿)으로써 노모를 봉양코자 하여 분수를
헤아리지 않고 향공(鄕貢)을 입사와, 과거에 뽑히고 조정에 들어선
지 수년에 조서를 받들어 강적을 치매 절도(節度)는 무릎을 굽히
옵고, 또 명을 받자와 서로 치매 흉한 토번(吐蕃)이 꼼짝 못하고
나아와 항복하오니 어찌 이를 신의 한계책이라 하리이까? 이는
다 황상폐하의 위덕(威德)이 미친 바요, 모든 장수가 죽기로써
싸웠음인데, 폐하께옵서는 도리어 이제 적은 수고를 권장하시고
중한 벼슬로써 포양(襃揚)하옵시니 신의 마음에 그지 없이 죄송하
오이다. 또 부마간택에 하교가 간절하옵고 천은이 깊사와 신의
미천함으로 능히 도망치지 못하여 받들어 따랐사오나 이 또한 황송
하오이다. 노모가 신에게 바라던 바는 얼마 되지 않는 국록이옵고
신이 원하던 바도 미관말직(微官末職)에 지나지 아니하옵다가,
이제 신이 장상(將相)의 자리에 있사옵고 공후(公侯)의 작(爵)
에 있사와 국사에 견마(犬馬)의 충성을 다하려 하기로, 노모를
데려 올 겨를을 내지 못하오니, 거처와 음식이 신의 노모와는 판이
하온지라 이는 부귀로써 몸을 처하고 빈천(貧賤)으로써 어미를
대접하옴이니 자식의 도리에서 크게 벗어남이 아니겠나이까? 하물
며 신의 어미 나이 높고 신병이 무거우나 다른 자녀가 없사와 가히

구호치 못하옵고, 산천이 아득하여 소식이 또한 자주 통치 못하니 노모를 보고 싶은 마음이 간절하옵는데, 이제 국가의 무사함으로 관부(官府)가 한가하오니 엎드려 비옵건데 폐하께서는 신의 다급한 형편을 살피시어 신의 봉양(奉養)코자 하는 소원을 돌아보시와 각별히 두어 달 겨를을 허락하시오면, 그 사이에 돌아가 선영(先塋)에 성묘하고 노모를 데려와 모자가 함께 성덕을 기리며 그로써 반포(反哺;까마귀 새끼가 어미에게 먹이를 물어다 먹이는 효도)의 정성을 다하게 하옵시면, 신은 마땅히 충성을 다하여 천은을 갚으오리니, 성상(聖上)은 이를 딱하게 여기시와 윤허하옵소서.〉

상이 상소문을 다 보시고 탄식하시되,
"효재(孝哉)라 소유여!"
하시고, 특별히 황금 일천 근(斤)과 비단 팔백 필을 하사하여 그 노모를 헌수케 하고 또 노모를 만나 속히 데리고 돌아오라 하교하시매, 승상이 대궐로 들어가 사은하고 태후께 하직하니 태후 또한 금과 비단을 내리시므로 승상이 사은하고, 두 공주와 진숙인·가유인과 더불어 작별하니라.

서울을 떠나서 천진교에 다달으니 계섬월(桂蟾月), 적경홍(狄驚鴻) 두 기생이 부윤의 기별을 받고 이미 객관에 와 등대하였기에 승상이 웃으며 두 기생에게 이르기를,
"이번 길은 사사로운 길이요, 군명이 아니거늘, 그대들이 어찌 내가 오는 줄을 알았느뇨?"
경홍과 섬월이 대답하되,
"승상 위국공 부마 도위의 행차를 깊은 산 험한 골짜기에서도 다들

알고 떠들썩하게 들려오는지라, 첩들이 비록 두메에 사오나 어찌
귀와 눈이 없사오리까? 하물며 부윤이 첩들을 대접하기를 상공의
다음으로 치시어 첩들의 생색이 만 길이나 높아졌사온데, 어찌
기별하지 않으오리까? 이제 상공의 지위 더 높고 공명이 더 크시니
첩들의 영광이 또한 백 배나 더 하나이다. 듣자오니 상공께서 두
공주의 부마가 되셨다 하옵는데 두 분 공주가 능히 첩들을 용납하
실는지 알고자 하나이다."

승상이 대답하기를,

"공주의 한 분은 황상폐하의 매씨요, 또 한 분은 정사도의 딸로서
황태후의 양녀이니 이는 곧 계랑의 천거한 바 인데 정씨가 어찌
계랑의 천거한 은혜를 잊어 버리리요? 또한 공주와 더불어 사람을
사랑하고 물건을 용납하는 덕행이 있은즉 어찌 두 낭자의 복이라
하지 아니하리오?"

경홍과 섬월이 서로 돌아보며 하례하더라.

승상이 두 사람과 더불어 밤을 지내고 다시 길을 떠나 고향에 다달
으니, 지난 날 십오 세 서생으로 모친 슬하를 하직하고 멀리 갔다가
이제야 돌아와 근친(覲親)하매, 승상의 가마를 타고 위국공의 장복을
입고 아울러 부마의 귀함을 겸하니, 사 년 동안 성취함이 과연 굉장하
더라.

들어가 모부인께 뵈온즉, 모부인이 아들의 손을 잡고 그 등을 어루
만지며 이르기를,

"네가 참말로 우리 아들 소유뇨? 내가 아무래도 믿지 못하겠도
다. 전일에 육갑(六甲)을 외우며 글자 모으기를 할 적에 어찌 오늘
의 영광이 있을 줄을 뜻하였겠느뇨?"

하고, 기쁨을 이기지 못하여 눈물을 흘리므로, 소유가 공명을 이룬 일과 장가들고 첩들을 가려 잡게 된 사연을 자세히 아뢴즉, 모부인이 말하기를,

"너의 부친이 매양 너 더러 우리집을 빛나게 할 자라고 하셨는데, 이제 너의 부친과 영화를 함께 누리지 못함이 한이로다."

하시더라.

승상이 선산에 치제하여 영화와 부귀를 누리게 됨을 아뢰고, 천자가 내리신 금과 비단으로 대부인을 위하여 잔치를 베풀어 오래 삶을 기리며 일가 친척과 친구들을 청하여 열흘 동안이나 손님 치례를 하고서 대부인을 모시고 길을 떠나니, 연도의 백성들과 여러 고을 수령들이 분주하게 호행(護行)하여 광채가 한길에 빛나더라.

승상이 낙양을 지날새 본 고을에 분부하여 경홍과 섬월을 부르라 하였더니, 돌아와 아뢰기를,

"두 낭자가 이미 동행하여 서울로 떠난 지 여러 날이 되었소이다."

승상이 길이 어긋남을 섭섭히 여기고 황성(皇城)에 이르러 대부인을 승상부(丞相府)로 모시고, 대궐로 들어가 황상을 뵈오니, 양궁(兩宮)에서 불러 보시고 금 은과 채단 열 수레를 나누어 하사하시니 이로써 대부인께 헌수(獻壽)하고, 만조 백관을 청하여 삼일 잔치를 크게 열더라.

승상은 다시 날을 가려잡아 대부인을 모시고 황상께서 내리신 새 집으로 옮겨 드니 누각과 정자, 동산과 연못이 장대하더라.

영양공주와 난양공주가 신부례(新婦禮)를 행하고, 진숙인과 가유인이 역시 예를 갖추어 뵈오니 대부인은 화기가 흐뭇하며 마음 속으로부터 기꺼워하더라.

승상은 이미 대부인의 장수를 기리라 하는 명을 받은고로, 위에서
내리신 물건으로써 다시 삼 일간 대연을 베풀매 양궁(兩宮)에서
궐내의 악공(樂工)들을 내보내시며 상께서 잡수시는 음식을 내리시
고, 조정의 고관들이 모두 모인지라, 소유가 채색옷을 입고 두 공주와
더불어 옥잔을 높이 들어 차례로 대부인께 올려 장수함을 기리며
매우 즐겁게 노닐새, 잔치가 아직 파하지 아니하였는데 문 지키는
자가 들어와 아뢰기를,

"문 밖에 두 여자가 와서 대부인과 승상께 명첩(名帖)을 드리나이
다."

하기에 받아보니 섬월과 경홍이니라. 이에 대부인께 이 뜻을 사뢰고
곧 불러들이매, 두 기생이 섬돌 아래에서 절하고 뵈오니, 모든 손님이
한가지로 칭찬하기를,

"낙양땅의 계섬월과 하북땅의 적경홍이 이름난 지가 오래되거니와
과연 절세의 미인이로다. 양승상의 풍류가 아니면 어찌 능히 여기
오게 할 수 있으리오?"

하더라.

승상이 두 기생에게 명하여 그 가진 바 재주를 보이게 하매, 경홍
과 섬월이 동시에 일어나 구슬신을 끌고 구슬 자리에 올라 가벼운
소매를 날리며 예상우의곡(霓裳羽衣曲)에 맞추어 춤을 추니, 떨어지
는 꽃과 나부끼는 가지는 봄바람에 떠다니고 구름 그림자와 눈비는
비단 장막에 비치니, 한궁(漢宮)의 조비연(趙飛燕 ; 한나라 성제의
첩)이 다시 부마궁(駙馬宮)에 나타났고, 금곡(金谷)의 녹주(綠珠
; 석종의 애첩)가 다시 위국공(魏國公)의 당상에 섰기에, 대부인과
두 공주가 능라와 금수(錦繡)로 두 기녀에게 상금을 내리고, 진숙인

은 본디 섬월과 더불어 아는 고로 옛일을 말하며 쌓였던 회포를 풀 새, 영양공주가 몸소 술잔을 잡아 따로이 계랑(桂娘)한테 권하여 천거하여 준 은혜를 갚는지라, 유부인(丞相母)이 승상에게 이르기 를,

"너희들이 섬월에게는 사례하면서 내 외사촌은 잊었느냐?"

승상이 이에 대답하되,

"소자의 오늘의 즐거움이 모두 두련사(杜鍊士)의 덕이요, 또 모친 께서 말씀이 없으실지라도 진실로 만들어 청코자 하나이다."

하고, 즉시 사람을 자청관(紫淸觀)으로 보내니 모든 여관(女冠)이 말하기를,

"두련사께서는 촉(蜀) 땅으로 가신 지 이미 삼 년이라."

하는지라, 유부인이 매우 섭섭히 여기더라.

낙유원(樂遊原)에 기회(期會)하다

양승상이 부중(府中)에 각각 거처를 정할새, 경복당(慶福堂)에 대부인이 살고, 연희당(延禧堂)에는 좌부인 영양공주가 머무르고 봉소궁(鳳韶宮)에는 우부인 난양공주가 머무르고, 응향각(凝香閣) 과 청화루(淸和樓)는 승상이 거처하며 때때로 잔치를 베풀고, 연현당 (延賢堂)은 승상이 손을 응접하는 집이요, 심홍원(尋紅院)은 진숙인 채봉의 방이요, 영춘각(迎春閣)은 가유인 춘운의 방이요, 상화루 (賞花樓)와 망월루(望月樓)에는 계섬월과 적경홍이 각각 한 누씩 차지하고서 궁중기악(宮中妓樂) 팔십 인이 다 천하에 자색이 드러나

고 재주 있는 사람들인데, 이를 동·서부로 나누어 동부 사십 인은
계랑이 주장하고 서부 사십 인은 적랑이 맡아 가무를 가르치며 풍악
을 공부시키고, 매월 청화루에 모여서 동·서 양부의 재주를 비교하
니, 승상이 대부인을 모시고 두 공주를 거느리며 누각에서 관상할
새, 이기는 자는 석 잔 술로써 상을 주고 머리에다 꽃 한 가지씩을
꽂아서 영광을 빛내고, 지는 자에게는 한 잔 냉수를 벌로 먹이고 먹
붓으로 이마에 한 점을 찍어서 그 마음을 부끄럽게 하는고로, 모든
기생들의 재주가 날로 점점 성숙하니 위공부(魏公府)와 월왕궁(越王
宮)의 여악(女樂)이 천하에 이름을 드날리어, 비록 이원(梨園)의
악공이라 할지라도 이 두 악공을 따르지 못하겠더라.

　하루는 두 공주가 모든 낭자들과 대부인을 모셨는데 승상이 글
한 봉을 가지고 들어와 난양공주에게 내주며 이르기를,

　"이는 곧 월왕 전하의 글월이외다."

공주가 펴보니 썼으되,

〈화창한 봄날 승상궁 댁내는 고루 만복하시나이까? 지난 적에는
나라에 일이 많고 공사(公事)에 매어 낙유원(樂遊原)에 말을 머무
르게 하는 사람을 보지 못하고, 곤명지(昆明池) 머리에 다시 배를
대는 즐거움이 없으니, 마침내 가무를 즐기던 곳이 어느덧 잡풀이
마당을 이룬지라 장 안의 노인네들이 매양 열성조(列聖朝)의 성덕
으로 번화했던 옛일을 그리며 때로는 눈물을 흘리는 자 있으니
이는 자못 태평한 기상이 아니외다. 이제 황제폐하의 은덕과 승상
의 큰 공을 힘입어 사해(四海)가 태평하고 백성이 안락하며 다시
개원(開元)과 천보(天寶)때와 같이 즐거운 일을 치르는 것이 곧

이때요, 또 봄빛이 저물지 아니하고 날씨가 화창하여, 고운 꽃과 부드러운 버들이 능히 사람의 마음으로 하여금 기쁘고 평안케 하니 아름다운 경치와 좋은 구경이 또한 이때에 있는지라, 승상과 더불어 낙유원 위에 모이어 혹은 사냥하는 것을 보며 풍악을 들어 태평한 기상을 돋우고자 하오니, 승상의 마음이 이에 있거든 곧 일자리를 정하여 회답을 주어 과인으로 하여금 따르게 하시면 다행이로소이다.〉

글월을 보고 난 공주가 승상께 여쭙기를,

"상공께서는 이 월왕의 뜻을 아시나이까?"

하니 승상이 대답하기를,

"무슨 뜻인지 알 수 없으나, 소유의 생각으로는 꽃놀이에 불과한 듯하니 실로 귀공자다운 풍유렷다!"

하니 공주가 다시 여쭙기를,

"상공께서는 아직도 다 알지 못하시나이다. 월왕 오라버니가 좋아하는 바는 오직 미녀와 풍악이오라, 그 궁녀 중 절세의 미녀가 한 둘이 아니었는데, 요즈음의 새로운 총첩(寵妾)이 무창(武昌)의 명기로 꼽히는 만옥연(萬玉燕)이니 월왕궁의 미인들이 옥연을 한 번 보자마자 스스로 무염(無鹽;제나라 선제의 왕비. 지극히 못생긴 얼굴)과 마모(嫫母;못생긴 왕비의 대명사)같이 아리땁지 못한 여자로 자처한다 하오니 옥연의 자색과 용모가 세상에 견줄 바 없음을 가히 짐작하옵는데, 오라버니가 우리 궁전에 미인이 많다 하는 말을 듣고, 아마도 왕개(王愷;전나라의 대장군)와 석숭(石崇;진나라의 큰부자)의 비교함을 본받고자 함이로소이다."

하니 승상이 웃으며 이르기를,

"나는 범연히 보았거늘 과연 공주가 먼저 월왕의 뜻을 알았소이다."

영양공주가 이제 곁들여 말하기를,

"이것이 비록 한때의 놀이이기는 하되, 남에게 져서는 아니 될 것이렷다."

하고, 경홍과 섬월에게 눈짓하여 일러두되,

"군사를 비록 십 년 기르나 쓰기는 하루 아침에 있는 법이라, 이번 놀이의 승부는 오직 두 교사(敎師)의 수중에 달렸으니 모름지기 힘쓰기를 바라노라."

섬월이 대답하기를,

"천첩은 아무래도 대적할 재주가 없음을 염려하나이다. 월왕궁의 풍악은 천 명의 악공이 일제히 나서고, 무창의 옥연은 구주(九州)에 그 이름이 떨쳤는데, 월왕 전하께서 이미 이렇듯 많은 풍악과 미인을 두셨으니 이는 천하에 대적할 자 없겠나이다. 첩들은 이를테면 재주가 적은 군사로서 기율(紀律)도 밝지 못하고 기치(旗幟)도 제대로 갖추지 못함과 같사오니 염려되어 싸우기에 앞서 갑자기 도망칠 생각이 먼저 나지나 않을까 하오니, 첩들의 가소로움은 족히 괘념할 것이 없사오나 다못 승상부의 수치가 되올까 두렵나이다."

승상이 말하되,

"내 계랑과 더불어 처음으로 낙양(洛陽)에서 만났을 적에 청루에 절세 미녀가 셋이 있다고 일컫는데, 옥연의 이름이 그 가운데 있더니 필시 이 사람이렷다. 그러나 청루의 절색(絶色)이 세 사람뿐일

진대, 내 이제 항우(項羽 ; 초나라 패왕)와 한가지로 장량(張良 ; 자는 자방)과 진평(陣平 ; 한나라 고조의 신하)을 얻었으니 어찌 한 범증(范增 ; 항우의 신하)을 두려워하리오?"

섬월이 말하기를,

"월왕궁의 미녀들은 팔공산(八公山)의 초목이 아닌 것이 없다 (적병을 치려다가 팔공산의 초목이 모두 군병같이 보여 지레 겁을 먹다)하리 만큼 저들의 겉치장이 화려한지라 군사들이 지레 겁을 내어 다만 달아날 뿐일 터이니, 우리가 어찌 감히 대적할 수 있사오리까? 바라옵건대 공주마마께서는 계책을 적랑에게 물어 보소서. 첩은 담약하여 이 말씀을 들으매 문득 목이 잠겨 제대로 노래를 부르지 못하겠나이다."

경홍이 분연히 나무라기를,

"계낭자의 그 말이 참말이뇨? 우리 두 사람이 관동(關東) 칠십여 고을을 돌아다니며, 이름을 홀로 드날리던 기약이 어찌 가히 옥연에게 첫자리를 물려주리오? 세상에 나라를 쓰러뜨리던 한궁부인(漢宮夫人)과, 아침에는 구름이 되고 저녁에는 비가 되던 초대선녀(楚臺神女)가 있으면 적이 부끄러운 마음이 서리려니와, 그렇지 아니 하고서야 저 옥연 따위를 어찌 족히 꺼리리오?"

섬월이 다시 말하기를,

"적랑의 말이 어찌 그리 용이하뇨? 우리들이 일찍이 관동에 있을 때는 크면 태수(太守)와 방백(方伯)이요, 적으면 호기로운 선비와 협기(俠氣) 있는 풍류랑(風流郎)의 잔치뿐으로 강한 대적을 만나지 못하였기로 남에게 첫째 자리를 빼앗기지 않았지만, 이제 월왕전하는 대내(大內)의 귀하신 사람들 사이에서 자라나신지라 안목이 매우 높고 평론함이 날카로우시니, 마치 적랑의 말은 주먹들을 보고 태산(泰山)을 업신 여긴다는 옛말과도 같도다. 하물며 옥연은 지략(智略)이 월왕 궁중에서도 장자방(張子房)이라, 장막 가운데 앉아 천 리 밖에서 승리를 거두는 책략이 있거늘, 이제 조괄(趙括 ;큰소리만 치다가 진나라 군사에게 잡혀 죽은 장수)과 같이 큰 소리를 치니 아무래도 패배를 당하리로다."
하고, 이어서 승상께 아뢰기를,
"적랑이 우쭐거리는 마음이 있사오니 첩이 그 흠처를 말씀드리겠나이다. 적랑이 처음으로 상공을 따를 적에 연왕(燕王)의 천리마를 도적질한 하북 소년이라 자칭하고, 상공을 한단(邯鄲)길가에서 속였으니 그 용모가 곱고 태도가 유미한들 상공께서 남자로 속았사오리까? 또한 적랑이 상공을 처음으로 모시던 날 밤에 어둠을 타 첩의 몸을 대신하였으니 이는 바로 남의 힘으로 소원을 이루었음이거늘, 이제 첩을 대하여 이러한 자랑을 내놓으니 우습지 않겠나이까?"
경홍이 웃으며 이에 응답하기를,
"진실로 사람의 마음이란 측량치 못하겠나이다. 천첩이 상공을 따르기 전에는 하늘 위에 항아(姮娥)같이 칭찬을 하더니, 이제와서는 괄시하니 상공의 은총을 홀로 차지하고자 하여 질투하는 거미가 있나이다."
섬월과 모든 낭자들이 다 소리내어 웃기에 영양공주가 이르되,
"적랑의 가냘픔이 저 같거늘 남자로 보았음은 승상께서 한쌍 눈동자가 아마도 총명치 못하신 연고요, 적랑의 아름다움이 이로 말미암아 떨어지지는 아니하리라. 그러나 계랑의 말하는 바 과연 옳도

다. 여자가 남복으로써 사람을 속이는 자는 필시 여자로서의 고운 태도가 없음이요, 또 남자가 여복으로서 사람을 속이는 자는 필시 장부로서의 기골(氣骨)이 없음이니, 다 그 부족한 곳을 따라서 그 거짓말을 꾸밈이로다."

승상이 소리내어 웃으며 이르기를,

"공주의 말씀이 과연 옳도다! 한쌍의 눈동자가 청명치 못하여 능히 거문고의 곡조를 분별하되 여복을 입은 남자는 분별치 못하였으니 이는, 바로 귀는 가졌으되 눈은 없음이라, 면상의 일곱 구멍 중에 하나가 없음인즉 어찌 가히 온전한 사람이라 말할 수 있으리요? 공주는 비록 소유의 잔졸함을 비웃으나 기린각(麒麟閣)에 양원수의 화상을 보는 자는 다 외모의 웅장함과 위풍이 당당함을 칭찬하더이다."

모인 사람들이 다시 한바탕 크게 웃으니 섬월이 말하되,

"바야흐로 강한 대적을 상대로 진을 칠 터이온즉, 어찌 그다지도 한가지로 희롱의 말씀만 할 수 있겠나이까? 전혀 우리 두 사람만 믿기는 어렵사오니 역시 가유인(賈孺人)이 동행함이 어떠하오며, 월왕이 또한 모르는 분이 아니시니 진숙인(秦淑人)도 동행한들 무슨 거리낌이 있겠나이까?"

이에 진씨가 대답하기를,

"계랑 적랑의 두 낭자가 만일에 여자의 과거장(科擧場)으로 들어가는 것이라면 내 마땅히 한 팔의 힘이라도 도우려하나, 가무(歌舞)하는 마당에서 첩을 어디다 쓰리요? 이는 이른바 시정 아치를 몰아가 싸우는 것이나 다를 바 없으니, 성공치 못할까 두려울 따름이라."

춘운이 또한 이르기를,

"첩의 한몸이 남에게 비웃음을 받으며 재치 없는 가무로 수치를 당할 뿐이라면 이러한 큰놀이에 어찌 구경할 마음이 없으리오마는, 첩이 만일 따라가면 사람들이 분명 손가락질을 하며 저는 대승상 위국공의 첩이요, 영양공주의 잉첩(媵妾)이라 하며 웃을 터이니, 이는 곧 상공께 비웃음을 끼치고 두 정실부인께 근심을 남김이니 춘운은 결단코 가지 않으리이다."

영양공주가 이에 되묻기를,

"어찌하여 춘운이 가는 것으로써 상공께서 비웃음을 받으며 또 우리가 그대로 말미암아 근심이 있으리오?"

춘운이 대답하되,

"비단요를 널리 펼치고 구름 차일(遮日)을 높이 걷으면 사람들이 모두 말하기를 양승상의 첩 가유인이 온다 하며 어깨를 부비고 발꿈치를 돋우며 구경하거늘, 마침내 걸음을 옮겨 자리에 오르면 이 몸은 숙대강이에 더러운 얼굴이라, 사람들이 모두 크게 놀라 하는 말이 양승상이 등도자(登徒者 ; 옛날 중국의 호색한)와 같은 호색하는 병이 있도다 하리니, 이 어찌 상공께서 욕을 당하심이 아니며, 월왕 전하는 일찍이 누추한 물건을 보지 못하였기로 첩을 보시면 분명 구역질이 나서 미령하실 터이니 이 역시 마마께 근심이 아닐 수 있사오리까?"

난양공주가 나무라되,

"가씨의 겸사는 너무 심하렷다! 전자에는 사람으로 귀신이 되더니 이제는 서시(西施 ; 미인계로 바친 원나라 미녀)같은 미녀로써 무염(無鹽)같은 추부(醜婦)가 되고자 하니 그 말을 아무래도 믿지 못하겠도다.”

하고, 이에 승상에게 물어보되,

“어느 날로 기약하셨나이까?”

승상이 대답하되,

“내일로 언약하였소이다.”

경홍과 섬월이 이에 이르러 말하기를,

“동·서 양부의 교방(敎坊)에 아직도 영을 내리지 못하였으니,
일이 이미 늦었나이다.”

이어 우두머리 기생을 불러 명을 내리되,

“내일 승상께서 월왕과 더불어 낙유원(樂遊原)에 모이기로 언약하
셨으니, 양부의 모든 기생들은 모름지기 새 단장으로 꾸미고서,
악기를 가지고 내일 일찍이 새벽에 승상을 모셔 따라가도록
하라.”

팔십 명 기생이 일시에 명을 받고 얼굴 치장을 하며 눈썹을 그리고
악기를 잡아 풍류를 익히며 준비에 바쁘더라.

사냥과 미인(美人)놀이

이튿날 새벽에 승상은 일찍 일어나 군복을 입고 활과 살을 차고서
눈빛같이 흰 천리 계산마(戒山馬)를 타고 사냥군 삼백 명을 불러
호위케 하며 성문 밖 남쪽으로 향할새 경홍과 섬월은 금과 옥을 아로
새기고 꽃을 수놓아 잎새를 그린 의복으로 치장을 하고 각기 부하
기생을 거느리고 화초말 금안장에 걸터앉아 산호편(珊瑚鞭)을 들어

구슬 고삐를 느직히 잡고, 승상의 뒤를 가까이 따르며, 팔십 명 기생들은 각기 빠른 말을 잡아 타고 적경홍과 계섬월의 좌우를 호위하여 나아가다가, 중로에서 월왕을 만나니 월왕의 사냥군과 기악(妓樂)이 족히 승상의 편과 더불어 맞먹겠더라.

월왕이 승상과 더불어 말머리를 가지런히 하여 나아가더니 월왕이 승상에게,

"승상이 타신 말은 어느 나라의 종자이니까?"

승상이 대답하되,

"대완국(大宛國;지금의 아프카니스탄)에서 났나이다. 대왕께서 타신 말도 완종(宛鍾)인 듯하나이다."

월왕이 이에 대답하기를,

"그러하외다. 이 말의 이름은 천리 부운총(浮雲驄)인데 상 년 가을에 천자를 모시고 상림원(上林苑)에서 사냥할새 나라 마굿간에 만여 필 말이 모두 바람같이 빠르되, 이 말을 능히 따르는 것이 없고, 장부마(張駙馬)의 도화총(桃花驄)과 이장군(李將軍)의 오추마(烏騅馬)가 다 용마라 일컫되 이 말에 견주면 매우 둔하외다."

승상이 말하기를,

"연전에 토번(吐蕃)을 칠새 깊고 험한 물과 높고 가파른 석벽이 있어 사람은 도저히 발을 붙이지 못하거늘, 이 말은 그곳을 평지 밟 듯하며 한 번도 실족함이 없었으니 소유의 공을 이룬 것이 실로 말의 힘을 입은 것인즉, 두자미(杜子美;두보)의 이른바 사람과 더불어 한마음이 되어 큰 공을 이룬다 함이 곧 이것인가 하나이다. 소유가 군사를 돌이킨 후에 작품(爵品)이 높아지고 벼슬이 한가하여 편히 평교자를 타고 평탄한 대로를 서서 다니는 고로

사람과 말이 한가지로 병이 나려 하니 청컨대 대왕과 더불어 채찍
을 휘둘러 한 번 준총(駿驄)의 빠른 걸음을 견주며, 옛 장수의
나머지 용맹을 다루어 보심이 어떠하나이까?"

월왕이 매우 기껍게 응낙하되,

"그 역시 나의 생각이로다!"

드디어 시종에게 분부를 내려 두 집의 손과 기녀들을 군막에서
기다리게 한 다음, 채찍을 들어 말을 치려할 즈음, 마침 큰 사슴 한
마리가 사냥군에게 쫓겨 월왕의 앞을 지나치기에 왕이 말 앞의 장사
를 시켜 쏘라 하니 여러 장사들이 일시에 활을 당기되 맞추지 못하므
로, 왕이 노하여 말을 채쳐 나아가며 한 살로 그 옆구리를 맞추어
죽이니 모든 군사가 일제히 천세를 부르고 승상이 축하하기를,

"대왕의 신통한 화살은 여양왕(汝陽王 ; 활 잘 쏘는 당나라 왕자)
과 다름이 없나이다."

월왕은 이에 겸양하여 이르기를,

"작은 재주를 어찌 그토록 칭찬하리요? 내 승상의 활 쏘는 법을
보고자 하나이다."

말을 마치지 못하여 때마침 천아(天鵝) 한 쌍이 구름 사이로 날아
오니, 모든 군사가 말하기를,

"이 새는 가장 쏘기 어려운지라, 마땅히 해동청(海東青)을 쏘아야
되겠나이다."

승상이 다급히 이르기를,

"너희는 아직 쏘지 말렷다!"

하고, 살을 빼어 우러러 천아를 쏘아 눈을 맞추어 말 앞에 떨어지게
하니, 월왕이 크게 칭찬하되,

"승상의 묘한 수단은 이제 양유기(養由基;초나라 때 대부로 활을
잘쏨)와 같도다!"
하고, 두 사람이 채찍을 한번 휘두르매 두 말이 일제히 날라 번개같
이 달리며 귀신같이 번득이어 순식간에 너른 벌판을 가로질러 높은
산에 이르니 두 사람이 고삐를 당겨 나란히 서니라.

산천의 경계를 둘러보고 양승상과 월왕이 활쏘는 법과 검술을 논의
하는데, 추종들이 비로소 따라와 사슴과 천아를 은반에 담아 바치
니, 두 사람이 말에서 내려와 풀밭에 앉아서 허리에 찬 칼을 빼어
고기를 베고 구워먹으며 서로 술을 권할새, 멀리 보매 홍포를 입은
두 관원이 급히 오며 그 뒤에 사람의 한 무리가 따르니 이는 성중으
로부터 나오는 자이더라.

삽시간에 한 사람이 달려와 아뢰되,

"양전궁(兩殿宮)에서 술을 내리셨나이다."

월왕이 군막에서 등대하니 두 내관이 어사하신 술을 따라 두사람에
게 권하고, 이어서 용봉의 무늬가 든 시전지(詩牋紙) 한 봉을 주니,
두 사람이 세수하고 꿇어앉아 펴본즉 산에서 크게 사냥함을 글제로
하여 글을 지어드리라 하셨더라.

월왕과 승상이 머리를 조아려 네 번을 절하고 각기 글을 지어 내관
에게 주어 드리게 하니, 승상의 글에 읊었으되,

새벽에 장사를 몰아 들로 나아가니
칼은 가을 연꽃 같고 화살은 별 같더라.
장막 속 뭇계집은 천하 백이요
말 앞에 쌍 날개는 해동청이더라.

어사하신 술 나누매 다투어 감동을 머금고
취하여 금칼을 빼니 비린 것을 베었더라.
뒤이어 지난 해의 서새 밖을 생각하니
대황산 풍설에 왕정에서 사냥하였더라.

월왕의 글에 읊었으되,

접섭히 나는 용마가 번쩍하는 번개 같으니
안장을 어거하고 평탄한 언덕에 섰더라.
흐르는 별은 기세가 빨라 푸른 사슴을 베고
밝은 달 형상은 열려 흰 거위를 떨구었더라.
살기는 능히 호기로운 흥을 가르쳐 발하고
성은은 머물러 취한 얼굴을 붉게 하더라.
여양왕의 신통히 쏨을 그대는 말을 말라
다투어 아침에 얻은 살진 고기 많도다.

이에 두 집의 손들이 차례대로 늘어앉아 하례하매, 술도감이 주안상을 드리는데, 낙타의 신기한 맛과 성성(猩猩)의 연한 입술은 은가마에서 나오고, 원나라(東越)의 여지(荔枝)와 영가(永嘉) 고을의 귤(子子)은 옥소반에 가득하니 서왕모의 요지연(瑤池宴)이 아니면 한무제의 백량회(柏梁會;시를 짓던 모임)이겠더라.
　수백 명의 기녀들이 촘촘히 모여들어 갑옷으로 장막을 이루니 패물소리는 우뢰와도 같고, 한줌 밖에 아니되는 가는 허리는 마치 버들가지처럼 부드러우며 아름다운 얼굴은 꽃빛처럼 곱고 풍악소리는 곡강(曲江)의 물을 끓어 오르게 하니 노래소리는 종남산(終南山)을 움직이는 것 같더라. 술이 거나하여진 월왕이 승상한테 이르기를,

"승상의 두터운 정을 입었기로 구구한 정성을 드릴 것은, 데리고 온 첩 수인으로 하여금 한번 승상의 즐거움을 돕고자 하니 청컨대 앞에 불러 노래하며 춤추게 하여 주소서."

승상이 사례하되,

"소유가 어찌 감히 대왕의 총첩(寵妾)과 더불어 대면할 수 있겠소이까마는 온전히 남매의 정의만을 믿고 감히 참람한 생각이 있사온즉, 소유의 첩 수명이 역시 구경코자 따라왔으니 또한 불러들여 대왕의 첩과 더불어 각기 잘하는 기예(技藝)에 따라서 흥을 돕고자 하나이다."

왕이 하는 말이,

"승상의 말씀 또한 좋소이다!"

하기에, 이에 섬월과 경홍과 월왕궁의 네 미녀가 분부를 받고 일어나 장막 앞에서 절을 드리니, 승상이 말하기를,

"옛날의 영왕(寧王)이 한 미인을 두었으니 그 이름은 부용(芙蓉)이라, 이태백(李太白)이 영왕께 간청하여 겨우 미인의 목소리만 듣고 그 낯을 보지 못하였다 하는데, 이제 소유는 마음껏 너희들의 낯을 보니 그 얻은 바가 이태백보다 갑절이나 낫도다. 네 미인의 성명은 무엇이뇨?"

네 미인이 일어나 대답하기를,

"첩들은 금릉(金陵)에서 온 두운선(杜雲仙)과 진류(陳留)에서 온 소채아(蘇彩娥)와 무창(武昌)에서 온 만옥연(萬玉燕)과 장안

(長安)의 호영영(胡英英)이옵나이다."

승상이 월왕을 보고 칭송하기를,

"소유가 지난 날의 선비의 몸으로 떠돌며 놀 적에 옥연낭자의 이름을 들었는데, 이제 비로소 그 낯을 보니 실로 그 이름보다도 아리땁소이다."

월왕도 또한 섬월과 경홍의 이름을 들어 알고 있는지라 말하기를,

"두 미인을 온 천하가 추앙하더니, 이제 승상부로 들어왔음은 주인을 잘 만났도다. 승상은 언제 이 미인들을 얻었나이까?"

승상이 대답하되,

"계씨는 소유가 과거 보러 올 적에 낙양에 도착했을 때 제가 스스로 따랐고, 적시(狄氏)는 일찍이 연왕궁(燕王宮)에 들어갔다가, 소유가 사신으로 연나라에 가매 제가 몸을 빼어 나와 소유를 따랐나이다."

월왕이 이 말을 듣자 손뼉을 치고 크게 웃으며 말하기를,

"적랑의 호방한 기상은 양가의 집불기생(執佛妓生)에 견줄 바 아니로다! 그러나 적낭자는 양한림(楊翰林)이 귀한 사람임을 알고서 따랐거니와, 계낭자는 한낱 서생을 따랐음은 능히 오늘의 부귀(富貴)를 앎이니 더욱 기이하도다!"

다시 이어서 월왕이 묻기를,

"어찌 하였기로 승상이 먼 길 도중에서 만났나이까?"

이에 승상이 천진교 주루에서 섬월을 만났을 적에 글을 지었던 전후 경위를 낱낱이 아뢰니, 월왕이 소리내어 웃으며 말하기를,

"승상이 지난날 과거에 장원함에 쾌한 일이라 하였더니, 이야기는 더욱 상쾌한 일이오니 그 글이 필연 오묘할 터이니 가히 들을

수 있겠소이까?"

승상이 대답하되,

"취중에 무심히 지은 것을 어찌 기억할 수 있겠소이까?"

월왕이 섬월한테 묻기를,

"승상은 비록 잊었으되 낭자는 혹시 기억할 수 있겠느뇨?"

섬월이 여쭙되,

"천첩은 아직도 기억하고 있나이다마는 종이에 써서 드리오리까,
혹은 노래로 아뢰오리까?"

월왕이 더욱 기꺼워하며 이르되,

"노래를 아울러 들으면 더욱 기쁘리로다."

섬월이 앞으로 나아가 노래를 부르니 가득히 모인 사람들이 모두
놀라는 지라, 왕이 대단히 공경하며 칭찬하되,

"승상의 글재주와 섬월의 맑은 노래는 세상에 으뜸이요, 그 글
가운데 꽃 가지가 미인의 단장을 부끄러워하니 가는 노래가 나오기
도 전에 입이 이미 향기롭도다 라는 귀절이 족히 섬월의 자색을
그려냈은즉, 마땅히 이태백으로 하여금 물러서게 할 터이니 감히
한 마디로는 칭찬하지 못하리로다!"

하고, 술을 금잔에 가득 부어 섬월과 경홍에게 상으로 내리더라.

이어서 월왕궁의 네 미인에게 노래 불러 헌수(獻壽)케 하니 주객
(主客)이 알맞는 호적수이더라.

월왕이 스스로 즐거움을 이기지 못하여 모든 손들과 더불어 장막
밖으로 나아가, 무사들이 칼로서 충돌하는 형상을 보고 승상을 향하
여 이르기를,

"미인이 말 타고 활 쏘는 것 또한 볼만하기로, 우리 궁중에 활과

말에 익숙한 수십 인이 있는지라, 승상 부중의 미인 중에도 북방으로부터 온 자가 있으니, 영을 내려 불러내어 꿩을 쏘고 토끼를 쫓아 한바탕 웃음을 돕게 함이 어떠하나이까?"

승상은 매우 기뻐하며 분부를 내려 미인 수십 인을 골라 월왕궁의 미인들과 더불어 내기를 하게 하니 경홍이 일어나 아뢰기를,

"첩이 비록 활과 칼에 능치 못하오나, 오늘 시험코자 하나이다."

승상이 기꺼워하며 즉시 몸에 찬 활을 끌러주니, 경홍이 활을 잡고 서서, 모든 미인들에게 다짐하기를,

"비록 맞지 못할지라도 모든 낭자는 웃지 마옵소서."

말을 마치자 경홍은 준마를 잡아 나는 듯이 올라타더니 장막앞을 달리는데, 마침 꿩 한 마리가 풀 속에서 날아오자, 경홍이 잠깐 가는 허리를 젖히고 활시위를 당겨올리매 꿩은 오색깃을 펼친 채로 말 앞에 떨어지니, 승상과 월왕이 한가지로 손뼉을 치며 즐거워하더라.

장막 밖에서 몸을 굴려 말에서 내린 경홍이 서서히 걸어 자리에 나아가니, 모든 미인들이 각기 하례하되,

"우리들은 십 년 공부를 헛것 하였도다."

하기에, 섬월이 생각하기를,

"우리 두 사람이 비록 월왕궁 기생들에게 첫째를 빼앗기지는 아니하였으되, 저들은 네 사람이요, 우리는 한 쌍이라 심히 외롭고 기세가 등등하지 못하니, 춘랑을 끌고 오지 못함이 매우 한스럽도다. 노래와 춤이 춘운의 장기(長技)는 아니나, 그 고운 용모와 아름다운 말씨가 어찌 두운선(杜雲仙)의 머리를 누르지 못하리오?"

하며 안타까이 한숨 짓는데,문득 멀리 바라본즉 들 너머로 두 미인이 다가오더라.

심요연과 백능파(白凌波)가 오다

이 때 두 미인이 유벽거(油壁車)를 몰아 장막 밖에 이르매, 문지키는 자가 묻기를,

"월궁으로부터 오시느뇨?"

마부 대답하되,

"이 차에 타신 두 낭자는 곧 양승상의 소실이신데, 마침 일이 있어 처음에 함께 오시지 못하였노라."

문지기 군사가 들어가 아뢰니, 승상이 말하기를,

"필시 춘운이 구경코자 옴이니 너무 경망하도다."

곧 사람을 시켜 불러들이게 하니 두 낭자가 마차에서 내리는데 앞에는 심요연이요, 뒤에는 진중에서 꿈 속에 만났던 동정용녀(同庭龍女) 백능파(白凌波)라. 두 사람이 승상의 자리 앞에 나아가 절하고 뵈니, 승상이 월왕을 가리키며 이르기를,

"월전하(越殿下)이시니 너희들은 예로서 뵙도록 하라."

이에 두 미인 예로써 뵈오매, 승상이 자리를 주어 경홍과 섬월도 같이 앉게 하고, 월왕께 이르되,

"저 두 여인은 토번을 칠 적에 얻은 바이나, 근래 다사하여 미처 데려오지 못하였는데, 필시 소유가 대왕과 더불어 놀이함을 듣고 구경코자 저들이 따라오다가 이에 이른 듯 하외다."

월왕이 다시 두 미인을 보니 그 용모가 경홍 섬월과 더불어 형제 같으면서 그 태도는 한결 빼어나니 마음에 이상히 여기고, 월왕궁 미인들도 또한 부끄러워서 얼굴이 잿빛 같은지라, 왕이 다시 묻되,

"낭자의 성명은 무엇이며 어디서 살았느뇨?"

먼저 심녀가 대답하되,

"소첩은 심요연이라 하오며, 서량(西涼) 사람이옵나이다."

이어서 백녀가 대답하되,

"소첩은 백능파라 하오며, 일찍이 소상강(瀟湘江) 사이에 거처하옵다가 불행히 변을 만나 부득이 서방으로 피하였삽고, 이제 양상공을 쫓아 나왔나이다."

월왕이 다시 묻기를,

"두 낭자는 인간 사람이 아니라, 신기하려니와 능히 풍류를 아느뇨?"

심요연이 대답하되,

"소첩은 변방(邊方)사람으로, 풍류를 듣지 못하였는데 장차 무슨 재주로써 대왕전하를 즐겁게 하올 수 있겠나이까? 다만 어렸을 적부터 검무를 배웠으나 허나 군중(軍中)에서의 장난이요, 귀인이 보실 바 아닐까 하나이다."

월왕이 크게 기뻐하며 승상에게 말하되,

"현종조(玄宗朝)의 공손대랑(公孫大娘)의 검무가 천하에 이름을 떨치다가, 그후로 그 술법이 세상에 전하여 지지 못하매 내가 한 번 보지 못함을 한스러이 여겼는데, 이제 이 낭자가 검무를 안다 하니 매우 유쾌하나이다."

월왕이 승상과 더불어 각기 허리에 찬 칼을 끌러 내어주니, 요연이 소매를 걷어올리고 띠를 풀어 놓고는 몸을 날려 춤을 추매, 상하로 번득이고 좌우로 뛰노는 밝은 단장과 흰 칼날이 한 빛이 되어, 삼월달에 날리는 눈송이가 복사꽃 떨기 위에 뿌려지는 것 같더라. 이윽고 춤추는 소리 더욱 급하여 칼이 더욱 빨라지더니 눈서리 날리는 기색이 홀연 장막 속에 가득하며, 심요연의 몸이 아주 보이지 아니하더니 별안간 한가닥 무지개가 하늘로 뻗치며 바람이 배반(盃盤)사이로 스치니, 좌중이 다 뼈가 저리며 머리털이 으쓱하더라. 요연이 배운 술법을 다하고자 하나 월왕이 너무 놀랄까 염려하여 이에 춤을 파하고 칼을 던지며 재배하고 물러가니, 왕은 오랜 후에야 비로소 정신을 가다듬고 요연을 보고 말을 하였다.

"인간 사람의 검무가 어찌 이토록 신묘한 지경에 이를 수 있으리요? 내 들으매 신선 가운데 검술이 능한 자 많다 하던데, 낭자가 바로 그 사람이 아니뇨?"

요연이 대답하되,

"서방 풍속에 병기(兵器)를 희롱함을 좋아하는고로 어렸을 적에 배운 바이오나, 어찌 신선의 기이한 술법을 따를 수 있사오리까?"

월왕이 일러 두기를,

"내가 궁으로 돌아가면 마땅히 희첩(姬妾) 중에서 춤 잘 추는 자를 가려뽑아 보낼 터인즉 바라건대 낭자는 가르치는 수고를 아끼지 말도록 하라."

요연이 절하며 분부를 받으니, 왕이 다시 백능파에게 물어보며 말했다.

"낭자는 무슨 재주를 가졌느뇨?"

능파가 대답하기를,

"첩의 집이 소상강 위인데 바로 황릉묘(黃陵廟;순임금의 이비묘)의 아왕(娥皇;순임금의 왕비)과 여영(女英;순임금의 왕비)이 노니는 곳이라, 밤이 고요하여 바람이 맑고 달이 밝은즉 비파소리가 구름 사이로 흐르는고로 첩이 어려서부터 그 아름다운 음률을

232

모방하여 몸소 비파를 타며 스스로 즐겼을 따름이온즉, 귀인의
귀를 더럽힐까 송구하나이다."

월왕이 이에 대꾸하기를,

"비록 옛사람의 글로 말미암아 아황과 여영이 비파를 낼 줄은 아나
그 곡조가 세상 사람에게 전함을 듣지 못하였는데, 이제 낭자가
그 곡조를 알고 있음이 사실이면 어찌 시속의 풍악에 견줄 바 있겠
느뇨?"

백능파가 소매에서 비파를 꺼내어 한 곡조를 타니, 그 소리가 맑고
또렷하여 원망하는 듯, 사모하는 듯하매 물이 산골짜기에 떨어지고
기러기가 추운 하늘가에서 우는 것 같더라. 이어 모든 사람들이 어느
덧 마음이 처량하여지며 눈물을 흘리는데 이윽고 초목이 저절로 움직
이며 가을인 듯 마른 잎새가 분분히 떨어지므로 월왕이 이상히 여기
며 물어보되,

"인간의 음률이 천지조화(天地造化)를 부릴 수 있다는 말을 내
믿지 아니하였는데, 낭자는 어찌 봄을 가을이 되게 하며 또한 나뭇
잎이 저절로 떨어지게 하느뇨? 범인(凡人)도 능히 그 곡조를 배울
수 있겠느뇨?"

백능파가 대답하되,

"첩은 오직 옛 곡조의 찌꺼기를 전할 따름이온즉, 무슨 신효한
술법이 있삽기로 남이 배우지 못하오리까?"

이 때 만옥연이 월왕께 아뢰기를,

"첩이 비록 재주는 없사오나 평일에 익힌 바 풍악으로 백련곡(白
蓮曲)을 시험삼아 아뢰겠나이다."

하고는, 진나라의 비파(琵琶)를 안고 자리 앞에 나아가 줄을 고르는

데 능히 스물 다섯 가지의 소리를 내며, 손 놀리는 법이 또한 아담하고 높아서 가히 들음직하니, 양승상을 비롯하여 섬월과 경홍이 극찬하며 월왕 또한 매우 기꺼워하더라.

벌주(罰酒)를 마시다

월왕과 양승상은 낙유원의 잔치가 즐겁고 아직 흥이 남았으나, 날이 저물었기에 잔치를 파하고 각기 금은과 채단(綵緞)으로 상금을 주고서 왕과 승상이 달빛을 받으며 돌아와 성문으로 들어가는데 종소리가 들리는지라, 두 집 기악(妓樂)이 길을 다투어 앞을 서려하니 패물소리가 요란하며 향기가 거리에 가득하며, 흐르는 비녀와 떨어지는 구슬이 모두 말굽 아래 밟히어 소낙비 같은 소리가 티끌 밖으로 들려오더라. 장안 백성들이 다같이 둘러싸며 구경하는데, 백살 먹은 늙은이들은 눈물을 흘리며 각기 하는 말이,

"우리가 어렸을 적에 현종 황제가 화청궁에 거동하시는 것을 보았는데, 그 위의(威儀)가 바로 이 같더니 오래 살아 남아 다시 태평성세의 기상을 보는도다."

하더라.

이 무렵 두 공주는 진씨와 가씨 두 낭자들과 더불어 대부인을 모시고서 승상이 돌아오기를 기다리는데, 승상이 심요연과 백능파를 대부인과 두 공주께 뵙게 하니, 두 사람이 섬돌 아래 나아가 뵈이므로 영양공주가 이르되,

"승상께서 매양 말씀하시기를, 두 낭자의 힘을 입어 수천 리 땅을

회복하는 공을 이루었다 하시기로 나도 매양 보지 못함을 한스럽게
여겼거늘, 두 낭자의 찾아옴이 어찌 이다지도 늦었느뇨?"

요연과 능파가 한가지로 대답하기를,

"첩들은 먼 시골의 천한 몸이오라, 비록 성상의 돌아보심을 입었으
나 오직 두 부인께서 한자리를 비어 주지 아니하실까 염려되기로
빨리 문전에 이르지 못하였사온데 듣사온즉, 사람들이 일컫기를
두 공주마마의 관저(關雎)와 규목(樛木)의 덕이 첩들에게 이르고
상하에 고루 미친다 하옵기로 외람되이 나아와 뵙고자 생각할 즈음
에, 마침 승상께서 낙유원에 사냥하실 때 만나 성대한 놀이에 참석
하였거늘 다시 이리로 데리고 오사 부인의 가르치심을 받잡게 되오
니 첩들은 천만 다행으로 아뢰나이다."

공주가 웃으며 승상께 아뢰기를,

"오늘은 공중에 꽃빛이 가득하니 승상께서는 필연 오늘의 풍류를
자랑하실 터이오나, 그러나 이는 다 우리 형제들이 세운 공이온즉
상공께서는 이를 가히 알고 계시나이까?"

승상이 크게 웃으며,

"저 두 사람이 새로이 궁중에 들어와 공주의 위세를 두려워하여
아첨하는 말을 하는데, 공주는 이를 공으로 삼고자 하시느뇨?"

경홍이 이에 대답하기를,

"계랑이 첩의 큰 소리함을 웃었으되 첩이 한 말로써 월왕궁편으로
하여금 놀라 자빠지게 하였으니, 이는 제갈공명(諸葛孔明)이 조그
만 배 한 척으로 강동(江東)으로 들어가 세 치 혀를 들어 이해를
들어 말한즉, 주공근(周公瑾)·노자경(魯子敬)의 무리가 다만
입을 벌리고 의기가 눌리어 감히 한 말도 토하지 못함과 같사오

며, 또 평원군(平原君)이 초나라에 들어가 합종(合從)을 협상할새 따라간 십구 인은 모두 보잘것이 없었으되, 능히 조(趙) 나라로 하여금 태산과 반석같이 편안케 한 자는 모수(毛遂) 한 사람의 공이온즉, 첩의 마음이 큰고로 또한 말이 큰지라, 이 큰 말은 반드시 실속이 있는지라, 계랑에게 물으시오면 첩의 말이 허망치 않음을 족히 아시게 되오리이다."

섬월이 이에 다짐을 놓되,

"적랑의 활쏘기와 말달리는 재주가 참으로 신묘하다 일컬겠으되, 풍류마당에서는 칭찬을 받으려니와 화살과 돌이 비오듯 하는 싸움터에 내어놓으면 어찌 능히 한 걸음을 달리며 한 살을 쏠 수 있으리요? 월왕궁편에서 기세를 잃었음은 새로 들어선 두 낭자의 신선같은 모습과 천신같은 재주를 탄복한 바인데 어찌 적랑의 공이 되리요?……첩의 한 말이 생각나니 마땅히 적랑을 향하여 털어놓으리라! 춘추시대(春秋時代)에 가대부(賈大夫)의 외모가 매우 누추하니 장가든 지 삼 년이 되어도 그 아내가 한 번도 웃지 아니하더라. 그가 아내와 더불어 들에 나아갈새 마침 꿩 한 마리를 쏘아 떨어뜨리매 아내가 비로소 웃었다 하니, 오늘 놀이에서 적랑이 꿩을 쏘아 얻음이 또한 이와 같을지니라."

경홍이 이에 대꾸하기를,

"가대부는 누추한 외모로도 활과 말의 재주로 말미암아 그 아내의 웃음을 자아냈거늘, 만약에 그의 용모가 수려하고 능히 활로 꿩을 쏘아 얻었던들 어찌 사람들로 하여금 더욱 사랑하여 공경케 하지 않았으리요? "

섬월이 비웃고 하는 말이,

"적랑의 자랑이 갈수록 불어나니 이는 오로지 승상께서 너무 총애
하시매 그 마음이 교만한 탓이렷다!"

승상이 웃으며 이르기를,

"계랑의 재주가 많음은 익히 알고 있으나 경서에 능통한 줄은 전혀
몰랐으되, 이제 들으니 춘추(春秋)의 고사(故事)를 즐겨 말하는
버릇이 있음을 가히 알겠노라."

섬월이 승상께 여쭙기를,

"한가할 적에 혹은 경서(經書)와 사기(史記)를 훑어 보오나 어찌
능통타 할 수 있사오리까?"

이튿날 양승상이 예궐하여 황상께 조회하니, 태후가 월왕께 이르시
기를,

"월왕이 어제 승상과 더불어 봄빛을 서로 겨루더니 뉘 이기고 뉘
졌느뇨?"

월왕이 대답하였다.

"양승상의 온전한 복은 사람이 다투지 못할 바이오나, 그 복이
여자에게도 복이 될는지 의아하오니 태후마마께옵서 승상께 하문
하여 보소서."

승상이 아뢰기를,

"월왕이 신보다 낫지 못하다 함은 이태백이 최호(당나라의 진사)
의 글을 보고 놀라 기세가 꺾이었다 함과 같사온지라, 공주에게
복되고 아니됨은 신이 공주가 아니오니 어찌 능히 아뢸 수 있사오
리까? 직접 공주에게 하문하소서."

태후가 웃으며 두 공주를 돌아보시니, 난양공주가 대답하기를

"부부가 한 몸이라 하오니 영욕(英辱)과 고락(苦樂)에 어찌 같고

다름이 있사오리까? 장부에게 복이 있은즉 여자 또한 복이 있삽고, 장부에게 복이 없으면 여자 또한 복이 없을 터이오니 승상이 즐기는 바를 소녀가 다못 즐길 따름이옵니다."

월왕이 다시 태후께 여쭙기를,

"공주누이의 말은 사실이 아니옵니다! 예로부터 부마가 된 사람 중에 승상같이 방탕한 자가 있지 아니하였사오니, 이는 나라의 기강이 바로 서지 못한 탓이온즉 바라옵건대 마마께서는 소유를 법사(法司)에 내리사 조종을 업신여기고 국법을 멸시하는 죄를 다스리소서."

태후는 이 말에 크게 웃으며 이르시기를,

"양부마는 진실로 죄가 있도다! 만일 이를 법으로 다스리고자 하면 이 늙은 몸과 딸아이들에게 근심이 되는고로, 부득이 국법을 굽히고 사사로운 정을 따르겠노라."

월왕이 다시 아뢰되,

"비록 정상은 그러하오나 승상의 죄를 가벼이 풀어 주시지는 못하올지니, 청하옵건대 어전에서 문죄(問罪)하사 그 공술하는 바에 따라서 처결하심이 옳을 줄로 아뢰나이다."

태후께서는 크게 웃으실 뿐인데, 월왕이 태후를 대신하여 하나하나 조목을 들어 죄를 묻는 글을 황상께바치니 그 글에 씌어 있기를,

〈예로부터 부마된 자는 희첩(姬妾)을 기르지 못함은 풍류(風流)를 몰라서가 아니요, 먹을 것이 넉넉치 못함이 아니라, 모두가 인군(人君)을 공경하고 나라를 높이는 바이라. 하물며 영양과 난양 두 공주는 지위인즉 과인의 딸이요, 행실인즉 임사(妊姒;태임은

주문왕, 모 태사는 주문왕 비)의 덕이 있거늘, 양소유는 이를 공경
치 아니하고 방탕하며 미색을 몰아들임이 목마른 자보다 심하니,
눈에는 연조(燕趙)의 미색이 오히려 부족하고, 귀에는 정위(鄭
衛)의 소리만이 들려서 저저(姐姐)의 전각 댓돌의 개미같이, 방마
루에 벌떼같이 지껄이니 공주가 비록 규목(樛木)의 덕으로써 질투
하는 마음을 내지 아니하나, 소유의 공경하고 삼가는 도리가 어찌
감히 이러하리요? 교만하고 방자한 죄를 불가분 징계할지니 숨김
없이, 사실을 바른대로 아뢰어 그로써 처분을 기다리라.〉

승상은 전각에서 내려와 땅에 엎드려 관을 벗고 대죄하니, 월왕이
난간 밖으로 나서서 소리를 높여 문초하는 것을 다 들은 후에 승상이
공사(供辭)에 말하였으되,

〈소신 양소유가 외람되이 두 전궁(殿宮)의 성은을 입사와 뛰어
넘어 승상이라는 높은 벼슬을 차지하여 왔은즉 영광이 극진하옵고
공주가 또한 사려 깊고 실속 있는 덕을 베풀어 금슬(琴瑟)의 즐거
움이 무궁하온즉 소원이 이미 족하거늘, 어리석은 마음이 아직도
남아 있어 사치스러운 기세가 줄지 아니하와 가무(歌舞)하는 계집
을 많이 모았사오니, 이는 소신이 적이 부귀(富貴)에 눌리고 성상
폐하의 은덕이 넘치와 스스로 단속함을 깨닫지 못한 죄이나이다.
신이 국법을 살펴보건대 부마된 자가 설혹 비첩을 가졌을지라도
혼인 전에 얻는 것은 분간하는 도리가 있사온지라, 소신이 비록
시첩을 가졌사오나 숙인 진씨(淑人秦彩鳳)는 황상께서 명을 내리
신 바이니 의당 손꼽아 논난할 바 아니옵고, 소첩 가씨(賈春雲)

로 말하자면 신이 일찍이 정사도집 화원 별당에 머무를 무렵에 수종들던 자이옵고, 소첩 계씨(桂蟾月)·적씨(狄驚鴻)·심씨(沈裊烟)·백씨(自浪波) 등 네 계집은 혹은 선비시절에 혹은 외국으로 사신 갔을 적에, 혹은 출전하였을 적에 따라온 자들이니 이 모두가 역시 성례 전이온데, 부중(丞相府中)에 한가지로 있게 하옴은 대체로 공주의 명을 따름이옵고 소신이 감히 독단으로 하였음이 없사온즉, 나라의 체례(體例)에 그 무엇이 손상되오며 신자(臣子)의 도리에 그 무엇이 죄가 되겠나이까? 그러하옵거늘 전교(傳敎)를 내리심이 이렇듯 엄하시니 오직 송구할 따름이옵니다.〉

태후가 승상의 공사(供辭)를 다 읽고는 크게 웃으며 말하길,
"희첩(姬妾)를 많이 기르는 것은 장부된 풍도(風度)에 해로움이 없겠기로 가히 용서하려니와, 술을 과음하는 것은 아무래도 염려되는 바라, 차후로 삼가함이 가하렷다!"
월왕이 다시 태후를 향하여 아뢰기를,
"부마의 부중(府中)에서 희첩을 기르는 것을 소유가 공주한테 미루오나, 그 조처하는 도리에 매우 가당치 아니한 바 있사온즉, 다시 한 번 문초하심이 옳은 줄로 아뢰나이다."
이 말에 겁이 난 양승상이 머리를 두르려 사죄하니, 태후가 다시 웃으며 이르기를,
"양공은 진실로 사직(社稷)을 지키는 중신이니 내 어찌 사위로만 대접하리요?"
하고, 이에 명을 내리시어,
"관을 정제하고 전상에 오르라."

하시는데, 또 다시 월왕이 아뢰기를,

"소유가 큰 공이 있으므로 죄 주기는 어렵사오나 국법이 또한 엄하
와 그대로 놓아 줄 수는 없사오니, 마땅히 술로써 벌을 주려 하나
이다."

태후가 웃고 허락하시니 궁녀가 백옥잔을 내오기에 월왕이 말하기
를,

"승상의 주량이 고래같고 죄명이 또한 무겁거늘 어찌 작은 잔을
쓰리오?"

하면서, 월왕 친히 한 말들이 금굴치(金屈卮 ; 수라상에 쓰는 술잔)
에다 진한 술을 가득히 부어 주니 승상이 비록 주량이 적이 크나
잇따라 두어 잔을 마시매 어찌 취하지 아니하리오! 이에 승상이 머리
를 두드리며 아뢰되,

"견우(牽牛)가 직녀(織女)를 지나치게 사랑하다가 장인에게서
꾸지람을 들었다 하더니, 이제 소유가 집에서 희첩(姬妾)을 기르므
로써 장모로부터 벌주를 받아먹으니, 인군의 사위 되기는 진실로
어려운 노릇이옵니다. 신이 이제는 대취하였으니 물러감을 소청하
겠나이다."

하고, 이어서 일어나려 하다가 고꾸라지자 태후가 크게 웃으며, 궁녀
를 시켜 전문 밖으로 내어 보내며 공주에게 이르시기를,

"승상이 대취하여 신기(神氣)가 불편할 터이니, 너희들은 곧 뒤따
라 가도록 하라."

두 공주가 분부를 받잡고 곧 승상을 따라 나서더라.

이즈음 유부인은 촛불을 켜 놓고서 승상이 돌아오기를 기다리다
가, 승상이 대취함을 보고 묻되,

"전일에는 비록 술을 내리실지라도 취하는 일이 없더니, 오늘은 어찌 이토록 과취하였느뇨?"

승상이 대답하기를,

"소자의 잘못이옵나이다."

하고, 이어서 취한 눈에 노기를 띠고 공주를 바라보며 모친을 향하여 하는 말이,

"공주의 오라비 월왕이 태후께 참소하여 소유의 죄를 억지로 만들어 내매, 소유가 비록 말을 잘하여 벌은 모면하기는 하였사오나, 월왕이 기어이 죄를 씌우고자 태후께 터무니없는 말을 사뢰어 독주로써 벌을 내렸사오니, 만일 주량이 적었던들 거의 죽었겠나이다. 이는 필시 월왕이 어제 낙유원 놀이에서 진 것을 분하게 여겨 보복코자 함이요, 난양공주가 나에게 희첩이 많음을 시기하여 그 오라비와 더불어 계교를 꾸며 나를 괴롭히게 함이오니, 평일의 인자한 말이 아무래도 믿지 못하겠기로, 엎드려 바라오니 모친께서는 난양공주에게 벌주 한 잔을 내리사 소자를 위하여 설분하여 주소서."

유부인이 타이르기를,

"난양의 죄목이 분명치 아니하며 또 능히 한 잔 술을 마시지 못하매, 네가 나를 시켜 벌을 주고자 할진대는 차(茶)로써 술을 대신함이 옳으리라."

승상이 다시 아뢰되,

"소자는 기어이 술로써 벌하려 하나이다."

유부인이 웃으며 마지 못해 이르기를,

"공주가 만일 술을 마시지 아니하면 취객의 마음이 풀리지 아니하리라."

하고, 시녀를 불러 난양공주에게 벌주를 보내니라.

공주가 이를 받아 마시려 할 즈음 승상이 문득 의심내어 그 잔을 빼앗아 맛보고자 하기에, 난양이 급히 빈 잔을 자리 위에 던지니라. 승상이 손가락으로 잔 밑에 남은 것을 맛보니 이는 꿀물이니, 승상이 말하되,

"태후마마께서 만일 꿀물로써 소유를 벌하였던들 모친이 또한 꿀물로 벌하심이 마땅하오나, 소자가 마신 바는 술이거늘 난양이 어찌 홀로 꿀물을 마실 수 있겠나이까? "

하며, 다시 시녀를 불러 술잔을 가져오게 하여 스스로 술 한 잔을 가득히 부어 주므로, 난양공주가 부득이 이를 다 마시니 승상이 다시 유부인께 아뢰기를,

"태후께 권하여 벌한 자가 바로 난양공주이기는 하오나, 영양공주 즉 정경패(鄭瓊貝) 또한 계책에 참여한 연고로 태후 앞에 앉아서 소자의 괴로와함을 보고 난양께 눈짓하며 서로 웃었으니, 소자는 그 속 마음을 도저히 헤아리지 못하겠나이다. 그러하매 다시 바라오니 모친께서는 정씨를 또한 벌하여 주소서."

이 말에 유부인은 소리내어 웃고 잔을 보내니 정씨가 자리를 옮겨 이를 다 마시는지라 부인이 말하기를,

"태후마마께서 소유를 벌하심은 그 희첩들을 벌하심으로, 이제 두 공주가 다 벌주를 마셨으니 희첩들이 어찌 안연할 수 있으랴?"

승상이 이에 덧붙이되,

"월왕의 낙유원 모임은 대체로 미색을 다툼이었거늘, 경홍 · 섬월 · 요연 · 능파 등이 소(小)로써 대(大)를 맞아 한 싸움에 먼저 승리를 아뢰매, 월왕이 분함을 이기지 못하여 소자로 하여금 벌을

받게 하였은즉, 이 네 사람은 마땅이 벌을 주셔야 하겠나이다."

부인이 묻기를,

"싸움에 이긴 자에게 벌을 주다니, 취객의 말이 가히 우습도다."

하고, 곧 네 희첩을 불러 각각 한 잔 술을 벌로 내리니라.

네 사람이 마시기를 마치매, 경홍과 섬월 두 사람이 꿇어앉으며 부인께 사뢰기를,

"태후마마께서 승상을 벌하심이 희첩이 많음을 나무람이요, 결코 낙유원에서 이긴 때문이 아닌즉, 심요연과 백능파의 두 사람은 아직도 승상의 금침을 받들지 아니하였는데 첩들과 한가지로 벌주를 마시니 억울치 아니하겠나이까? 또한 가유인으로 말씀드리오면, 승상을 모심이 오래고 승상의 사랑을 받음이 편벽되온데 낙유원 모임에 참여치 아니하와 홀로 이 벌을 면하오니, 저희들 마음에 분함을 참기 어렵겠나이다?"

부인이 대꾸하기를,

"너희 말이 가장 옳도다!"

하고 큰 잔으로 춘운을 벌하니, 춘운이 웃음을 머금고 마시는지라, 이로써 모든 사람이 다 벌주를 마시니 좌중이 부산하며 어지러운 가운데, 난양공주는 술이 취하여 괴로움을 견디지 못하되, 오직 진숙인은 한녘으로 단정히 앉아 말도 아니하며 웃지도 아니하거늘, 승상이 말하되,

"진씨가 홀로 취하지 아니하여 취객들이 미친 모양으로 비웃으니, 다시 한 번 벌하지 아니치 못하렷다!"

하고 한 잔을 가득 부어 전하니, 진씨는 오히려 웃으며 이를 마시는지라, 유부인이 공주에게 묻기를,

"본디 마시지 못하는 술을 이제 마셨으니 신기(神氣)가 어떠하뇨?"

하자 공주가 대답하되,

"매우 괴롭소이다."

하기에, 유부인은 진씨를 시켜 공주를 부축하여 침방에 가게 하고, 이어서 춘운을 시켜 술을 가져오게 하여 잔을 잡으며 하는 말이,

"우리 두 자부(子婦)는 여자 가운데 성인(聖人)이라, 내가 매양 혹시 복을 해칠까 두려워하였는데, 이제 소유가 주정이 심하여 공주로 하여금 편치 못하게 하니, 태후마마께서 들으시면 몹시 염려하실지라, 내가 올바로 아들 교훈을 못하여 이런 망거(妄擧)를 빚어냈기로 내 또한 죄없다 못할지니 이 잔을 들어 스스로 벌을 받겠노라."

하고 잔을 비우니 승상이 황송하여 꿇어앉아 아뢰되,

"모친께서 소자의 못된 소행으로 말미암아 스스로 벌하시니, 소자의 허물이 어찌 종아리채쯤으로 마땅하겠나이까?"

하고는, 경홍을 시켜 술을 큰 잔에 가득 붓게 하고, 꿇어앉아 다시 아뢰되,

"소자가 모친의 교훈을 받들어 따르지 못하옵고, 도리어 모친께 근심 걱정만 끼치오니 사죄할 도리가 없사와 삼가 이 벌주를 받겠나이다."

하고 다 마시매, 승상이 대취하여 능히 기동을 못하고 응향각(凝香閣)을 손으로 가리키기에, 유부인이 춘운을 시켜 부축하고 가게 하자, 춘운이 아뢰기를,

"천첩은 감히 모시고 가지 못하겠나이다. 계낭자가 소첩에게 승상

의 총(寵)이 있음을 질투하는 것 같나이다."

하기에, 유부인은 다시 섬월에게도 당부하여 두 낭자가 부축하도록 명하니, 섬월이 뇌이기를,

"춘운이 내 말을 트집잡아 가지 아니하니 첩은 더욱 마음에 거리끼 도다."

하니 이에 경홍이 웃고 일어나며 승상을 부축하여 응향각으로 가매 모든 사람들이 다 흩어지더라.

양부인(兩夫人)과 육첩(六妾)의 결의(結義)

양승상은 이미 심요연과 백능파 두 여인이 산수를 사랑하는 버릇을 알고 있는지라 부중(丞相府中)의 화원 속에 있는 연못이 맑기가 호수 같고, 그 못 가운데 정자가 있으니 이름은 영아루(映娥樓)라, 능파로 하여금 여기에 거처케 하고 또한 연못 남쪽에 가산(假山)이 있으니 뾰족한 봉우리는 옥을 깎아 세운 듯하고, 겹겹이 쌓인 석벽은 쇠를 쌓은 듯하며, 늙은 소나무는 그늘이 그윽하고 파리한 대나무는 그림 자를 그리는데, 그 속에 정자가 있으니 이름은 빙설헌(氷雪軒)이라, 요연으로 하여금 여기에 거처케하니, 모든 부인과 여러 낭자들이 화원에 노닐 때에는 요연과 능파 두 사람이 산중의 부인이 되더라.

모든 사람이 조용히 능파에게 물어보되,

"낭자의 신통한 변화를 한 번 볼 수 있겠느뇨?"

하니 능파가 이에 대답하기를,

"그것은 천첩의 전생(前生) 일이요, 이제는 첩이 천지의 기운을

타고 조화의 힘을 빌어 전신(前身)을 다 벗고 사람의 모습으로 변했으매 참새가 변하여 조개된 후에 어찌 두 날개가 있어 날아다니리요?"

하자 모든 여인들이 말하기를,

"이치가 그러하도다."

하더라.

심요연이 비록 시시로 유부인과 승상과 두 공주 앞에서 칼춤을 추어 한 때의 흥을 돋우나, 춤추기를 꺼려하며 하는 말이,

"당시에 칼춤이 인연 되어 승상을 만났으나, 살기 있는 놀이라 항상 볼 바는 못되나이다."

이후로 두 공주를 비롯하여 여섯 낭자들이 뜻이 맞는 즐거움이란, 마치 고기가 물에서 헤엄치며 새가 구름을 따라 나는 듯하여 서로 따르고 서로 의지하여 형 같고, 아우 같으며 승상 또한 애정이 피차에 균일하니 이는 비록 모든 부인의 부덕(婦德)이 능히 온 집안에 화목한 기운을 이룸이려니와, 한편으로는 이들 아홉 사람이 전생으로부터 인연이 있음이리라.

하루는 두 공주가 서로 의논하되,

"두 아내와 여섯 첩들의 친숙함이 골육(骨肉)같고, 정은 형제 같으니 이 어찌 하늘이 명하신 바 아니리요? 그러니 마땅히 귀천을 가리지 말고 호형호제(呼兄呼弟)로 지내리라."

이 뜻을 여섯 낭자에게 밝히니 다들 사양하는 중에서도 춘운과 경홍과 섬월이 더욱 응하지 아니하니, 영양공주가 타이르는 말이,

"유현덕(劉玄德)과 관운장(關雲長)과 장익덕(張翼德 ; 장비)이 세 사람은 군신 사이로되 도원에서 의형제를 맺었거늘, 나는 춘운

과 더불어 본디 규중(閨中)에서부터 좋은 벗이니 형제됨에 무슨
불가함이 있으리요? 석가세존의 아내와 마등가(摩登伽 ; 음탕한
계집)의 계집과는 그 높고 천함이 아주 다르며 또 그 음행(淫行)
이 다르거늘, 오히려 대사의 제자가 되어 마침내 바로 연분을 얻었
으니, 처음 미천함이 나중에 뜻을 이루는데 무슨 관계가 있으리
요?"
하고, 두 공주는 드디어 여섯 낭자와 더불어 궁중으로 나아가 깊이
모신 관음보살(觀音菩薩)의 화상 앞에 분향 재배하고 서약문을 지어
아뢰니 씌었으되,

〈유세차(維歲次) 모년 모월 모일에 부처님의 제자인 이소화(李簫
和), 정경패(鄭瓊貝), 진채봉(秦彩鳳), 가춘운(賈春雲), 계섬월
(桂蟾月), 적경홍(狄驚鴻), 심요연(沈裊烟), 백능파(白凌波) 여덟
사람은 목욕 재계하고서 관음보살님 앞에 아뢰나이다. 불경에 일렀
으되 사해(四海) 안에 사는 사람은 모두 형제가 되니라 하였으니
이는 다름 아니오라 그 지기(志氣)와 뜻이 서로 통하는 연고이오
며, 천륜(天倫)의 친함을 들어 길가는 나그네와 같다고 보는 사람
이 있으니, 이는 다름이 아니오라 그 정과 뜻이 서로 다른 연고이
옵나이다. 부처님의 제자인 저희들이 처음에는 비록 남북으로 갈리
어 제각기 태어나서, 다시 동서로 흩어졌다가 한 사람의 낭군을
함께 섬기게 되었삽고, 또 같은 집에서 거처하오매 어느덧 지기상
합(志氣相合)하며 정의상통(情意相通)하오니, 물건으로 비유하오
면 한 가지의 꽃이 비바람에 흔들려서, 혹은 규중(閨中)에 날리고
혹은 언덕 위에 떨어지며, 혹은 산속 시냇물에 떨어지오나, 그 근본

을 살펴보면 같은 뿌리에서 나온 것이옵나이다. 하물며 사람에 있어서는 한 형제는 한 기운을 타고 났을 따름이온즉, 흩어졌다가도 어찌 한 곳으로 함께 돌아가지 아니하오리까? 옛과 지금이 비록 멀고 넓으오나 한때에 같이 있삽고, 전생(前生)으로부터의 연분 사해가 비록 크오나 한집에서 같이 살고 있사오니, 이는 실로 이요, 부처님께서 내려주신 은덕이오며, 인생에 있어 좋은 기회(期會)라 하겠나이다. 이러므로 부처님의 제자인 저희들은 이에 함께 맹세하여 형제를 맺삽고 길흉생사(吉凶生死)를 같이 하려 하오니, 이 가운데서 혹시 다른 마음을 지니고서 맹세한 말을 저버리는 사람이 있으면 하늘이 반드시 죽이시고 신명(神明)이 반드시 꺼리시려니와 엎드려 바라옵건대 관음보살님께서는 복을 이끌어 주시며 재앙을 없이 하여 주시며, 그로써 첩들을 도우사 백년해로(百年偕老)한 연후에 함께 극락세계로 돌아가게 하옵소서.〉

이로부터 두 공주가 희첩들을 아우로 부르니 여섯 낭자는 스스로 명분을 지키어 감히 형제로 부르지는 못하나 정의는 더욱 친밀하여지더라. 여덟 사람이 각기 아이를 낳으매, 두 부인과 춘운, 섬월, 요연, 경홍은 아들을 낳고 채봉과 능파는 딸을 낳아 다 잘 길러 내어, 한번도 자녀의 참경을 겪지 아니하니 이 또한 여느 사람과는 다르더라.

사직 상소(辭職上疏)하다

이 무렵 천하가 태평하여 사방 변경(邊境)에 일이 없고 백성들은

안락히 살며 곡식이 잘 되어, 승상이 나아간즉 천자를 모시고 상림원
(上林苑)에 사냥하며, 들어온즉 대부인을 받들어 당상에서 잔치를
베풀어 노래와 춤 속에서 세월을 보내는데, 흥진비래(興盡悲來)라
함은 예나 이제나 의례히 있는 일이라, 유부인이 우연히 병을 얻어
세상을 떠나니 연세가 아흔 아홉 살이더라. 승상이 비통해서 예를
갖추어 안장할새 두 전궁(殿宮)에서 내시를 보내어 조문하시고 왕후
(王后)의 예로써 예관(禮官)을 보내어 장사를 치르시더라.

정사도(鄭司徒) 내외가 영화를 누림은 말할 나위도 없겠거니와
오래 살다 별세하매 승상이 슬퍼하는 정경은 정부인에 못지 아니하더
라.

양승상의 여섯 아들과 두 딸은 다 부모의 모습을 닮아서 사내 아이
는 용호(龍虎) 같고 계집아이는 항아(姮娥;월궁선녀)같은지라, 맏아
들 대경(大卿)은 정부인의 소생으로 이부상서(吏部尙書)에 오르고,
둘째 아들 차경(次卿)은 적경홍의 소생으로 경조윤(京兆尹)의 벼슬
을 살고, 셋째 아들 숙경(叔卿)은 가춘운의 소생으로 어사중승(御史
中丞)의 벼슬을 살고, 넷째 아들 계경(季卿)은 난양 공주의 소생으로
병부시랑(兵部侍郎)의 벼슬을 살고, 다섯째 아들 오경(五卿)은 계섬
월의 소생으로 한림학사(翰林學士)의 벼슬을 살고, 여섯째 아들 치경
(致卿)은 심요연의 소생인데 힘이 남보다 뛰어나고 지략이 귀신 같은
지라, 천자께서 매우 사랑하시어 금오상장군(金五上將軍)을 삼아
군사 십만 명을 거느려 대궐을 호위케 하시며, 맏딸 부단(傅丹)은
진채봉의 소생으로 월왕의 아들 낭야왕(瑯琊王)의 왕비가 되고, 둘째
딸 영락(永樂)은 백능파의 소생으로 황태자의 첩호(婕好)가 되었느
니라.

하루는 양승상이 비유(比喩)로써 말하되,

"너무 성하면 쇠하고, 너무 가득하면 넘치기 쉽다."

하고, 이에 상소하여 벼슬에서 물러가기를 비니 그 글에 씌었으되,

〈승상 신 양소유는 돈수 백배하옵고 황제폐하께 말씀 드리나이다. 사람이 세상에 태어나서 소원이 장상공후(將相公侯)를 지나지 못하고 벼슬이 장상공후에 다달으면 나머지 소원이 없사오니, 부모는 자식을 위하여 공명부귀(功名富貴)를 축원하나 몸이 공명부귀를 이루면 나머지 소망이 없사옵니다. 그러하온즉 장상공후의 영화와 공명부귀의 즐거움이 어찌 인심의 흠모하는 바와 시속(時俗)이 다투는 바가 아닐 수 있겠나이까? 세상의 영화와 부귀가 어찌 흡족함을 알며 화를 스스로 만드는 줄을 헤아릴 수 있겠나이까? 신이 재주가 적고 능력이 부족하되 높은 벼슬을 차지하고 있으며, 공이 없고 명망(名望)이 낮되 한 자리에 오래도록 머무르니, 은혜가 신에게 이미 극진하오며 영화가 부모에게 이미 미치었나이다. 신의 처음 소원은 이의 만분이 일이었는데 외람되이 부마(駙馬)가 되어 예로 대접하심이 모든 신하와는 다르고, 은혜로 상을 주심이 격외로 각별하시와 채소를 먹고 자라난 몸이 기름진 음식을 배불리 먹삽고, 미천한 신분으로 감히 궁중에 출입하여 위로는 성군께 욕되며 아래로는 신의 분수에 어긋나오니 어찌 마음이 편할 수 있사오리까? 일찍이 자취를 감추고 영화를 피하며, 문을 닫고 은덕을 사양하와 그로써 참람하고 몰염치한 죄를 들어 스스로 천지신명께 사죄하고자 하오나, 워낙 베푸시는 은덕이 융숭하시매 갚을 길이 아득하옵고, 또 신의 근력이 아직은 말을 타고 달릴만 하옵기

로 부득이 도로 주저앉아 다못 만분의 일이라도 우러러 칡은을 갚사옵고, 곧 물러가 선영(先塋)을 지키며 나머지 세월을 마치고자 하였삽는데, 이제 각별하신 은덕을 갚지 못하고 천한 나이 이미 높아, 정성을 펴지 못하고 모발이 먼저 쇠약하오매, 비록 이제 다시 견마(犬馬)의 충성을 다하여 태산같은 은덕을 갚고자 하오나 사세는 이미 글러 어찌할 도리가 없나이다. 이제 천자의 신명하심을 힘 입어 변방이 항복하매 병혁(兵革)을 쓰지 아니하옵고 만백성이 편안하매 북채와 북이 놀라지 아니하오며, 하늘의 상서(祥瑞)가 더 이르매 삼대(三代;하은주)의 화락한 다스림을 이루게 되올지라, 비록 신으로 하여금 조정에 머무르게 하실지라도 녹봉(祿俸)한 허비하고 격양가(擊壤歌)만 들으실 뿐이요, 신기한 계교를 낼 일이 없겠나이다. 예로부터 인군(人君)과 신하는 부자 같다 하와 부모의 마음에 비록 미흡한 자식이라도 슬하에 있은즉 기꺼워하고 밖에 나간즉 염려하는 법이오니, 신이 엎디어 생각하옵건대 황상폐하께서 필연 신을 가르켜 늙은 몸이고 옛 물건이라 불쌍히 여기시어 차마 하루 아침에 물러가지는 못하게 하시겠사오나, 사람의 자식으로서 부모를 생각함이 어찌 그 부모가 자식을 사랑함과 다를 수 있사오리까? 신이 폐하의 은덕을 입음이 이미 깊사오니, 신이 어찌 멀리 하직하고 산속에 엎디어서 요순(堯舜)같은 인군을 영결할 수 있겠나이까? 이미 물이 가득찬 그릇은 아무래도 넘치게 하지 못할 것이며, 이미 엎어진 멍에는 아무래도 다시 타지를 못하오니, 엎드려 바라옵건대 신이 많은 일에 견디어 내지 못할 것을 헤아리시고 신이 높은 자리에 있기를 바라지 않음을 살피시어, 특별히 고향으로 돌아가게 하여 남은 세월을 편안한 마음으로 마치

도록 허락하시고, 신으로 하여금 성덕을 노래하며 은덕을 감격케
하옵소서.〉

황상께서 이 상소를 보시고 친히 붓을 들어 비답(批答)을 내리시
되,

〈경의 큰 업적은 조정에 우뚝 높고 또한 백성들에게는 두텁게 덮히
니, 큰 국가의 주석(柱石)이요, 짐의 팔다리로다. 옛날의 강태공
(姜太公)과 소공(召公)은 나이가 거의 백세로되 오히려 주나라를
도와 능히 치적(治績)을 이루었는데, 경은 아직도 예경(禮經)에
이른바 벼슬을 돌려 보낼 나이가 아닌즉, 경은 비록 일을 사례하고
지레 물러가려 하나 짐은 아무래도 허락지 않을 것이요, 경의 풍채
가 요즈음은 오히려 새로와서 옥당(玉堂;한림원)에서 조서를 내던
날에 견주어 손색이 없으며, 정력도 여전히 왕성하여 위교(渭橋)
에서 도적의 무리를 섬멸할 때나 다름이 없으매, 비록 늙었다 일컬
으나 짐은 이를 진실로 믿지 아니하니, 모름지기 기산(箕山)의
높은 절개를 돌이켜 그로서 당우(唐虞;요순)의 선정을 베풀도록
도와 주기를 짐이 바라는 바로다.〉

승상의 연세는 비록 많으나 그 육체는 아직도 쇠하지 아니하여
사람들이 다 신선에 비하는고로, 비답에 이와 같이 말씀하였느니라.
승상이 다시 상소하여 물러가기를 매우 간절히 바라니 상이 불러들
여 만나 보시고 전교를 내리시기를,
"경이 사양함이 이에 이르니, 짐이 어찌 힘써 경의 뜻을 이루게

하지 않을 수 있으리오마는 경이 만약에 봉(封)한 나라로 나아가면 국가 대사를 가히 상의할 자 없을 뿐 아니라, 이미 태후가 승하하셨으니 짐이 어찌 영양과 난양의 두 공주와 멀리 떨어져 있으리요? 남문 밖 사십 리에 이궁(離宮)이 있으니, 곧 취미궁(翠微宮)이며 옛날에 현종황제께서 피서하시던 곳이라, 이 궁이 고요하고 깊으며, 외져서 그윽하고 넓으니 가히 늙어서 소일할 만한 곳이므로 특별히 경을 주노라."

하시고, 곧 조칙을 내려 승상 위국공(魏國公)에 태사(太司) 벼슬을 때 봉하시고, 다시 상급으로 오천 호(戶)를 더 내리시면서 아직은 승상의 인수(印綬)를 지니고 있으라 하시더라.

사직(辭職)하다

양태사는 더욱 성은이 감격하매 머리를 조아려 사은하고, 가솔을 거느려 취미궁으로 거처를 옮기니, 이 궁이 종남산(終南山) 산속에 있으매 누각과 정자는 장려하고 경치가 아름다워 마치 삼신문의 선경(仙景) 같더라. 태사가 상께서 내리신 조칙과 어제하신 글을 봉하여 받들어 모셔두고, 그 밖의 누각을 두 공주와 모든 낭자들에게 나누어 거처를 정하니라.

태사는 날마다 물가에 나아가 달빛을 즐기고 골짜기로 들어가 매화를 찾으며 석벽을 지난즉 글을 짓고 소나무 그늘에 앉은즉 거문고를 안고 타니, 늘그막에 조촐한 복이 더욱 사람들로 하여금 부러워하게 하고, 승상이 한가함을 즐겨 손을 맞지 아니함이 또한 여러 해가 되겠더라.

팔월 열 엿새가 태사의 생일이라 모든 자녀들이 잔치를 베풀고 오랜 삶을 기릴새, 잔치가 십여 일에 이르니 그 번화한 광경은 도저히 형언치 못하겠더라. 잔치를 파하매 모든 자녀들은 각기 집으로 돌아가니라.

어언 구월이 되니 국화는 꽃봉오리가 벌어지고 수유(茱萸)는 검붉은 열매를 드리우매 하늘이 높아지는 가을을 맞은지라, 취미궁 서쪽에 높은 봉이 있으니, 그 위에 오르면 팔백 리 진천(秦川)이 손바닥같이 보이는지라 태사가 가장 그 곳을 즐기는데, 이 날은 두 부인을 비롯하여 여섯 낭자들과 더불어 그 대에 올라, 머리에 국화 한 송이씩을 꽂고 가을 풍경을 바라보며 서로 마주앉아 술을 마시니, 이윽하여지는 해는 높은 산봉우리를 넘어가고 흐르는 구름은 그늘을 너른 들에 드리우니 가을빛이 한결 찬란하여 마치 그림폭을 펼친 듯하더라. 태사가 옥퉁소를 꺼내어 한 곡조를 부니 그 소리가 매우 처량하여, 원망하는 듯, 사모하는 듯, 흐느끼는 듯, 하소연하는 듯하여 모든 미인들의 가슴을 메우므로 두 부인이 물어보되,

"상공께서는 일찍이 공명을 이루고 부귀를 오래 누리시옴은 세상 사람이 한가지로 일컫는 바요, 또한 옛날에도 보기 드문 사실이온데, 좋은 계절의 좋은 날을 맞아 경개를 정히 좇고, 국꽃잎을 술잔에 띄우며 미인이 자리에 가득하오니 이 역시 인생에 있어 즐거운 일이거늘 퉁소 소리가 너무도 처량하여 첩들로 하여금 눈물을 참을 수 없게 하오니, 오늘의 퉁소 소리가 지난날의 곡조와 다르옴은 어찌 된 일이오니까?"

이 말에 태사가 불현듯 퉁소를 던지고, 자리를 옮아 앉으면서 하는

말이,

"북은 평탄한 들이 사방으로 펼쳐져 있고, 나무 없는 고갯마루는 외로이 섰는데, 쇠잔한 석양볕이 거칠은 수풀 사이로 희미하게 비치는 것은 진시황의 아방궁(阿房宮)이요, 서에는 바람이 수풀을 스치고 저무는 구름송이가 산을 둘러싸니 이는 곧 한무제의 무릉도원(武陵桃源)이요, 동에 회칠한 담장은 청산에 비치고 붉은 용마루는 하늘로 치솟으며, 또한 밝은 달이 스스로 찾아들고 스스로 물러가매 옥난간 머리에 다시 기댈 사람이 없는 곳은 바로 현종 황제가 양귀비(楊貴妃)와 더불어 노시던 화청궁(華淸宮)이니, 슬프다, 이 세 인군(人君)이 모두 다 만고의 영웅이셨지만, 이제는 어디 계시는고? 소유가 초땅의 미천한 선비로써 은덕을 입고 벼슬이 장상(將相)에 이르고, 또 부인과 낭자 여러분과 더불어 만나 두텁고 깊은 정이 늙도록 친밀하니, 만일 전생에 기약하지 않은 연분이면 능히 이에 이르지 못하리라. 우리 무리가 한번 돌아간 후면 높은 대(臺)는 스스로 무너지고 깊은 연못은 스스로 메워지며, 노래와 춤을 추던 집이 변하여 메마른 풀과 싸늘한 연기를 이루면, 필연 나무하는 아이와 소 먹이는 더벅머리 총각들이 슬픈 노래를 주고 받으면서 이는 바로 양태사가 모든 낭자와 더불어 노니던 곳이라. 대승상의 부귀, 풍류와 모든 낭자들의 아리따운 용모와 고운 태도가 이미 적막하도다 하리니, 이들 초동목수(樵童牧竪)가 우리가 노니던 곳을 보는 것은 바로 내가 저 세 인군의 궁(宮)과 능(陵)을 보는 것과 같을지라, 일로 보건대 사람이 살아 있는 것은 순식간이 아니리오? 천하에 세 가지 도가 있으니 유도(儒道)와 불교(佛敎)와 선술(仙術)이라. 이 세 가지 중에 오직 불교가

높고 유교는 윤기(倫紀)를 밝히며 사업을 귀히 하여이름을 후세에
전할 따름이요, 선술은 허망한 것에 가까와 예로부터 하는 자 많으
나 징험을 얻지 못하니, 진시황(秦始皇)과 한무제(漢武帝)와 현종
황제(唐玄宗)의 사적을 보면 가히 알리로다. 소유는 벼슬을 마친
후로 밤마다 꿈 속에서 부처님께 배례하니, 이는 필연 불가(佛家)
와 연분이 있음이라, 내 장차 장자방(張子房)이 적송자(赤松子
;옛날의 중국의 신선)를 따라서 소원을 이루고 남해에 가서 관세
음보살을 찾으며, 오대산(五臺山)에 올라 문수보살(文殊菩薩)을
만나 불사불멸(不死不滅)의 도를 얻어 인간계의 괴로움을 벗고자
하나, 다만 그대들과 더불어 반평생을 상종하다가 장차 멀리 이별
하겠기로 비창한 마음이 자연 퉁소 속에 나왔노라."
하시매 모든 낭자들이 스스로 감동하여 말하였다.
"상공이 번화한 가운데서도 그런 마음을 가지시니 어찌 하늘이
정하신 바 아니오리까? 첩들 형제 팔인은 마땅히 깊은 규중에 한가
지로 거처하여 조석으로 부처님을 뵈옵고, 상공께서 돌아가시기를
기다릴 것이오니, 상공께서 이번에 가시면 반드시 밝은 스승을
만나고, 어진 벗을 만나 큰 도를 이루실 터이온즉 엎드려 바라옴은
상공께서 도를 터득하신 후에 먼저 첩들을 가르쳐 주옵소서."

성진(性眞)과 팔선녀(八仙女) 꿈을 깨다

양태사가 매우 기꺼워하며 이르기를,
"우리 아홉 사람의 마음이 서로 합쳤으니 무슨 염려할 일이 있겠느

뇨? 내 마땅히 내일 떠날 것이니, 오늘은 모든 낭자와 더불어 취하
도록 술을 마시리라."

하시니, 모든 낭자들이 입을 모아 하는 말이,

"첩들도 마땅히 각기 한 잔씩 받들어 상공을 전별하오리다."

바야흐로 시녀를 불러 다시 술을 내어오게 할 즈음, 홀연 지팡이
소리가 돌길에 나는지라 모든 사람들이 의아히 여기기를,

"어떠한 사람이 이곳에 올라오는고?"

하시니, 이윽고 노승 한 분이 자리 앞에 다가오는데, 눈썹은 자만큼이
나 길고 눈은 물결처럼 맑고 몸 놀림이 매우 이상하더라. 대에 올라
태사를 보고는 절하며 이르기를,

"산중 사람이 대승상을 뵈옵나이다."

하자, 태사는 이미 그가 여느 중이 아님을 알아보고 황망히 일어나
답례하고 물어보되,

"대사는 어느 곳으로부터 오셨나이까?"

노승이 웃으며 대답하기를,

"승상은 평생 친구를 알지 못하시느뇨? 일찍이 들으니 귀인(貴
人)은 잊기를 잘 하나라 하던데, 과연 그러하도다."

양태사가 자세히 보니 낯이 익은 듯도 하나 아직 분명치 않더니,
문득 깨달으며 모든 낭자를 훑어보고 다시 노승을 향하여 하는 말
이,

"내가 지난 날 토번국을 칠새 꿈에 동정용왕(洞庭龍王)의 잔치에
참석하고 돌아오는 길에 잠시 남악(南嶽 ; 형산)에 올라갔다가 늙은
대사가 자리를 갖추고 앉아 여러 제자들과 더불어 불경을 강론함을
보았는데, 스님은 바로 그 꿈 속에 만나던 대사가 아니시나이까?"

노승이 박장대소하며 이르기를,

"옳도다, 옳도다. 비록 그 말이 옳지만 다만 꿈 속에서 한번 본 것만을 기억하고 십 년 동안 같이 살던 일은 기억하지 못하니 뉘 양승상을 총명타 하더뇨!"

태사는 망연자실하여 말하되,

"소유는 십오륙 세 이전에는 부모의 슬하를 떠나지 않았으며, 십륙 세에 급제하여 이어서 직명(職名)을 받았으니, 동으로 연나라에 사신가고, 서로는 토번을 정벌한 일 밖에는 일찍이 경사(京師 ; 서울)를 떠나지 아니하였거늘, 언제 스님과 더불어 십년을 상종하였 겠나이까?"

노승이 여전히 웃으며 하는 말이,

"상공은 아직도 춘몽을 깨지 못하였도다!"

양태사가 묻되,

"스님은 어찌하면 소유의 춘몽을 깨게 하실 수 있나이까?"

노승이 이르기를,

"그는 어렵지 않도다!"

하고, 손에 잡고 있던 석장(錫杖)으로 돌 난간을 두어 차례 두드리 니, 갑자기 네 골짜기에서 구름이 일어나 놀이터를 뒤덮는지라 지척 을 분별치 못하니 양태사가 정신이 아득하여 마치 꿈을 꾸고 있는 듯 하기에 한참만에야 소리를 질러 외치기를,

"스님은 어찌하여 정도(正道)로 소유를 인도치 아니하고 환술 (幻術)로써 희롱하시나이까."

말이 끝나기도 전에 구름이 걷히는데 노승은 간 곳이 없고, 좌우를 돌아보니 팔낭자 또한 간 곳이 없는지라 매우 놀라 어찌할 바를

모르는데 다시 누대와 많은 집들이 일시에 없어지고 자기의 몸뚱이는 한 작은 암자 속 포단 위에 앉았으되, 향로에 불은 이미 꺼지고 지는 달이 겨우 창가에 비치더라.

스스로 몸을 돌아보니 백팔염주(百八念珠)가 손목에 걸려 있고, 머리를 손으로 만져보니 머리털이 깎이어 까칠까칠하니 틀림없이 소화상(小和尙)의 모양이요, 다시는 대승상(大丞相)의 위엄 있는 차림새가 되지 아니하고, 정신이 황홀하더니 오랜 후에야 제몸이 남악 연화봉 도량(道場 ; 불가에서는 도량이라 읽음)의 성진행자(性眞行者)임을 깨닫고 생각하되,

"처음에 육관대사께 책망을 듣고 풍도옥(酆都獄)으로 떨어졌다가 다시 인간계에 환생하여 양씨문중(楊氏門中)의 아들이 되었느니라. 자라나 과거를 보아 장원으로 뽑히어 한림학사(翰林學士)가 되고, 다시 나아가서는 장수가 되어 들어오면 재상이 되며, 공훈을 세우고서 벼슬에서 물러나, 두 공주와 여섯 낭자와 더불어 여생을 즐기던 것이 다 하루밤의 꿈이로다. 짐작컨대 필연 스승이 나의 생각이 그릇됨을 알고, 나로 하여금 이런 꿈을 꾸게 하여 인간의 부귀와 남녀의 사귐이 다 허무한 일임을 알게 함이렷다!"

서둘러 세수하고 옷차림을 정제하고 법당으로 나아가니 다른 제자들이 이미 다 모여 있더라.

대사가 소리를 높여 묻기를,

"성진아, 성진아! 인간계의 재미가 과연 좋더냐?"

하니 성진(性眞)이 눈을 번쩍 뜨고 쳐다보니 육관대사(六觀大師)가 엄연하게 서 있는지라, 성진이 머리를 조아리고 눈물을 흘리며 뉘우쳐 하는 말이,

"제자 성진은 행실이 부정하오니, 스스로 저지른 죄오라 누구를
원망하고 누구를 탓하겠나이까? 마땅히 만족함이 없는 세계에
있으면서 윤회(輪廻)하는 재앙을 받을 것이어늘, 스승께서 하루밤
의 허망한 꿈을 불러 깨우시어 성진의 마음을 깨닫게 하여 주시
니, 스승의 깊은 은혜는 천만겁(劫)을 지나도 가히 다 갚지 못할
줄로 아나이다."

육관대사가 경계하여 말하기를,

"네가 흥(興)을 타고 갔다가 흥이 진하여 돌아오니 내 새삼 무슨
간여할 바 있으리요? 또 네 말을 들은즉 꿈과 세상을 나누어 둘이
라 하니, 이는 아직도 네가 꿈을 깨지 못하였느니라. 옛날에 장주
(莊周——장가)가 나비가 된 꿈을 꾸었다가, 다시 나비가 장주로
화하니 어떤 것이 참인가를 분별치 못하였다 하니 어제의 성진
(性眞)과 소유(小遊)에 있어 어느 것이 참이며, 어느 것이 허망한
꿈이뇨?"

하시니 성진이 이에 대답하되,

"제자 성진은 이제 모든 것이 아득하여 꿈과 참을 분별치 못하겠사
오니, 바라옵건대 스승은 법을 베풀어 이몸으로 하여금 그것을
깨닫게 하소서."

육관대사가 쾌히 응낙하여 이르기를,

"내 마땅히 금강경(金剛經)의 큰 법을 베풀어 그로써 네 마음을
깨닫게 하려니와, 잠시 후에 새로 올 제자들이 있으니 너는 기다리
렷다."

하시며, 말이 끝나기도 전에 문지기 도인이 손들이 왔음을 아뢰니,
뒤이어 위부인(魏夫人)의 시녀 팔선녀(八仙女)가 다달아 대사 앞에

나아와 합장배례(合掌拜禮)하고 입을 모아 하는 말이,

"제자들이 비록 위부인을 모시고는 있으되 배운 바 없어, 망령된 생각을 억누르지 못하여 욕심이 잠시 고개를 쳐들매, 무거운 죄악이 뒤따라 이르러 인간계의 헛된 꿈을 꾸되 깨워 주는 사람이 없삽더니, 대자대비(大慈大悲)하옵신 스승께서 저희를 깨워 다시 데려오시니 감격하였나이다. 어제는 위부인의 궁중에 가서 하직하고 이제 돌아왔사오니, 스승께서는 저희들의 묵은 죄를 사하시와 각별히 밝은 가르치심을 드리우소서."

하니, 육관대사가 경계하여 말하되,

"여선(女仙)들의 뜻이 비록 아름다우나, 불법(佛法)은 깊고도 멀어, 큰 역량과 큰 발원(發願)이 없으면 능히 이르지 못하나니, 그대들은 모름지기 스스로 헤아리도록 힘쓰라."

팔선녀가 물러나와 낯에 칠한 연지와 분을 씻어 버리고 각기 사매(師妹)의 인연을 맺고, 금가위를 내어 구름 같은 머리를 깎아 버리고 다시 들어와 대사께 사뢰기를,

"저희들 제자 팔인이 이미 얼굴의 모습을 고쳤사오니, 이제부터는 맹세코 스승의 가르침과 분부를 게을리하지 않겠나이다."

하니, 육관대사는 매우 기꺼워하며 이르되,

"좋도다, 좋도다! 너희 팔인이 이렇듯 달라질 수 있으니 어찌 감동치 아니하리오?"

드디어 자리에 올라 경문(經文)을 강론하니,

"백호빛이 세계에 쏘이고(白毫光射世界), 하늘꽃이 비같이 내리더라(天花下如亂雨)."

경문의 강론이 끝나자 성진과 여덟 사람의 여승은 일시에 깨닫고,

생겨나지도 않고 죽어 없어지지도 않을 정과(正果)를 얻으니, 육관대
사는 성진의 계율(戒律)을 지킴이 착실하고 순숙(純熟)함을 보고,
이에 많은 사람들을 모아 놓고 하는 말이,

"내 불법의 전도를 바라고 중국(中國)으로 들어왔었는데, 이제
비로소 정법을 전할 사람을 얻었으니 이제 나는 돌아가노라."

하고는, 염주와 바리와 정병(淨瓶)과 석장(錫杖)과 금강경 한 권을
성진에게 주고 서녘 하늘을 향해 떠나가더라.

그 후로 성진이 연화도량의 대중을 거느려 크게 교화(教化)를
베푸니, 신선과 용신(龍神)과 사람과 귀인이 한가지로 존경하기를
육관대사와 같게 하고, 여덟 사람의 여승들도 성진을 스승으로 섬기
어 깊이 보살의 대도(大道)를 터득하더니 아홉 사람이 한가지로
극락세계(極樂世界)에로 가게 되니라.

```
권
판  사
본  유
소
```

구운몽

2022년 2월 20일 재판
2022년 2월 28일 발행

엮은이 | 김　만　중
펴낸이 | 최　원　준

펴낸곳 | 태 을 출 판 사
서울특별시 중구 다산로 38길 59 (동아빌딩내)
등　록 | 1973. 1. 10 (제1-10호)

ⓒ 2009. TAE-EUL publishing Co.,printed in Korea
※ 잘못된 책은 구입하신 곳에서 교환해 드립니다.

■ 주문 및 연락처
우편번호 0 4 5 8 4
서울특별시 중구 다산로 38길 59 (동아빌딩내)
전화 : (02) 2237 - 5577 팩스 : (02) 2233 - 6166

ISBN 978 - 89 - 493 - 0662 - 9　　03810

太乙出版社에서 펴낸 좋은책

*좋은책은 늘 우리 곁에서 인생을 보람있게 가꾸어갈 수 있도록 도와줍니다.

현대 가정의학 시리즈

눈의 피로, 시력감퇴 치료법
명쾌한 두통 치료법
위약, 설사병 치료법
스트레스, 정신피로 치료법
정확한 탈모 방지법
피로, 정력감퇴 치료법
완전한 요통 치료법
철저한 변비 치료법
완벽한 냉증 치료법
갱년기 장해 치료법
감기 예방과 치료법
불면증 치료법
비만증 치료와 군살빼는 요령
완벽한 치질 치료법
허리 · 무릎 · 발의 통증 치료법
코 알레르기 치료법
어깨결림 치료법
기미 · 잔주름 방지법
자율신경 실조증 치료법
간장병 예방과 치료영양식
위장병 예방과 치료 요양식
당뇨병 예방과 치료 요양식
고혈압 예방과 치료 요양식
간염 예방과 치료 요양식
통풍(通風)예방과 치료 요양식
심장병 예방과 치료 요양식
위궤양 · 십이지장궤양 예방과 치료 요양식
신장병 예방과 치료 요양식
동맥경화 예방과 치료법

콜레스테롤증가 예방과 치료 요양식

회화 시리즈

기초 영어회화
기초 일본어회화
기초 불어회화
기초 독어회화
기초 중국어회화
기초 서반아어회화
기초 러시아어회화
기초 아랍어회화
기초 생활영어회화
기초 5개국어 회화

학습(교육)

기초 영어실력 첫걸음
40주완성 영어숙어
실용 1,800한자
실용 3,000한자
한자 펜글씨 교본
최신 한석봉 千字文
일본어 펜글씨
학생 천자문
가례서식 백과
해외 펜팔 가이드
한글 펜글씨 교본
추구집
하구집